诚然

此书也敬献给我的妹妹

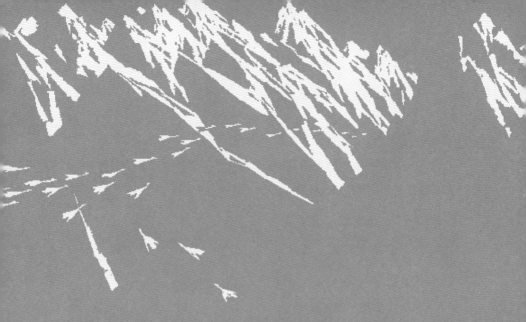

辞世之路

美国的临终医助

GOOD

DEATH

An Exploration

of

Dying in America

【美】 安·诺伊曼
（Ann Neumann） 著

王惠 译

图书在版编目（CIP）数据

辞世之路：美国的临终医助／（美）安·诺伊曼著；王惠译．—北京：
生活·读书·新知三联书店，2020.5
ISBN 978 - 7 - 108 - 06624 - 4

Ⅰ．①辞…　Ⅱ．①安…②王…　Ⅲ．①纪实文学－美国－现代
Ⅳ．① I712.55

中国版本图书馆 CIP 数据核字（2019）第 100174 号

Copyright © 2016 by Ann Neumann
This edition arranged with DeFiore and Company Literary Management, Inc.
through Andrew Nurnberg Associates International Limited

特邀编辑　曾　恺
责任编辑　唐明星
装帧设计　刘　洋
责任校对　常高峰
责任印制　宋　家
出版发行　生活·讀書·新知 三联书店
　　　　　（北京市东城区美术馆东街 22 号　100010）
网　　址　www.sdxjpc.com
图　　字　01-2018-6274
经　　销　新华书店
印　　刷　北京市松源印刷有限公司
版　　次　2020 年 5 月北京第 1 版
　　　　　2020 年 5 月北京第 1 次印刷
开　　本　635 毫米×965 毫米　1/16　印张 16.5
字　　数　191 千字
印　　数　0,001 - 8,000 册
定　　价　39.00 元
（印装查询：01064002715；邮购查询：01084010542）

目 录

1　第一章　末期烦躁性痴呆

25　第二章　与临终患者的数轮接触

52　第三章　最后时日的代价

72　第四章　双面效应

99　第五章　绝食与饲喂

123　第六章　为数不多，影响不小

160　第七章　最弱势的群体

192　第八章　铁窗后等待大限

221　第九章　辞世之路

251　致　谢

258　译后记

第一章　末期烦躁性痴呆

我将一片小小的白色劳拉西泮① 药片，放进我父亲将近40年一直用来吃麦片的军用勺子里，再用滴管从一只白色塑料小瓶里吸出一些粉红色的吗啡液，向勺子里一点点地滴入。一共滴了五滴。随后，我又用滴管的尖头推着劳拉西泮在勺子里缓缓画着小圈子，直至它完全溶解。再接下来，我便又将这点混合物都汲入滴管。吗啡可以止痛，劳拉西泮则有镇静作用，因此我自己都很想将勺底舔上一舔呢。

从我站的地方，可以听到墙那边传来有人在医用床垫上发出的声响。这个人是我的父亲。他只是在床上动弹，一心要将自己被绑束起来的僵硬双手放回身体两侧，并不是打算起床走开。前些天，他可是一直抱怨那张床垫来着。不过从四天前起，他已经不再发这个牢骚了——事实上，他已经什么抱怨的话都不再说出口了。我手里拿着滴管，光脚站在冰凉的瓷砖地上，身后的厨房飘来咖啡的气味——放得太久了，香气渐淡。我倾听着这栋空荡

---

① 劳拉西泮（Ativan），俗称罗拉，是一种对焦虑症及抑郁症有一定疗效的药物，也可用作安眠药，对癫痫发作亦有缓解作用。——译注

荡的房子里的动静。

父亲去年春天锯开、劈好又码成垛的橡木烧柴，如今已经风干，在楼下起居室的柴炉里啪啪地燃烧着，不时会有些灰烬逸出。向窗外望去，我看到父亲20年前亲手制作的饲鸟器还牢牢地立在冻硬的土地上。雪鹀和绯鹀叽叽喳喳地在谷粒盘里啄食一番后，便飞到院后的灰色松林里不见了。

我看不到父亲的脸，只瞧见他瘦骨嶙峋的苍白双脚，抵着贴有仿木纹塑面板的床尾挡板。原来盖在他身上的毛毯已经滑到一边，他将右脚抬起些许，然后再放下，这样一而再、再而三地做，好似在踢什么，不过十分缓慢——是在试图将毯子再盖回腿上。他是醒着的。我看了看自己左腕上的手表，表上显示是军队里所采用的24小时制，数字告诉我时间为15:57，天色有些发暗了。

我打起精神，努力扮出笑脸，从我站立的过道处走进他躺着的黑乎乎的卧室。

楼下卫生间的马桶堵住了。我的妹妹敏迪（Mindy）打电话找来清淤公司修理。可我们不知道化粪池的盖子在什么地方，它的位置又是一个父亲已经不再能提供的重要信息，弄得我和妹妹只好分一下工：一人在外面用脚到处踩踩冻得梆硬的地面听声，另一人看住父亲，让他不致从床上跌下来。我俩轮班做这两件事。

临终关怀医务所的医生告诉我们，父亲得的是烦躁性痴呆，而且已经进入末期。人一旦走到生命末期，器官功能便会失调甚至丧失。在这种情况下，多年被羁囚病榻的老妪会突然下床站起，并以大得令人难以置信的力气搬动家具；一连数月不讲话的虚弱老翁会蓦地怒气冲天，朝所有靠近身边的人乱吼怒骂。这些人不肯安静下来，还可能有暴力倾向。他们会认死理，想要干什么就非干不可。我父亲要干的事情是"回家"——也就是说，他认定自己目前所待的地方并不是他的家。为了说服他相信这里就是家，我给他举了许多例子：这里的天花板是他吊的，墙上的漆是他刷的，地毯是他铺的。我还让他看一张张这所房子的照片，想让他相信自己目前所在之处，正是30年前他亲手盖起，我们也同他一道搅拌过灰泥、砌过石块的家，就是他一直打算终老于斯的家，就是我特意从外地赶来将他从医院接回的家。可他就是不相信。

看到临终关怀医务所的护士终于来到，我和妹妹真是如释重负，激动得都哭出了声。父亲说什么也老实不下来，弄得我们一连好几天都没能睡个好觉。他又是踢脚又是挥舞变了形的双臂，而且都是冲着我俩来的，好像已经不认识他的女儿们了。我们真是被他耗垮了。就连这栋房子也来凑热闹，上下水道都发出不通畅的怪声。我们向这位护士求教，索要更多的、更有效的药物，好让父亲的情绪稳定下来。护士的回答是我们不应当将老人留在家里，即使有专职医护人员定期前来也不妥当，他应当到离这里只有30分钟车程的临终关怀医务所去。对住院病人，医生可以开具别的药物，作用会强过我家里的粉色吗啡液。父亲当初曾要求我们满足他的愿望，让他在自己家里度过最后一段时日，我们也曾答应这样做，但到头来还是没能兑现。当救护车来到时，清淤公司的泵车正挡在道上，清淤工正在找化粪池盖，拿着根金属棒在院子里的地面上捅来捣去，弄得急救员只好绕道而行。当我们将父亲抬上救护车时，这位工人停止了他的工作，对我家的这幕额外的戏剧旁观了一阵后，又接着去戳弄草皮了。

救护车开在前去市里的路上。这条路的上坡下坡、左拐右折，我都十分熟悉。我把住担架推车的护栏，心里默默点数着临终关怀医务所里的种种情况。那里简直没有一样中父亲的意：病房里粉皮墙的颜色，贴着墙根摆放的病床，一个个有气无力的病人，压低嗓门说话的中年护士，身穿粉色制服、以怜悯神色打量病人和家属的勤杂工那陌生的面孔……我将垂在父亲额头上的头发拂开，可他却一面要将被套扣约束住的右手挣脱，一面狠狠翻着眼睛，将头扭过去不理睬我。

救护车里的那位年轻的急救员跟我搭讪了一句："感恩节过得如何呀？"我看了他一眼，但没有答话。四天前，我们烤了一只火鸡，但是一口都没有动。再往前一天正是我的 37 岁生日，可本寿星却是只穿着睡衣却又无从安枕，躺在不干净的床单被褥上，为估量自己能否尽好看护职责犯了一天的愁。现如今，我和妹妹没能做到让父亲在家里驾鹤西去，真是觉得失败至极。看着父亲烦躁不安、痛苦挣扎的样子，我只感到一筹莫展。

救护车开到了临终关怀医务所。几位护士跑到车的后门处。父亲这时醒了过来，又是呻吟，又是在担架车上使劲挣扎。我跟着推车，看着她们快步将父亲顺着走廊推进一间单人病房。她们避开老人的抗拒，将一只大针管内的满满一管药物——院方的首选，是按规定不得在院外使用的强力药剂，不是氟哌啶醇[①]便是氯丙嗪[②]——推入父亲那肌肉萎缩的大腿，父亲渐渐安静下来了。我知道，他已经不再需要我的苦心支应了。眼前的这具躯体，已经不需要我再负任何责任。三个月来的诸般应答、喂饭、伺药、防护，今后都将不再需要。这里的一批穿工作服的专职人员，已经将所有的责任都接了过去。那天夜里，我是在他病床边的沙发上度过

[①] 氟哌啶醇（Haldol），俗名和宁锭，是一种安定药物，药力较强，但副作用也很大。——译注

[②] 氯丙嗪（Thorazine），俗名冬眠灵，是抗精神失常药，亦有镇痛作用。——译注

的。护士每隔两个小时前来打一次针，并换一次尿不湿。这样过了几天后，有如寄生虫般噬咬了父亲十年的癌症，最终将他的肉体和灵魂都夺了去。

亲友们以各自家庭为单位聚成组，安静地坐在医务所的厅堂里，想再和我父亲多待一会儿；摸摸他冰冷的手，倾诉一番最后的话语，尽管他再也听不到了。这些亲友们的大衣上还带着外面冬日的寒气，眼睛里映出过去八个月来亲人中一连串事件的阴影：我的外祖父，94岁，寿终正寝；我表姐，37岁，死于霍奇金淋巴瘤；现在，我父亲，60岁，刚刚被非霍奇金淋巴瘤夺去生命。

"接下来该怎么办？"我问我妹妹。她没有回答我，神情恍惚地看着走廊尽头处的一道门。门外是一片玉米田，已经收割过了，只留下一地茬根。一位入殓师悄悄打开那道门，推着一副担架车走进来。另外一位清洁工模样的人也随后来收拾我们留下来的杂物。他推着清洁车拐了个大弯便径直走进房间，看也没看我们。

入殓师打开一块干净的塑料布，厚厚的、硬硬的，就像是油漆工干活时用来保持地面干净的苫布。护士们把父亲的肢体抚平，将他的全身用被单裹好，抬到了担架车上。我对入殓师说了句："这是我父亲。"这位入殓师先用塑料布裹住父亲的双腿，接着是两只手和臂膀，然后再用密封胶带封严。用塑料布包起的袋子看着皱皱巴巴的。在今后两天里，父亲身躯内的体液和排泄物会在体内气体的作用下排出，入殓师用的专业词叫"尸渗"。从此，父亲便只是火化场里的一个名字——或者只是一个编号，一俟轮到，这个名字或者编号所对应的实体就会被推进火化炉，昂藏身躯最终便减为四磅骨灰，装在一只白色匣子里。然后，我和妹妹会抱着这只骨灰盒，把它安置在家庭活动室父亲经常坐着的角落里。

入殓师抬起父亲的头，撤走我们自己带来的枕头，枕套上有棕绿二色的野鸭展翅飞翔的图样。他把枕头递给我。我自言自语道："这上面还有他的体温呢。"

我已经不是从前的我了。过去我一向奉为行事为人准则的东西，如今已然显得不复重要。当初我请假照顾父亲，天数超期不能再续，结果便是辞职走人。婚姻之路在历经数年的不断坎坷后，到头来我不得不承认确实走到了尽头。我与朋友的关系受到影响，自己的抱负遭受挫折，在纽约市的公寓住所也遇到麻烦，如此种种，都比不上我在照顾父亲期间历耗的情感磨难。诚然，我为自己仍然活着而庆幸，好心人和过来人也告诉我，照拂行将就木的病人会倍感自己活着的幸运。可是老天，我可是目睹了人之死灭的呀！死亡离我这样近，这样不可改变。死了就再也活不过来了。我自己该如何对待这一事实呢？

送走父亲后的头两个星期里，我一直没离开他的这幢给我留下满满儿时回忆的住房。我吃的瓶装紫菜头是他当初从打折杂货店[①]买来的；取暖的木柴抽自他以往备下的齐齐整整的柴垛；睡在他一直休息的床上，从这张床上还可以看到窗外他那个自制的饲鸟器。我在电视机前一集接一集地看回放的《犯罪现场调查》——每一集里的罪行都有让我释然的确定结局。左邻右舍和朋友们都前来看望并带来吃食，但我一概不去应门，只在事后将他们留在门口的饼干筒、玻璃罐和塑料盒一一送还，而且特意找准他们大白天不在家时放在他们住处的外门廊里——因为我真不知道该对他们说些什么。

---

① 打折杂货店是一种专门将质量不再处于理想状态时的物品，如有所磕碰的罐头和稍有过期的麦片等降价出售的杂货店。——译注

父亲在世时，照顾他固然不易，而他走后，我发觉照顾自己竟也同样艰难。我仍然处在迷惘之中不能自拔。一阵冲动下，我想到应当离开这里，用改变环境的举措对抗心中的悲伤，从而将这段经历抛到脑后。我申请下新的护照，将父亲的房子交由妹妹照看，将为以后退休时准备的存款统统取出——存钱不就是为了花吗——买机票去了日本。在嗣后的一年半时光里，我周游了世界，乘过破旧的大客车，住过蹩脚的旅舍，体验过俄罗斯的风情，游弋过亚得里亚海，逛过塞浦路斯岛，又见识了埃及和非洲的其他一些地方。我不挑剔，甚至可以说是不在乎；我什么地方都敢去，野生的象群、俄罗斯的骗子、这里那里的小偷与强徒等，我都一概不惧。我也不担心迷路。我意识到，悲伤也是一种历程。

照拂老人往往也是又脏又乱的过程。我曾在肯尼亚纳库鲁城（Nakuru）一家破烂旅店铺着油毡的阳台上，同一名来自美国巴尔的摩（Baltimore）的中年男子聊天。我提起父亲去世的话头，竟引起他对自己不幸感受的一番倾诉，诸如"围着一大堆脏盆臭盆打转"啦，没完没了的备受折磨的看护重任啦，洗不完的病人衣物、给病人洗不完的澡啦，不仅涉及难过，更含有难以说清的其他情感因素。这就是美国19世纪的女诗人埃米莉·狄金森（Emily Dickinson）所说的"涤荡人心的最沉重的劳作"吧！聊了好几个小时、泪水也流了不少后，我问及他的父亲是何时逝去的。"有十年了。"他说。十年啊！我觉得自己有了伙伴，身边有了同样体验过曾当面失去挚爱亲人的知己。这样的人，即便只是在街头邂逅，也能够见面便成相知呀。

我俩这番涉及照料亲人的长谈，虽然杂乱无章，却也让我们实现了内心的沟通。亲眼看着挚爱之人就在自己面前一步一步地衰老、虚弱、解体，不但要看到他们脱落的皮屑、松垮的皮肤、凹陷的面孔，还得接触他们的痰唾、呕吐物、其他秽物，以及脏污的床单、被褥。这种不得不长时间忍受的惊恐情感，正有如美国著名女记者、作家弗洛伦斯·威廉斯（Florence Williams）在《纽约时报》上所说的那样：“血和污物会带来一种幻觉，仿佛它们并非是这个世界上的存在，它们会令大脑里出现一个奇特的亮点。”我的大脑里就出现过这样的奇特亮点。我想知道这是为什么。

我和父亲从不曾有过观点完全一致的时候，但彼此仍相当亲近：我们曾一起生活过多年，一道工作，相伴远足。我熟悉他身上的气味，熟知他的体貌特征。不过说到看护他，给他洗澡、刷牙，端着小盆接他的秽物，都是以往我从不曾体验过的。别人也一直没有这样伺候过我。父亲对身体已毫无隐私会有何等感觉，个中体验我只能想象。无法保护身体隐私，生活不能自理，这在临终关怀医务机构被称为“失却尊严”。父亲渐渐地不复是他自己。他的身体一点点地不再属于他本人。决定他之所以是他的存在——说是头脑也好、灵魂也好，或者别的什么也好，一点点被挤出了他的肉体。

父亲一次接受查体时，我也在场。当医生问及是否同意接受最后一轮抗癌治疗的实验药物时（此种药产生疗效的可能性为5%，并伴有可能性为100%的恶心、脱发、体能失常和精神抑郁），他表示自己只想回家等待大限。当时我并没能正确预想到在这以后将发生些什么。我以前从未照看过行将离世的人，甚至连这样的人都不曾接触过。临终关怀医务所里那些一连数月里每周都来我家检查的护士们，为什么不曾知会我们将会发生什么情况呢？消化和血液循环都是体能过程，从生到死是否也为与之相类的体能过程，只不过表现为身体功能慢慢消失呢？护士们不说，莫非是难于解释说明？又莫非是因为她们司空见惯？再不然是由于生命本是难以逆料的？

谈论他人的死亡与本人走向死亡，其实是大不相同的。书刊、影视、音乐和言谈里都常常涉及死，今天如此，以往亦然。所不同者，是时人对死亡形成了一种定式、一类幻象、一丝浪漫，那就是我们的挚爱亲朋在一瞑不视之前，总会留下大有深意的最后一瞥。所谓浪漫之死，我的意思是指经常出现在电影或者小说中的那种表现崇高的、美妙的、安宁的故去，一如美国 2004 年一部爱情故事片《恋恋笔记本》中的情节。我是在纳米比亚首都温得和克（Windhoek）的一家旅馆里从电视机上看到这部影片的，内容是说一个男人对患了老年痴呆（阿尔茨海默病）的妻子不断回溯当年相爱经历的故事。彼时这对夫妇都已年迈，丈夫的絮絮叨叨，都是在诵读妻子当年在一本笔记本中对二人共同生活内容的记载，老旧汽车啦，俭朴的生活啦，家里的陈年旧事啦，诸如此类。这两个人之间的爱情是如此深切，竟致妻子的记忆短暂地得到了恢复，影片就以两人都躺到床上、挽起手来、双双在安睡中告别人世结束。表现此类情景的美丽图像，经常会以宣传画的方式，出现在医院和临终关怀医务机构的墙壁上、医务工作者的办公室内、癌瘤防治中心内，也出现在宣传此种概念的网站里。这种放在画上的人生结局，也正是我希望父亲能够得到的离去方式：他能够回到家里，我给他端来靓汤，他说他爱我，攥住我的手，安详地永远闭上双眼。人人的内心深处都希望自己会是这样，但也都担心这样的前景未必能够成真。

死亡的真实过程往往不为人知，原因之一是我们已经不再常见。在当今的世界上，诸如瘟疫、小小的伤口感染和小儿常见病导致的死亡，已经在地球的大部分地区得以消除。人们的平均寿命在过去的一个世纪里延长了 30 年。1900 年时，美国人通常会活过 47 岁，进入 20 世纪 30 年代后达到了 59 岁，而到了 2000 年，这个期望值已经接近 80 岁。单单婴儿的出生死亡率一项，便从 1935 年的 56‰，下降到 2000 年的 7‰。美国人保健状况的总体改善，使得原先会在家里接触到亲人逝去的直接体验，不复成为许多人的亲身感受。如今的美国人，80% 是在医院、养老院、诊疗所等各种医疗机构内逝去的。即便看到故去的或者行将就木的人，也大都只是在医院病房短短探视时，而对病人的医药打理、更换床具和洁身过程，都统统交由医护人员负责，其他人只是有如参观一样前去走上一遭。被认为令人不快——不妨以是否适于进入电影画面为标准——的有关死亡的方方面面，都发生在拉起的帘幕后面。离世成了得到专业化处理的过程，远远离开亲人故友，令他们不复有真切的体会。

这种情况并非由来已久。在三代人之前，死亡往往就在家里发生，在农村中更是常见。我的老家在美国兰开斯特县（Lancaster County），有关那里求医问药的情况，我是从老辈人的言谈中得悉的。我的祖先是门诺派教徒，他们迁居此地务农 170 年后，当地才有了第一家医院。我的曾祖父名叫伊诺斯·哈尼什（Enos Harnish），是家族中最先开上汽车的人，也是第一个没有在家中故去的成员。他是在医院里去世的，不过移去那里之前，下肢便发生水肿——人们今天知道这是充血性心力衰竭导致的症状，在家中卧病一段时间后才被送入医院，不久便仙逝。他的女儿伊丽莎白（Elizabeth）也死于同一病症，这位姑婆活到了 90 岁高龄，去世时仍有一头鬈发，而且只略有灰白。她是坐在仍旧保持着门诺派习俗的家中，肿胀的双腿搭在板凳上去世的，虽然有病，却一直不肯用药，还是如以往一样总是嘎嘎大笑。她认为自己的一辈子过得蛮好。

不过说起在家中安逝的前辈家人，我想到的是另外一位伊丽莎白。她比我高出一辈，是嫁到我们哈尼什家族旁系的女子。她和她的丈夫、我的表叔马丁·威特默（Martin F. Witmer）住在一处农场里，离我上的高中学校不到一英里。有关我家这位前辈的情况，都是经先人们口口相传，又记录在一本由 J. H. 比尔斯公司（J. H. Beers & Company）1903 年出版的《宾夕法尼亚州兰开斯特县人物年志》中："该家族盖为门诺派信徒，威特默一支更为镇中经世望族，久得邻里敬重礼赞。"（902 页）这位伊丽莎白是马丁的第二任妻子，入门后当上了两个男孩的继母，自己又生了三个女儿，取名分别为玛丽（Mary）、范妮（Fannie）和莉齐（Lizzie）。伊丽莎白活了 82 岁又 21 天。在我的设想中，她的最后一天仍是天未放亮便起床，拖着蹒跚的小步走进铺着漆布的厨房，烧水准备煮咖啡。她面前的柜台上铺着一块布，上面整齐地摆放着十多个瓶子，都盖着盖子，里面装的是泡菜，都是她在头一天腌制的。餐桌上还摆着一只原来装牛奶的广口玻璃瓶，瓶内插着 7 月里正当时的百日菊，有粉的、红的，还有黄的，是从家里的小花园摘来的。她停止了忙碌，将这些东西扫了一眼，随后便中风倒在地上，一任火炉上的开水沸响。当彼时都已年逾六十而仍然未婚，且还住在娘家的范妮和莉齐发现后奔过来时，发现母亲已经没了知觉。女儿们将她抬上楼，安置在她自己那张还留有余温的床上。家里人通知了已经出嫁、住在一英里外的大女儿玛丽。三姊妹一起照料伊丽莎白，付出的不但是体力，更是情感。这位老太太一直不曾恢复意识。对此，《宾夕法尼亚州兰开斯特县人物年志》上也有一句就事论事的记载："她患病多日，并于某日清晨中风瘫倒。"

20 世纪初，美国的尤其是兰开斯特县一带的医生，水平不比巫师高明多少。他们骑马在四下的农场游方，马鞍上搭着一只黑皮口袋，袋里只装着几样简单的医疗用品。这些东西不但为数寥寥，而且也很不规范，如几样古里古怪的药草浸液（用小黑瓶子装盛着）和嗅盐什么的，有时还有一大瓶威士忌烈酒。后来，他们又带上了新出现的天花疫苗，还有说是能够应对坏血症和水肿的这种那种劳什子，并没有任何抗生素——它们的问世还得再等上 60 多年。到了 20 世纪中期后，鸦片开始被认定为对付生命末期疼痛的标准镇痛剂，但控制其不被滥用又成为一大难题。伊丽莎白因为中风后没了知觉，很可能不曾感到痛苦，临终前又得到了女儿和继子们的陪伴。她的亲人们给遗体穿戴上她生前最好的服饰，翌日便送她入土为安。

随着生活的进步，我们已经不再自己腌泡菜熬果酱；类似地，随着医学的进步，我们也不再亲自照拂垂死的病人，不再近距离目睹死亡。自 19 世纪末以来，与死亡直接接触的机会大大减少，倒是使我们认识这一历程的意愿越发急切。这很像是美国作家迈克尔·莱希（Michael Lesy）在他的小说《禁区》里所说："（对死）的想象更加深了认识它的渴求。"父亲故去后，我便有这样的渴求；从朋友们的探问中，也可看出他们也有同样的意愿。他们的所问，并非诸如人死后去了何处、父亲是否相信上帝之类的涉及宗教观念或者超自然现象的内容，而是事关死亡的具体情况：他的死因，死前是否长期虚弱，他如何意识到行将离去等。对于父亲身体状况发生变化的详情，他们听得十分认真，只是不大好意思问有关身体器官、皮肤的具体状况和咽气经过。

人们意识中的死亡和它的真实降临，这两者之间是有距离的。拉近这一距离会造成冲击或伤害。减轻的唯一方法，是拿出时间来接近生命行将走到终点的人们。知道死是如何发生在他人身上的，从而也会认识它将如何降临到自己头上。明白死亡的状况，固然会剥去这一现象中的浪漫外衣，却也能使了解和经受它的到来容易些。然而，人们尽管有心认知死亡，医务界围绕这一事物的所作所为，却一直在妨碍着它的实现，而这也就影响着我们能从了解中得到裨益。

在纽约市曼哈顿（Manhattan）的东南端，有一家设有临终关怀医务科的医院。在该科的工作台上，用胶带固定着一张单子，上面开列出所有的病人，以利护士们随时掌握和更新他们的生死动态——不时便会有名字被划去，又有新的被添上去。台上还有一个夹纸垫板，是供义工填写工作记录的。比如，有一次我便在上面看到这样的字句：“史密斯太太吃了两勺苹果酱。喜欢谈及她的家庭。给我看了她孙辈们的照片。”垫板上经常会出现医务所里的协调员附上的提示，提醒义工们不得将病人的健康情况告知本人及其家属——这些人未必知道有关的生命末期信息，也未必想要知道。科里采取的这一屏蔽做法并非什么新方式，但并不是没有争议的，也因各家临终关怀医务机构所处的地区和病人的年龄、种族、社会背景及宗教信仰的不同而异。每当这里有人逝去、遗体被推走时，与死者所在病房位于同一侧的所有病房都会关门，为了不让病人们看到这一过程。病人不会在临终关怀医务科待很长时间，只有一周或者更短些，这是因为他们先前已在医院的其他科室接受过处理，不过那里的处理目的是治疗，只是在治疗无效后才被送到这里来。

与病人谈论死可不是什么轻松事。医生谈及它，是承认自己无能为力，等于明言从此撒手不管；向病人提起去临终关怀医务机构，就意味着去那里等死，因此许多医生都不肯这样做。医务界的避而不谈会造成一个大麻烦，那就是处于此种病况的病人，会觉得不应当不再要求接受某种新的试验疗法和新的药物。亲朋们会恳请他们"切莫撒开你的手"①，不要放弃努力；亲属们虽久受不治之症的连带之苦，却也会因心境没处于常态或者缺乏知识，想不到去了解可以有哪些正确的应对选择。

尽管结果会是无效的，但宣告停止继续治疗，移除生命维持设备，对于病人家属而言，会觉得是决定终结亲人的生命，是对他们的背叛；对于病人自身而言，也会觉得无异于宣布自暴自弃、拒绝合作、极度沮丧乃至意欲自杀。但是继续下去，劳而无功的医治会折磨肉体、破坏体能，造成经济负担，加之每每接触医护人员时一再引发的临床抑郁。这应当使病人想到：如果凡此种种离开家庭、失去意识、被化疗弄得虚弱不堪、体内被插入输氧管的体验还能算是好方式的话，坏的方式又该会如何呢？

人们以往一向认定，死亡是指心跳和呼吸全部停止，脑功能也随之丧失。医疗领域发生的革命化进程，使这一定义在 20 世纪 70 年代发生了第一次改变。医疗手段的革新，带来了人工呼吸装置和心脏除颤仪，使得心与肺的工作可说是实现了不受限制的延长，死亡的定义中从此便排除了这两者，只剩下了脑功能一项。不过任何人——包括医生、律师、病人和病人家属在内——都不知道这一项标准的准确定义。多少个世纪以来，心脏的跳动和连带的脉搏都是与生命联系在一起的，是与文化、社会和家族关联的节律。古代埃及人在制作木乃伊时，会将尸体的内脏取出，不过仍把心脏留在原处，认为这样死者才会有来世。进入 17 世纪时，又有人相信灵魂寓居于心脏这块肌肉的空腔里。18 世纪的英

———————

① 《撒开你的手》是美国 2013 年的一首流行歌曲的曲名。——译注

国诗人威廉·布莱克（William Blake）告诉人们说，心"居于世界的中央，一如天上的太阳"。对于知识，我们要专心探求；对掌握的情况，我们说心里有数或者心中无数；对所牵挂的形势，我们说放心不下……显然这是认为，如若心脏在跳动，人就是活着的；一旦不复如此，人便已经死去了。

脑子却与心脏完全不同，既神秘又复杂。它有三个基本组成部分，各自执行着若干特定功能，各功能间又相互依靠。人是否活着，要根据哪些脑功能断定呢？是全部功能吗？人之所以成为人而非别的什么生物体，又取决于脑的哪些部分呢？人有禀性，会笑，能辨识他人，这些功能都寓于脑子的何处？对种种功能又如何测知？上一段文字所提到的医学进步，再加上心肺复苏技术的实施、急救电话系统的应用，以及人口向城市集中导致紧急救护的迅速到位，使无数生命得到了挽救。然而，人们也因此进入了道德伦理领域中一个未曾探求过的新领域，而且是个漫无头绪的领域。在一些情况下，电击或者反复猛压胸部，虽然会造成心搏的恢复，肺叶也因之被强迫一进一出的空气鼓动重新得到自主胀缩（只是此种举措往往造成体弱者和老人肋骨骨折），但如果被急救者未能在四分钟内得到供氧，脑部便会遭到损伤，损伤程度既难以测知，又往往无法恢复正常。在出现此种状况时，病人的"生命"便会靠技术手段维系，是否会死去，便往往变为一个要凭意识做出的决断——关掉人工呼吸装置、停用起搏器、抽出饲管、终止无效的救治过程。一位名叫凯蒂·巴特勒（Katy Butler）[①]的记

[①]　凯蒂·巴特勒为美国记者、作家，生于1949年。她将照顾患病双亲的亲身体验写成书，于2013年出版，书中对现代医学偏重于延长生命而忽视此举措造成的痛苦与折磨提出批评。此书有中译本，译名为《伪善的医疗：理解医疗的极限，让挚亲适时地离去，才是真正爱他的最好方式》，王以勤译，台北麦田出版社出版，2014年。——译注

者，在 2010 年的一期《纽约时报》上发表了一篇题目为《父亲的心令人伤心》的文章，评述了一桩不但令人揪心而且最终不可能得到允准的请求，这就是她的母亲央求她停掉她父亲身上的起搏器。这位老人时年 85 岁，罹患痴呆症已有数年，浑身上下找不到一处健康的地方。"起搏器是缝进父亲体内的，就埋在右锁骨处的皮肉里，为的是让他的心脏活过大脑。"凯蒂在文中告诉读者说，她和她母亲都认为，大脑死亡意味着生命的终止。在社会关注到死亡的定义遭到技术肢解之后 50 年的今天，多数人正是这样接受的，只是医学界和法学界另有囿见。

在 20 世纪 70 年代时，一系列围绕着死亡定义改变的有关病例，引来了公众的视线。病例之一涉及的是一位名叫卡伦·安·昆兰（Karen Ann Quinlan）的女士。她在 21 岁时，因服用了镇静药地西泮又同时喝了酒，结果丧失意识，没了呼吸，肺叶直至 15 分钟后才在医务人员努力下重新活动起来。她的脑部还有多少残留功能，人们一直没能搞清。开动了种种医学设备的结果，是她又呼吸了一年时光。在此之后，她的双亲"开始提出一个以往从未出现在人类体验中的问题：他们要不要关闭人工呼吸装置，让女儿死去，并且从此不可能再'活过来'呢？"。据一位名叫威廉·科尔比（William H. Colby）的律师在他所写的《停用器械：重提美国的死亡权》一书中说，卡伦所在的医院因担心受到杀人指控，不肯采取这一做法。此事成为新泽西州最高法院审理的案件，得到了国内外的热烈报道，并成为一个热门话题——卡伦是否仍然活着？上述法院的裁决是：病人及家属有隐私权，可以拒绝有关的医护手段，即便此类拒绝确定会导致死亡。美国人在家里关注着媒体对昆兰一家人的报道，总体的反应是认为靠着机器来保持人为的活命，并不是他们心目中安好的辞世。①

　　1969 年，由瑞士来到美国的精神病学者伊丽莎白·库伯勒－罗斯（Elisabeth Kübler-Ross, 1926—2004）发表了一部探讨临终和死亡所造成悲恸的著述，将这种悲伤分为五个阶段，标题是《下一站，天堂：生死学大师谈死亡与临终》②。这本以生命接近终点的病人的心态为中心内容的书，开启了美国着手改进对此类人的关怀救护的新路。第一处现代意义上的护理机构——临终关怀医务所于 1971 年成立，目前在美国每年死亡的 250 万人中，在此种机构得到归宿的已达 150 万人。不过，这一数字有误导性，因为临终关怀医务机构的接纳标准，是病人的诊断结论为当在六个月或更短的时间内死去。实际上，病人在此类机构的平均入住期还不到两周，有超三分之一的病人在七天后撒手人寰。这里有一个难题，就是病人在符合入住条件之前，就必须终止所有以治疗为目的的医学手段，只是其中的一部分尚未放弃治愈的希望。临终关怀医务机构的职责只集中于一点，即努力使临终病人的时日尽可能地安适些，而与此同时，来自经济、家庭、文化和道德伦理等诸方面的考量，又会令临终关怀医务机构面对情况各异的入住者。有些病人家境优越，既有钱也有闲，有条件住在家里接受护理直至归

① 在新泽西州最高法院做出有利于患者父母的裁决后，卡伦·安·昆兰的人工呼吸装置被移除了，她仍能自主呼吸，但无法自主进食。她的父母认为人工饲喂不致造成她的痛苦，因此同意继续维持这一措施。她的植物人状况又持续了九年，最后于 1985 年因肺炎离世。——译注

② 这五个阶段分别是：否定与隔离、愤怒、讨价还价、抑郁、接受。这一有开创性观点的著述有中译本，易菲译，译林出版社出版，2014 年。此书原书名为 On Death and Dying，直译为中文是"论死亡与临终"。——译注

西。（按照美国联邦医疗保险计划①的规定，通常只支持每日四小时之内的入户护理，并不足以满足失去行动能力和独自居家者的需要。）另外一些人则会在自己或家里人终于认识到病况已然不治后，转入医院里的临终关怀科或其他临终关怀机构。还有人会住进养老院终老于斯，由临终关怀机构指派护士时时前去护理。此外还有独立运作的临终关怀医务所——我父亲最后就是在这样一家机构里归西的。

　　就在临终关怀医务机构兴起的同时，一种另辟蹊径的事物也出现了。这就是争取让安好辞世得以实现，而其着眼点是法律层面。种种法律文件格式应运而生，都是人们为了防备丧失决断能力所提前做出的最终嘱托。有人叫它预立遗嘱，有人称它预定临终要求书，有人说成是生前预嘱，还有一种更通俗的说法是"活遗嘱"。它们得到美国联邦或州立法系统的正式认可，有效性得到法律保护。我便在父亲去世后找到家庭律师，由他代拟好我本人的预立遗嘱和患者委托书。认识我的人都知道这些文件的存放处——我的书桌右侧的一只灰色金属文件盒内的一个大信封，信封口是封好的，信封上贴着一张见后托寄的便条，上面写着我妹妹和家庭律师的联系信息。只是我的临终意愿虽说受到法律保护，但并不意味着假若某天我在曼哈顿的繁忙街头被车撞了，这些意愿仍会得到执行。法律条文往往会被实际情况挡道。举例来说，前来事故现场的救护人员，根本没有可能知道我在生前预嘱中都提到了什么，甚至也无从得知我是否立过这种文件；前来病房探望我的某些大动感情的亲戚，也有可能仍然要求医院尽一切可能

① 联邦医疗保险计划（Medicare）是一个由美国联邦政府监管的医疗保险项目，负责所有符合规定的老年人和部分残疾人及重病患者全国范围内的医保，通过若干私营保险公司运作。医疗费用由保险公司和被保险人按预定比例分摊。——译注

"让这个人活下去"；就连我的家里人，保不齐也会不能或不愿接受停用生命维持设备的前景而不肯提出既定要求。

注意一下医务界在临终关怀方面的所作所为，以及民众自主提出的种种预定临终要求，从这两项努力所涉及的各个方面能够看出，这两者是相互交叠的，并在过去的40年间彼此多有借鉴。强调社区和家庭关系，都给它们的结构提供了支持，也注入了做出联合决断的动力。病人本人的福祉都被这两者放到了理应如此的首位上。只不过医学的不断进步，涉及生命末期立法的当局又跟进不足，致使它们都表现乏力。再者，以"支持生命"为口号的社会活动人士虽已不再提起原先的"不惜任何代价维系生命"，却仍然积极宣传类似的理念。公众普遍对临终过程认识不足，也导致自身难以发挥足够的影响。与此同时，上述这两项努力也都未能全面把握好本身立下的正确宗旨：使人保有尊严地安好辞世。保有尊严地安好辞世也同死亡一样，是未能得到准确定义的概念。每个人的理解都各不相同，视年龄、文化背景、所持信仰、个人旨趣和其他多种因素而定。这样一来，我们如何期待临终关怀机构在特别强调安好辞世时，一一区别对待人们种种不同的理解？又如何指望大量自主预定临终要求的法律文件，能涵盖人们千变万化的体验呢？

除此之外，死亡发生地点的所谓"机构化"——病人不在家里亡故——使人们因得不到接触他人死去的机会而无法通过切身体验得知就里，以及临终形势造成的多种悲怆心态，往往使病人和亲属茫然无措，被动地接受外来的——医生的、护士的、医院负责人的——安排。俄亥俄州立大学医学院的乔安妮·林恩（Joanne Lynn）将此种应对方式形容为"顺坡溜"。这样做的结果，是病人被医务人员引导着，接受一次又一次的检查，经历一次又一次的医药处理，却往往只是增加无端的疼痛与折磨。正因为如此，才会发生某位得了老年痴呆症的 95 岁高龄老太太，又被安排服用某种新药物（耗费了她家的储蓄不说，新药物还有可能与以往服用的相克）的事情；正因为如此，才会出现某位癌症已到晚期的 82 岁老伯伯，被推上手术台接受人工膝置换的个例。忧心如焚的家属心中无谱，往往会向医务人员求助，只是他们很少知道，自己所请求的"行行好"，其实往往是无好可言的，或者更是这个"好""行"向了其他方向。

希望是祈祷的远亲。它会披着黑衣，绕着全家福照片兜转，随时会化为黑纱围到相框上。如果认为祈祷是向全能的上帝而发，恳请他再次赐下以往创造过的奇迹（对这些奇迹，人们往往会记得再清楚不过），那么希望就只是发向虚空，是无的放矢、是无视事实。希望只是寄情于低得可怕的百分比、嗡嗡作响的医疗器械和辗转无眠的长夜。祈祷会——也许是曾经会——请来奇迹，希望只会带来再苟活些许时日——也许一周，也许数旬。垂死者也许会希望达到某种目的：让我看到儿子结婚；让我等到孙女过十岁生日的一天；让我活到全家人再一起过一个感恩节……这样的希望或许倒还能够实现。希望可以使人等来衣服裁好、礼物包好、盛宴备下，仅此而已。拟订计划是希望的强项，而临终者及其亲人的最好的计划，往往应当是尽可能避免最糟糕的前景。

记得父亲去世的前两年，他曾提起自己打算以开枪自尽或者在屋后的露天地上吊的方式结束生命。当他的健康状况恶化后，他又表示希望找到感觉不到痛苦的"走人"方式。想到我很可能会成为发现他遗体的人，设想看到他要么在某个高处荡来荡去，要么血染残躯，可着实将我吓得不轻。我将父亲的意图说给一位朋友听，随后这位朋友便给了我一本书，书名是《最终出局：临终之人自行了断和受助自杀的可行之道》，1991 年初版后便成为《纽约时报》评定的最畅销书，作者是美国报人德里克·汉弗莱（Derek Humphry）。这是位性格率直、颇惹争议的人物，还是 1980 年成立的毒芹协会 ① 的首要创建人。这本介绍若干种在不违背法律的前提下自杀的书，我反复读了好几遍，后来又拿给父亲看。我相信自己一旦面临决定自我终结时，会知道将以何种方式（服用安眠药；用厚塑料袋套住头部并用橡皮筋扎严握紧袋口、以让呼出的二氧化碳滞留袋内）。我相信父亲看了后，如果愿意，也会从中找到做法。我需要让他知道，无论他做出何种决定，我都会给予支持。只是到头来，安然也好，煎熬也罢，他还是在远离亲爱家园的临终关怀医务所里咽的气。

但当我终于从非洲返回故国后，很快便意识到，我心中的阴影、我想以跋涉遥远异国的方式摆脱的阴影，其实还滞留着，并未真正消散。我的离婚证、寻找工作的努力、父亲盖起的房子——种种有形的记忆，都会不变地落到同一个终点上，那就是我父亲的形象：裸露的躯体、苍白的肤色、形销骨立的模样。这使我认识到，我的意识之所以仍在以种种方式回溯到这一形象上，其实是我本人需要那种如苏珊·桑塔格（Susan Sontag）所说的"逃避的欣然"。此种回忆固然造成痛苦，但也让我感觉再度亲近，因此回忆之门十分容易敞开。只是如今我的回忆中，以往我们在一起度过的快乐时光的内容：某个阳光明媚的日子，我俩在农场上砍锯木柴时目光相接的时刻；我突然心血来潮打电话与他谈及我这里的下雨天时，从电话那一端传来他那暖心的亲切声音……诸如

---

① 毒芹协会（Hemlock Society）是美国一个向临终患者提供信息支持的组织。它还主张医护人员有辅助终结生命的法定权利。该组织后改名为"生命末期选择"，再于次年与其他同类组织合并为"同情与选择"。这两个机构后文都有谈及。——译注

此类的往事都被滤掉了。令我亲近他爱他的情景都不复出现。停留在我脑海里的，只是他不停扭动的躯干，而且扭曲得根本不可能在活着时做出。对临终关怀医务所当时情景的回想使我想知道，是不是所有的人都会像他那样，挣扎着双臂、踢蹬着双脚，最终在注射后死去呢？我还想知道，他的死算不算得上"安好辞世"呢？如果算得上，我将来是否也会这样离开人世呢？

这显然表明我应当寻求摆脱悲恸的新途径。我上一次也下过这一决心，但具体做法是离开本土。这一次，我不再打算避开，而是属意于接近死亡。我陷入个人悲伤中不能自拔的时间已经太长了，唯一的出路是去理解死亡，剥丝抽茧地理解它，达到彻底的明白。自己想在这个世界上再次有所作为，就得先理清我的父亲、我的亲人和我本人——总之，与父亲的死有关的每个人都曾遇到了什么。当时我并未把握住这样做的根本意义，只是觉得应当遵从当代美国作家彼得·特拉亨伯格（Peter Trachtenberg）在《灾难之书》中所说的那样：我原来将精力和激情消耗在悲痛上，现在要以全新的精力和激情投入调查研究。他写道："痛苦与折磨会形成意象，盘踞在心中久久难以消除。应对的办法，首先就是得将意象本身的有关内容弄清楚，如果可能，再进一步挖一挖其后的就里。这样做了，就是进入了科学，进入了哲学，也就是由探究痛苦与折磨的实在引导出了更高层次的认识。"

研究安好辞世，似乎正有如寻找传说中的不老泉。人死不能复生，又何来其安，何谈其好？我有些不知道如何开始。不过，既然我与死亡的近距离接触发生在临终关怀医务所里，我便动身前去这种机构当义工。在临终关怀医务所，我学会了如何短期顶替医护人员照看并非亲人的濒死病人，怀着伤感的求知心情出席会议和会诊，参加学术讲座，去教堂的地下室旁观悼念仪式。我还进入了监狱中的牢房和狱中漆成浅蓝色的病室，倾听病囚发出的低语。他们喃喃吐出的字句，都可能是最后的发声，至于它们是可怕的请求，还是徒劳的追悔，我都不怎么理会。我自然也会发问，但更多的是倾听。倾听行将就木的人的诉说，也倾听与他们有亲密关系的人的叙谈。我想要了解而且是能达到真知灼见程度的了解，弄清楚现时现世的人们，如何会不知不觉地滑入死亡的深渊，仍然活着的人们又将如何懵懂茫然地面对这人生大限。我对自己说，我的这一做法应当能得到父亲的鼓励，至少是不反对的。因为他一辈子从不曾将就坐榫子松动的椅子，不肯凑合用出毛病的家什，而这里就有一个叽咕乱响的概念，正有待我来鼓捣呢。

从我进入临终关怀医务所做义工伊始，便认识到自己即使只是做些小事情，哪怕只是听听病人说话、在病床旁坐上片刻、对他们的感受表示理解等，也会让病人活得好过些，死得也从容些。不过我也很快就看出，改善死的质量，并不仅仅靠着病人和亲人能被告知都有哪<u>些</u>选择，然后由他们自己决定何去何从。改善并非只关乎若干细枝末节。让医生学会如何告诉病人已时日无多自然重要，而让病人明白自己面临怎样的前景也十分要紧。不过即使都能做到，也只有在被告知者真正听进去时才会有效。令所有的病人都能走好最后一段路是不可能的。就以人工呼吸装置为例，同样的帮助，这家人会决定关掉它，换另外一家人便未必肯。要扭转多年来形成的动辄开动人工呼吸机、插上输氧管的默认对策也不能一蹴而就。本书无意探讨今后几十年里，在将会有大批老年人走近生命终点而我们对这个人口老龄化的局面还没有做好应对准备的国家里，年迈者临终所会带来的种种复杂需求；本书也不准备谈及如何应对美国的个人和整个国家所面对的经济层面上的严重挑战；还不打算评介我们之中某些特定的群体（如经济上和金融上居于弱势的部分）每天为度日所受的煎熬。至于我们是如何一步步走到如今这种不但误解死亡，忽视和慢待临终者，还对这样的形势缺乏了解的地步，也不在本书的讨论范围之内。

要想探知今天人们之所以会经历这样离开人世的历程，医学、药学发展的过程，选择、自主、知情同意①等概念形成的经过，临终关怀医务机构和医院的救治理念定型和沿袭，社会对临终所持的看法，都需要更深层次上的认识。监管调控临终过程中可为或不可为的立法内容，以及有关立法的目的和最初拟立的缘由，同样需要得到审理。当前因死亡造成家庭经济危机的金融运作体制同样须予以审查，还不要放过宗教势力和其他文化力量在人们的死亡方式中起到的作用。我很想知道，凡此种种因素，究竟是如何缠结在一起，共同影响着临终者会得到的对待呢？通过重点研究一些人的生与死，我清楚地感觉到，改变人们归西的方式，将会是一个任重道远的任务，既涉及给临终者以充满关爱的照顾和护理，又事关不留余地地审视种种在当今控制着生命最后一段行程的种种社会的、法律的和行政的制度。

---

① 知情同意是指提供医护手段的一方在拟施用某种医药手段前，须先令患者（如患者失去沟通能力，则须令其亲属）了解有关的、包括医学的、心理学的和道德伦理方面的详细信息，得到后者同意后方可进行，其书面部分基本上相当于我国的病情通知书。——译注

第二章　与临终患者的数轮接触

　　宽街大楼是座不起眼但很规整干净的建筑，位于纽约曼哈顿的东南隅，纽约人管这里叫下东城（Lower East Side）。楼里有一处临终关怀医务所。这座大楼的正门高于地面，沿一条几乎等长于全楼楼面的双翼坡道上下。不过除了这条坡道显得有些突兀外，大楼本身看上去倒是与周围的餐馆、公寓和熟食店铺很是协调。我刚刚参加过一轮临终关怀义工培训。我本来对临终关怀机构的设想是有如养老院，里面尽是些头发灰白的人，沉沉静静的，目光也冷冷的。但我实际看到的，是一处介于医院和疗养所的所在，里面人来人往，气氛活跃，各种年龄的人都有，而且看上去都有着与我大不相同的生活经历。宽街大楼有如一所建在坡道后的学校，我则相当于被临终关怀业务的管理部门派到那里接受教育的学生。那里有一位名叫马歇尔（Marshall）的患者，他心情恶劣、孤独孑立。我只知道他将不久于人世——这正是我被派去的缘由。此外，我对他一无所知。

　　我看到这位马歇尔住在一个整洁的双人间里，床位是离门较近的一张。他上身是森林绿的套头衫，下面是同一颜色的针织裤，还戴着一顶棒球帽，帽子上有纽约大都会棒球队的标识图符。这是个瘦小结实的小个子黑人，灰白的头发剪成短短的平头，看上去病容不很明显，并不像个时日无多的病人，只是相当憔悴。他穿的衣服看上去比本人大了两号，目光凝重。我进门时，马歇尔正在看电视，电视机不大，固定在一个臂座上，从他脑后的墙上伸出，远近可以调节。他看的节目是《女法官朱迪》①。屏幕上，这位女法官正在训诫一名一脸粉刺、球衣穿得歪七扭八的半大小子。我向马歇尔做了自我介绍，注意运用训练时得到的知识，避免引起有时不肯正视自己健康状况的人可能的不快，有意不提到"临终关怀"这个名目。在此之后我又加了一句："我听说你愿意有人陪陪你。"马歇尔不好意思地点了点头。"我能同你一道看《女法官朱迪》吗？"他指了指自己床尾的一把有污迹的椅子。椅子后面的墙上装饰着几张祝愿恢复健康的问候卡。它们向我提醒着一个事实，就是家属通常都难以接受亲人将会不久于人世的现实。也许他们会认为，如果不企盼有奇迹发生，便无异于放弃所有的希望吧。

　　房间里还住着另外一名男性患者，名叫蒂莫西（Timothy）。此人的性格与马歇尔不同，他很爱讲话，有些邋遢，脸上带着浅浅的吸毒痕迹。我不止一次地注意到，他会将从小食堂里弄来的吃食——一杯杯即食麦片、一卷卷饼干之类——存起来，然后拿去做地下交易——这里的黑市活动遍及全所。宽街大楼的住户来来往往，他们会将头探进这个房间，目光与马歇尔相接，彼此打个招呼，寒暄上几句。他们也给蒂莫西以同样的礼遇。这两个人所住的 210 房间，是医务所内社交界的热点。

---

① 《女法官朱迪》是美国的一部电视连续剧，以真人真事为基础，又以现实中的确任法官职务的人出演主角，内容多涉及情节不严重的法律争端，布景基本上为不变的法庭内部，也没有明星出场，是制作成本很低的节目，但仍因内容贴近民众生活而有相当的吸引力。——译注

我坐在马歇尔身边时，常能看到各个年龄段、各种肤色的男男女女。来访者带来的孩子在大厅里东跑西颠；轮椅上坐着不修边幅的病人，干瘪的面孔上显现出岁月的无情印痕。工作人员身着不显脏的深色制服，脚踏舒适的鞋子。我将年满 40，一向自认颇具活力。然而在这家临终关怀医务所里，虽说患者个个有病，其中一些更临近死亡，我却从自己从未曾见识过的生活中，体验到了满溢的生气。

第一次看望马歇尔时，我在他身边坐了两个小时，聊天的话头是天气和电视屏幕上看到的在法庭上对演员法官毕恭毕敬的演员原告。后来我才认识到，陪伴并非一定就得聊天。马歇尔需要的，只是有人在他身边。这是我过了一段时间后才意识到的。

当天晚上回家后，我便打开电脑，查找有关宽街大楼的更多信息。为什么要让病人不分男女老少地混住在那里呢？对此我很快便知悉，这栋楼里接纳的都是艾滋病患者。乍一听到，真使我倒吸一口凉气：在接受临终关怀培训时，我曾被告知在进出医务所时，进前出后都须认真洗手。可我却从马歇尔的杯子里啜了一口橘子汽水，又同他握过手，还给他脱过鞋子呀！我还用过那个房间里的卫生间呐！难道临终关怀医务所的协调员不应该发出告诫，让我知道分配给我的病人即将死于艾滋病吗？不过我旋即意识到，刚才的这场发作完全没有道理——我属于全面接受过艾滋病知识教育的一代人，知道那种认为艾滋病会"粘包传染"、艾滋病人不洁、接触不得的观念是错误的。除开母婴传播这种以病毒为致因的疾病在现实生活中还有两种最为常见的传播方式：一是使用受此污染源沾染的针头注射（即血液传播），一是未加安全防范的性行为。我的小小惊乍实属糊涂之举。不过糊涂归糊涂，这倒是我第一次实实在在地感受到了这种疾病造成的恶名。

对参加临终关怀的义工是有要求的：无论病人有何身份、身染何疾，都应设法满足他们提出的要求，尽量不打折扣、不讨价还价地做到。而踏实做到也会使义工自己产生一种满足感。我给患者送鲜花、带糕点、代借杂志。我也推送轮椅、陪看电视、执手聊天，伺候便溺。我还代打电话联系他们久未前来探望的子女，整章整章地诵读《旧约》中的诗篇部分。临终关怀的业务要求是对患者的照拂都应不讲条件，对他们的个人经历、生活方式、诊断结果、体貌条件、所属种族、社会地位……都应一视同仁、概不区分。一位即将离世的人来到你的面前，你就接纳之、挚爱之，并因他的故去痛心之、悼念之。

有一位牧师和若干宽街大楼的病友会定时前来马歇尔的病房探望。他们会以手触摸着他的身体行祈祷式。每当此时，我便会避开一些，背墙站立。他们围在马歇尔的四周，有时将手伸向空中，有时摸他的腿、脚、肩或头部。这些人通过各自的话语，祈求上帝再赐给马歇尔以行走的能力，使他摆脱病痛，让他再度成为健全的人。还有另外一名牧师，长得很帅气，全身的穿着——上从圆檐礼帽，中到密条衣裤，下到锃亮皮鞋——一概都是紫色的，就连手帕、鞋带和围着礼帽的缎带圈也都有同一颜色。他一面高腔大嗓地赞美着上帝的爱，一面将身子忽左忽右、时上时下地扭动着。他对马歇尔谈着上帝的胸膛和右手[1]，我看到这使马歇尔现出安宁的神情。我觉得，他感到安宁，倒不是因为想到自己的罪孽已得到赦免，而是因为虽然犯过大过失，毕竟仍不失为良善之人。我真希望这位紫衣人也将手放在我的身上，也为我祝祷

---

[1]　上帝的胸膛指爱心，右手指神力；此外《圣经》中还多次提到，好人来到天堂后，上帝会让他们坐在自己的右手一侧。——译注

一下。

在与我初次见面的两个星期前，马歇尔已经"生命中有了上帝"。正如他将身体交给了宽街大楼内临终关怀医务所的护士们那样，他将自己的灵魂交给了上帝。这让他有了心定的感觉。死亡仍然令他恐惧——对此，我是看得出来的。他的思想飘忽在不相信的震惊和茫然的沮丧之间。不过，他已经表现得十分珍爱身边的那本袖珍版《圣经》，并大力欢迎前来为自己祈祷的新朋友们。他的妻子和已经成年的儿子住在新泽西州（New Jersey），并不常来探视马歇尔。不过，宽街大楼里的一众给了他友好的接待。如果说他仍觉得受到了一些冷遇的话，至少他也明白自己得到了接纳。医务所给了他安慰，我也学会了如何以颇不同于医务所的方式让他舒心。他身上的病痛使他觉得羞惭，在与护士打交道时又很胆怯，说不出自己如何不适。他会将自己受罪的情况说给我听：他难以如厕，胃里翻江倒海，无法入眠……但当护士前来时，这些人在他面前表现出的权威架势，却只会逼出他做戏的笑脸。打针吃药他一概难以接受。在上一轮药物药力已过，而新的一轮还时间未到时，浑身上下都会感到彻骨的疼痛。我在临终关怀医务所的记录本上写下了他的情况。4月9日（星期五）这一天是这样写的：

　　今天是个大疼大痛之日。我一走进病房，就意识到他不好过来着。M（马歇尔）痛得将身子弯得简直有如一把折刀——这种形容，我可是在见到他的模样后才有实际认识的，头也支在床侧的护挡上。房间里乱得一塌糊涂，他床下的地板上有一摊黏黏的东西，床头柜上是一堆散乱横躺的杯子和易拉罐。M的室友蒂莫西跟我打招呼说："很高兴你来了，他需要

你。他们吓唬我，说要将我撵走，因为我去药房给他弄了些
止痛药。"看情况，他可是疼了好一阵了。M 对我说，止痛
药只有两个小时的效力，可护士说，下一轮药还得再过两个
小时才能给他。于是他就这样躺着干等。他还给妻子打电话，
让她给医生打电话说情，还说如果不成，他就会找蒂莫西出
去弄些布洛芬[①] 来。

"我真想死了算了。"马歇尔对我耳语。我请护士来一下，将
医生也请了来。想让他好过一些，个中阻碍真是一大堆：护士得
按规章办事呀；马歇尔的自我感觉无从测知判定啦；他曾表示过
不愿意服药嘛；在给他服用胃药美乐事[②] 时，他可是说过药味太苦
不肯吞下哟。他的双手冰凉，我用自己的手握住它们，还摩挲着
他支在护挡上的头，告诉他医生和护士就快来了，他很快就会好
过些了。我俩都将目光盯在钟表上。

再一次去前台找护士，告诉她们我们需要得到帮助后，我便
一直陪着马歇尔，直至医生、本楼层管理员和马歇尔的责任护士
都来到他的床前。他们商谈了病人的情况——不过只是谈及病人，
而不是与病人交谈。几个人讨论的是问题的难点所在和可以换用
什么药物。在颇费了一番周折后，决定改为美沙酮[③]。此种药物在
宽街大楼声名不佳，民间称之为"圈儿里药"，是瘾君子用来解瘾
的东西。责任护士说："美沙酮可是高度成瘾的呀！"我便压低声
音，以透出不耐烦的语气对这几个人说："他可是快不行的人啦。"

---

① 布洛芬，又称芬必得，是一种非处方镇痛药。——译注

② 美乐事（Maalox）是一种以氢氧化铝和氢氧化镁为主要成分的抗胃酸药。——译注

③ 美沙酮，商品名为多罗芬，是一种效力较强的镇痛药物，也有一定的镇定作用，相对而言不容
易形成依赖性（成瘾），但一旦形成后也较难摆脱。——译注

我听着他们的交谈，然后弯着身子，攥着马歇尔的手，将他们的话连说带解释地转述给他，又对他说："要是觉得不好受，你就必须让他们知道。解除疼痛需要经过试验才有可能做到。他们正在打算试试美沙酮。不过它可能有副作用，如便秘、眩晕什么的。我想你会认为尽管这样，也总胜过疼痛难忍吧？"马歇尔点了点头。

现代意义上的临终关怀机构是护士出身的英国医生西塞莉·桑德斯女士（Cicely Saunders）的首创，1967 年出现在英国。她本人经常告诉人们，这一创造（以及理念）都直接来自中世纪时基督教僧侣在欧洲办起的庇护站，负责照料因伤病被送回国的十字军军人、辗转于行程的旅人和贫穷病弱的百姓。

桑德斯的现代临终关怀理念是如何产生并发展的，在这个系统中工作的很多人都知晓，在义工层面上更广为人知。事实上，它应当说是一段爱情逸事。20 世纪 40 年代中期的桑德斯是一处癌症病房的护士。她在工作中邂逅一位病人，是名波兰籍犹太人，名叫戴维·塔斯马（David Tasma）。他罹患癌症，又无法接受手术，已将不久于人世。桑德斯新近刚改宗，由天主教改奉基督教新教，成为一名福音派信徒，眼下正一心探寻巩固自己新信仰的方向，以期达到弗兰·史密斯（Fran Smith）和希拉·席默尔（Sheila Himmel）这两名美国作家在他们合著的《让我们的死亡之路改改道》一书中说的那样，"说着多谢，做着服务"。桑德斯同塔斯马就信仰和肉体的朽灭等问题进行了长谈，从后者那里了解到生命即将终结的人，心里会何等的孤独与凄凉。桑德斯给他诵读了《圣经》中的两章诗篇，希望以此有所慰藉。对此，史密斯和席默尔在书中有如下的叙述：

"你的头脑和你的心，我只想要这两样。"他这样答复她。
这个简单的愿望给出了她认为临终关怀工作应当提供的一切：
头脑所能想出的最有效的医学护理，再加上发自心中的仁爱、
关注和友情。

按照桑德斯的设想，临终关怀应当致力于处理病人在面临死亡时
会体验到的一切不适——不仅是肉体上的疼痛，也包括情感上的
痛苦、久羁病床的煎熬、远离亲人的孤独，以及对自己身体、外
在环境和人生未来失去控制的无奈。桑德斯完成医科学业后，便
在伦敦创办起圣克里斯蒂夫临终关怀站。她身高超过一米八，办
起事来雷厉风行，谈起临终关怀理念来又充满感情。她的坚定理
念和超凡精力，直接影响了临终关怀事业在美国的发展。她与经
典著述《下一站，天堂：生死学大师谈死亡与临终》的作者伊丽
莎白·库伯勒－罗斯，以及 1974 年在康涅狄格州（Connecticut）
开办起美国第一家临终关怀机构的护士弗洛伦斯·沃尔德（Florence
Wald）一起，推动着美国临终关怀事业的进程。

后来，桑德斯因对临终关怀事业的贡献，被英国女王伊丽莎
白二世（Queen Elizabeth Ⅱ）册封为贵族。在开展和促进这一事业
上，她的作用自是功不可没，不过有关的哲学理念，在很大程度
上是汲引自一位更早些时的前驱人物。此人是美国人，也是一位
女性，有着令人意想不到的文学家世渊源。她名叫罗丝·霍桑·莱
思罗普（Rose Hawthorne Lathrop），是小说《红字》的作者纳撒尼
尔·霍桑（Nathaniel Hawthorne）的女儿，很早便结了婚。婚后不
久，她丈夫乔治·帕森斯·莱思罗普（George Parsons Lathrop）当
上了杂志《大西洋月刊》的编辑，她自己也跨进文学圈子，立志
在文坛上一显身手。她在杂志上发表过短篇故事、诗歌，还出过

一本书，名叫《岸边》，又同乔治一起改信了天主教。不过在他们的儿子出生不久便夭折后，两人的关系便渐渐疏远。

19 世纪 90 年代末，45 岁的罗丝进入纽约肿瘤医院做护士。目睹贫穷的癌症患者死时的悲惨景况，她决定兴办一处慈善救护机构，这就是罗丝修女免费医护站。她在日记中写下这样一句话："我立志以自己的全部身心，致力于给身患癌症的穷人带来慰藉。"她搬到了纽约曼哈顿区的下东城^①，置下一处房产，接纳将不久于人世的患者。在一名多明我会^②神父的鼓励下，她又组织起一个修女会，起名"霍桑氏多明我修女会"。1900 年，她得到了阿方萨嬷嬷（Mother Alphonsa）的尊称。

在摄于该修女会成立后的一张照片上，罗丝·莱思罗普头戴一顶宽大的黑白双色修女帽，帽子的下垂翻檐搭到了肩部和背后。她有一张大脸盘，戴副大眼镜造成一种严峻的神情。史密斯和席默尔在《让我们的死亡之路改改道》一书中告诉人们："莱思罗普不允许手下的修女劝人改变宗教信仰，并属意于接纳任何病人，而不考虑他们持何种或者是否持宗教信仰。她相信，看护病人的行动便等同于宣讲福音，使他人产生信仰会令她极度欢欣。"

2003 年，时任天主教纽约教区红衣主教的爱德华·伊根（Edward Egan）提出将阿方萨嬷嬷封为圣徒的动议。2014 年 3 月，霍桑氏多明我修女会在其网站上宣布，查验罗丝·霍桑事迹的"求真教令"已由梵蒂冈发布。举行宣福仪式后将公开求证有关奇迹

---

① 这一地区（前文已经提过）历史上长期是经济地位低下的人居住的地域。——译注

② 多明我会是天主教的一派，因 1215 年由西班牙人多明戈·德古斯曼（Domingo de Guzman）创建而得名。——译注

的实例。[1]霍桑氏多明我修女会吁请凡向阿方萨嬷嬷祝祷后体验到奇迹者，立即与该会联系。

马歇尔开始服用美沙酮药片的翌日，我在去病房前，先与在前台值班的一位护士打了个招呼。她告诉我说，马歇尔整个上午都恶心想吐，很可能是换用药物的结果。来到房间后，我看到他已经不再是疼得将身子蜷起的样子，只是脸上还挂着不舒服的神色。我让他明白，对新用药物会有一段适应期，它虽然有副作用，但至少还是将疼痛控制住了。新药物带来的改变是明显的、鼓舞人的。我俩一起看了一阵电视。我将他的床头柜收拾了一下。他告诉我他有些失声，说此话时声音很弱很低。我表示他无须讲话，静静地坐在一起，我就很高兴了。"可我还是想要能够说话。"他嘎声说道。我在记录簿里写下了这样一段：

> 当我离开前商定下一次来访的安排时，马歇尔垂下头来，又一次向我道歉说："给你添了这么多的麻烦，真是不好意思。"我认为我做的不算什么，便告诉他以后再也不要如此，还说生活就是这样。此话是对他讲的，其实也同样是对我自己说的。我们往往要依靠他人，因而无须为此内疚。走出病房后，我与看护过他的几位护士交谈了一会儿。昨夜用了美沙酮后，马歇尔显然不再感到剧痛了；两点钟时，他又服用

---

① 天主教会对将某个已死之人封为圣徒的过程在历史上有不同的规定，目前的做法大致分为四步：第一步是申请与调查，通过者成为"尊者"（venerable）；第二步是宣福仪式，又称宣福礼（beautification），即通过最低应由主教执行的正式仪式成为"真福者"（blessed）；第三步是求证，这一步需要求得有一个或者两个与该真福者有关的神迹——如得绝症者自动康复等为佐证；得证后即进行第四步，即封圣，通过隆重的仪式宣布新圣徒的诞生。对殉道者则可"一步到位"封为圣徒。——译注

了一剂美沙酮，剧痛没有复发。他感觉不错。

这一变化简直好得有些令人难以置信。马歇尔和我开始将不少时间花在聊他的生活上，聊他当电焊工的经历，聊他的家庭。几周下来，我对他有了相当的了解。我俩一起翻看他一家人的照片，一起在电视上看合他胃口的电影——又有英雄、又有坏蛋、结局又大快人心的动作片。我也会给他带来他想吃的东西。有时候，马歇尔会失去对双脚存在的感觉：我触碰它们时，他能感觉得到，但却无法让它们动弹。他那被药物弄得双目圆睁的木然神情，令我对镇痛是否科学产生疑虑。

从换用新药后的下一个星期起，我就几乎每天都去看望马歇尔，频率大大超过临终关怀机构对义工提出的要求。我喜欢同他手拉手坐在一起。我们形成了一些固定的习惯。我会将下巴搭在床边的护栏上，同他一起看电视：什么《法官马西斯》①啦，《瞧，佩恩这一家子》②啦，基本上是些在非黄金时段里播放的节目，我以前一部也不曾看过。常来常往使我成了这栋建筑里二层楼上的熟面孔。我会向在这里待得较久的老病人一一打招呼：穿着粉色睡袍、曾主动邀我去她的病房看她不久前出生侄女的照片的女士；总是坐在电梯间旁盯着电梯门的年轻黑人；经常坐着轮椅在过道里打瞌睡，瞌睡时头总垂在左肩一侧的拉丁裔老太太；还有在前台叽叽喳喳的护士小姐们。离开医务所后，我总会在走到坡道底时深深吸上一口这座城市里的空气。我的身上还带着马歇尔留下

---

① 《法官马西斯》是一套情节与格局都与《女法官朱迪》相类的电视系列剧，是由于后者播出后反响很好而制作的。——译注

② 《瞧，佩恩这一家子》是美国一组情景喜剧电视节目，主要角色都是黑人。——译注

的气味。这是一种可可脂气味中夹杂着衰败肉体的酸气。这是一种被塞进机构化体制的垂暮之人的气味。

马歇尔健康状况愈来愈恶化。他不再穿那身针织衣裤，身上总是专给住院病人穿的蓝白两色衣服。他再也离不开病床，护士们给他的双脚套上专门的减压鞋，好减轻脚踵的压力，还给他翻身以免生褥疮。房间里也变得安静了。就连他的室友蒂莫西也总不在屋里，如果在时，也会在自己的病床上读些什么，还将两人之间的隔帘拉上。

我最后一次去看望马歇尔时，他已经处于一时清醒一时迷糊的状态。他将头转向我，咧开嘴笑了笑，然后发干的嘴唇便松弛下来，陷入了昏睡。他几乎动也不动地躺着，似乎全身的皮肉都沉进床垫，光滑的薄被只印出一具细小骨骼微微凸起的模样。我在他身边待了好几个小时。其间护士们在我们身边转来转去，她们有经验的观察神色让我不安——他就要离开人世了。一位护士向我说了句："给他读些《旧约》中的诗篇吧。"我把马歇尔的那本《圣经》拿过来，开始对他诵读，从第一章读起："不从恶人的计谋，不站罪人的道路，不坐亵慢人的座位。唯喜爱耶和华的律法，昼夜思想，这人便为有福。"直到第77章："我要向神发声呼求。我向神发声，他必留心听我。我在患难之日寻求主。我在夜间不住地举手祷告。我的心不肯受安慰。"[①] 马歇尔会不时清醒过来，将目光对着我，然后又似乎透过我而凝视我身后的什么。他的一只手从薄被下伸出，颤颤地指向房间里我肩后的一个黑乎乎的角落。他看到了他的母亲和妻子的面孔。他还看到了其他几张人脸，表

---

① 本书中有关《圣经》引文的中译文字，均摘自 1890 年的《圣经和合本》，联合圣经公会出版，2010 年。——译注

情都是友善的。当我读到第 86 章时，马歇尔在"耶和华阿，求你侧耳应允我，因我是困苦穷乏的。求你保存我的性命……"的诵读声中沉沉睡去。

那天夜间我无法入睡。直到夜里 3 点半，我还在厨房里待着，透过窗子遥望月亮。当晚的月色十分明亮，致使通常总是不很透亮的纽约城的天空，更少了几点星光。我所居住的布鲁克林区（Brooklyn），此时静静的、暖暖的，空气中散发出从不远的海边送来的咸湿气。空调机发出嗡嗡声，伴着 800 万人睡眠时的呼吸节奏。我脖子有些转动不灵，整个人犹如身处户外的高湿度环境般振作不起来，心中有一种如铅压着的预感。我非常悲伤——我非常熟悉的悲伤，很像是过去五年来笼罩在我头上悲恸的回波，那是我父亲临终前和逝世后所造成哀伤的再现。第二天早上，临终关怀医务所打来电话，告诉我马歇尔已经撒手人寰。

在见到马歇尔的前几周，我刚刚结束了临终关怀义工培训。培训地点是在纽约曼哈顿区离华尔街不远的一栋办公大楼中段的一层上。前来培训的志愿者有三十来位，有 19 岁的青年，也有 75 岁的长者，这让我很是惊讶。我本来的预想，是会在这里遇到一群"行如松、坐如钟"的淑女。在诸如家庭之类的小环境里照拂垂危者，一向是由妇女当主角的。即便在新环境里当义工，我也认定女性仍会是主流成员——也就是说，义工是女人的差事，男人都太忙，顾不上干这个，再说男人干这个似乎也有些"栽面儿"。如今的临终关怀已经同罗丝·霍桑·莱思罗普所处时代的大不相同了。比如说，它不再只是面向穷人的，用医用药的比例也大为提高。我在培训班里也看到了男人——前来的有一名高个子男青年，22 岁上下，是抱着将来学医或护理专业的意向来做义工的——不过仍然是女性居多。有一位相当年轻的女士，穿得花枝招展，妆化得十分讲究，头发染成极浅的金黄色。她说她有不少闲暇——"我就想啦，为什么不来干干临终关怀义工呢？"一位穿吉卜赛式花裙的妇人，先前曾接触过不少艾滋病人，说她已经"失去了太多的朋友"，觉得临终关怀工作使得她成了一个更好的人。一位在我左手边正襟危坐的老太太是来者中最年长的。她表示说："我还活着，这让我心存感铭。"因此她决定以义工方式向上苍报恩。还有一位名叫琼（Jean）、一双手上都是皱褶、眼睛下面有深色眼袋的约莫70岁的老妇人，举止很有风度，而且非常活跃，仿佛要弥补一下多年来一直安静度日的亏欠似的。她哑着声音表示，她丈夫迈克尔是25年前在临终关怀机构的帮助下故去的，现今她终于觉得自己已经准备好，能够帮助他人去死了。

"帮助他人去死"——这句话听来怪不是味儿的。它背离了我们长期以来信奉的标准：鼓励人们"切莫撒开你的手"，坚持到底，永不放弃。而帮助他人去死，既是承认医学的作用有限，也与我们的文化中对死亡持否定态度的大量表现相左。但在另外一方面，它却又符合向善和关爱的道德标准，与霍桑氏多明我修女会一类宗教团体的宗旨并行不悖。

虽说当前的社会是世俗化的，但无论其世俗程度有多深，凡事关死亡时，宗教仍然很有左右的力量。在当今参加临终关怀服务的大军中，无论是社会工作者，还是护士或义工，其中都有来自宗教团体的成员。临终关怀体现出一种新的信仰，而这是符合美国精神的。当今临终关怀服务不分教派、一视同仁的政策，正反映着宗教观念在这个国家的改变。

马歇尔去世刚刚三周，这使我不大愿意去见下一位临终患者——一位姓科尔特斯（Cortez）的男子。不过他妻子须在每个星期六晚间去教堂参加弥撒仪式，临终关怀医务所一时找不到顶替的其他义工。会有什么人愿意在周末晚上去触碰一个将死之人的手吗？我是不愿意的，但仍表示同意——也许是要借此将对马歇尔的记忆告一段落也未可知。那么，这位科尔特斯先生将会是令我重新振作精神的下一位病人啦。那一阵子，纽约正被包围在一袭热浪中，曼哈顿湿热的七月天让人烦躁，连气都喘不匀，但又无可奈何。

科尔特斯夫妇住在曼哈顿大桥下面的一个小区里。进入小区后，我便看到了墙上的涂鸦、随意乱丢的垃圾以及电梯间里地上的尿液。夏日的明亮太阳下山后，楼道里便一片昏暗。这让我想到，不知道这位科尔特斯还会活多久。以后白天变短了，我在这黑乎乎的地方还安全不安全呢？

科尔特斯太太是拉丁裔，胖胖的身形，剪得短短的发式，戴着一副眼镜。她将我引进卧室，病人就躺在屋内一张很小的医用床上。科尔特斯太太操着浓重的波多黎各腔告诉我："做完弥撒我就回来，弥撒完事我就回家来。"随后便轻快地走出门去，并从外面将门锁碰上。她人一走，科尔特斯先生便有了动静，像是被锁门声弄醒了似的。他说了些什么，可我听不懂。我仔细看了看他的脸，面孔的下半部已经脱了相，牙齿也几乎掉光。他干干瘦瘦的，人总在不停地动弹，两只手上下扑扇着，给我要飞的感觉——不然就是想让室内滞闷的空气流通一下。我们的第一项任务，是检阅他收藏的镊子。它们都装在他的睡衣兜里：一把、二把、三把、四把、五把……每拿出一把，他都送到我眼前亮亮相，然后在床单上摆成一行。"要干什么用，它们都提供。"① 我逗趣地对他这样说。他露出一个微笑，又不很利落地将它们拢起来放回原处。科尔特斯总是动个不停，又总是拿捏不准，往往要折腾多次，才能实现他大脑发出的命令。他那一半靠动作、一半用从不听调度的嘴里吐出的磕磕绊绊的声音表达的含义，我也完全弄不明白。可他不肯罢休，非要同我交流不可！到头来，我俩都有些不知道该如何是好，只能都坐着喘大气。

　　我决定用近于孩子玩游戏的"点头 YES 摇头 NO"的方式实现沟通。"你是想要点什么吗？"在他整个身躯又是抖动又是挪位又是摆晃和抽搐的混乱动作中，有一部分是眨了一下眼睛，下巴往他前胸靠了靠。这个轻微之至的动作所传达的"是"的含义，被我筛了出来。"它在这间卧室里吗？"是的。他又用晃个不停的手指向梳妆台最上一个抽屉的大致方位。我用手碰了一个抽屉，又是一个"是"的动作。我将它拉开后，又看到科尔特斯瘦削的右手在空气中一下一下地切动。我模仿着他的动作，终于搞懂他是要我从抽屉前部位于衣物和抽屉面板之间的东西里，拿出一个直立插放的物体来。原来这是个红色的褡裢夹，里面有些纸片。我将夹子拿到他的床头，在他面前翻起来：有科尔特斯的退休证，是纽约市政府签发的；有证明他开过 17 年高级轿车的推荐信；有他父亲当兵时拍下的照片……看来，这位科尔特斯先生不希望我只将他看成一个待在床上的动作纷乱、像鸟儿般瘦削的存在。他希望我以他心目中给自己塑造的形象来认识他：不是病人，不是眼前这个凋败的残躯，而是活生生的人，有过充实的生活、长时

① 这可能是套用当时诺基亚手机厂商的一句广告名言："要干什么用，要什么价位，我都能提供。"——译注

间有所成就并以此为荣的人。当科尔特斯终于安静下来、合上双目后，我将整个褙裢夹又放回抽屉原处。

我下一次前去时，科尔特斯正在起居室里，坐在一张白色塑料沙发旁的一把椅子上，身前支着一张折叠小桌，用勺子喂自己吃饭，吃的是麦片、苹果酱，还有一个蓝莓烘糕。他的两只胳臂满世界挥动，既像是要拍苍蝇，又宛若一个被喂饭时不肯安生的小娃娃。看来他是想露一手，向我证实他能自己吃饭。他面对四下乱飞的烘糕碎渣咂嘴舔舌地吃着，还将勺子挥来舞去，一副指挥乐队的模样；装果汁的杯子不断地碰到牙龈上，发出嗒嗒的响声，听起来仿佛是在啃那只杯子。烘糕的碎渣在果汁里沉浮，堵住了吸管。真是一出有形有声的表演——以及要命的见面仪式！他无法抑制自己的扭晃和颤抖，但仍能用剩余的本领，奉上一场节奏与动感十足的演出呢。

他的动作让我想到，他既然能拿住勺子，说不定也能握住笔写出点什么吧？如果能行，我就无须费气力破解他的动作哑谜啦。我从自己的手袋里拿出一个便笺本举给他看，像是用它表示一个问题。科尔特斯先生愣了片刻后，便将它一把接过来。他左手拿本，右手握笔，努力使双手的抖颤同步进行。我猜不出他写的第一句话会是什么。

"弹过库阿特洛①。现在不行。琴马断了。""如果修好了，你想你还能弹弹吗？"我问他。他点头表示能行。他按动了咖啡桌上一台收录机的按键。一下子，这间小屋子里便充满了《字母歌》这首南美风格歌曲的欢快声浪。我俩都现出微笑，坐在椅子上随

---

① 库阿特洛（cuatro）是源自西班牙的一种民间乐器，演奏方式有如吉他，但琴身尺寸较小，最初是四根琴弦（库阿特洛在西班牙语中的基本含义便是数字"4"），但在不同的流行地演变出不同的琴弦数，造型也不尽一致。——译注

着音乐扭动起来。

　　美国卫生、教育及福利部①在其 1978 年的一份报告中认为：
"临终关怀作为向晚期病人及其家属提供护理的概念是可行的。它
表现出向处于生命晚期阶段的美国民众提供更人道的救护手段的
可能，并有可能节省开支。有鉴于此，它是一个合理项目，得到
了联邦的支持。"1982 年，美国国会批准了《临终关怀联邦保险
条例》，由联邦政府向晚期重症患者提供生命末期阶段救护的福利
待遇。该条例在联邦医疗保险计划的基础上前进了一步，因此对
需要它支持覆盖的人尤为重要。如遇必要，该条例允许为病情处
于危急状态的病人提供 24 小时不间断的看护，看护职责的具体分
工包括做饭送菜、清洁卫生、病人洗浴、如厕帮助、发派药品、
费用记录等，住家病人由家属负责，住入临终关怀医务机构的由
职工负责。像马歇尔这类属于穷中之穷、被政府设立的养老院或
类似宽街大楼里的临终关怀医务所接收的病人，是全覆盖的；经
济条件很好的便在家里使用全天候护理。如介于这两者之间，临
终关怀机构提供的是每天上门四小时的护理服务。由于在余下的
20 小时里，病人有可能得不到照顾和陪伴，往往出现服务不足的
状况。

　　《临终关怀联邦保险条例》规定，实施临终关怀的具体机构向
执行联邦医疗保险计划的保险公司收取设备使用和医护人员上门
服务的费用，药品消耗的费用则由投保方和保障方共同负担，具
体的共同负担方式因投保方式和承保公司而异。20 世纪 80 年代的
美国联邦预算是引起很大关注的议题，因此国会对临终关怀服务

----

① 该部门于 1979 年被改组为二，一为美国卫生和公众服务部，一为美国教育部。——译注

的花费也很注意。为了控制支出，《临终关怀联邦保险条例》规定，凡接受临终关怀服务者，必须终止所有以医治为目的的医学手段。化疗和其他以对抗如癌瘤发展等病情的手段和药物都不得施之于临终关怀的护理对象，理由为凡属需要接受此种关怀的，都是随时有可能死亡并已经接受了此种前景的人。这样的规定未能有效地应对病人与家属难以接受死亡已不可避免的心态。这一新的联邦保险计划还将临终关怀服务的接纳标准定为病人存活期估计不会超过六个月。这样的规定虽不是无凭无据，但毕竟还是忽视了诊断结论彼此未必一致或者前后并不一致的可能性，也没能考虑到病人身体和意志有强弱之分。

相当一批研究结果业已表明，接受临终关怀护理的病人，平均会比罹受同样疾病而接受标准医疗方式（在以医治为目的的医院里）的病人多生存两个月。这多出来的两个月，可以用来安排财务、安慰亲人；这多出来的两个月，可以多体验几次生日聚会、周年庆祝、婚礼大典、新人降生……即便离黄泉不远，两个月里也会发生许多事咧。

从阿方萨嬷嬷和西塞莉·桑德斯致力于看护重症病人的时候起，临终关怀便将濒临死亡的癌瘤患者纳为自己的关怀对象。到了今天，又有许多病症的患者成了接纳对象。罹患老年痴呆和震颤性麻痹（帕金森病）的人，都可能在确诊后再活上多年。他们的死亡历程往往更缓慢，表现为体质一点点下降、体能一步步恶化，折磨人的过程竟会长达数年甚至数十年。

我再次去看望科尔特斯时，仍是在起居室里见到他的。妻子一出家门，他便指着放在屋角的康复助行器向我示意。"你平常会自己挂着它走动吗？"我这样问他。他的身体实在过于孱弱，我觉得那两条细瘦的双腿根本支撑不住。可他的确用点头的方式表示肯定。我便用从马歇尔那里学来的技术——将自己的两腿分开，以更好地支撑他人的体重——从科尔特斯的腋下将他托起。义工们都怕病人在行动时跌倒。平均每三位老人中，就会有一位出现这种情况。跌倒是老年人受伤的第一致因，有时竟会是致命的。我紧紧托住科尔特斯，简直担心会因此造成他臂下瘀血。不过我俩真的一起站了起来，搂抱着，近距离地对视着，像是两个亲人，又像是一对恋人。他的神情不像一个头发上布满头皮屑、手臂上生出一块块老人斑和因色素消失形成白化斑的即将不久于人世的老人。他的双唇嘟起，一副要用没了牙齿的嘴吻我的模样。我说了句"你可真坏！"，他咧着嘴笑了。

"卧室。"他哑着嗓子说。好，就去那里。进入卧室后，他又说了句"盆儿"，我将他领到"盆儿"那里，其实就是一张坐板下连着一只小桶的椅子。他又指了指自己的睡衣，我便将他的睡裤拉下来，又褪下套在他下身的成人尿不湿。他的臀部没有肉，只是皮包骨头。他并没有害羞的表情，反倒是我因为看到他裸露的身子而觉得有些不自在。

科尔特斯坐好后，又颤颤巍巍地向我示意去那梳妆台。这一次要的是一本塑料皮相册。他坐在便器上，我坐在靠近他的床边，一起翻看起他多年前的照片来：他在波多黎各的家庭成员，波多黎各海岛的田园风光。其中有一张是他同几个朋友站在一辆轿车前的合影。照片是黑白的，想来应摄于20世纪60年代。那辆车是白色的，大概泊在小区的停车场上。他指着照片上的一个男子，30岁上下，长相英俊，梳着张扬的飞机头，衬衣的袖子挽起，靠在轿车上的姿势颇为性感。

"这是谁呀？"我努力不露出难以置信的神色，向科尔特斯发问。他用食指点点自己的胸脯。"是你吗,科尔特斯先生?你好帅哟！"我是实话实说的。照片上的他真是英俊得没话说,浑身散发出一股英武气,上唇蓄着一线细髭,丰满的双下巴,厚实的胸膛,处处显得剽悍。我翻到另一张照片,是他和他的乐队。他手持一把小型的库阿特洛,像是拥抱着亲爱的舞伴。我又翻到一组三联照,是科尔特斯夫妇在自动快照棚摄得的黑白照,两人头靠头,恩爱十足的样子连我都能感受到。照片上他们丰满、成熟、自信的形象,一直印在我心中,也时时让我难过。这两个漂亮、时髦、性感的人如今都已老去。我的目光从照片上拥抱着年轻妻子的那位健壮、奔放、年轻又自信的科尔特斯,转向了我身前这个坐在便器上离死亡不远的衰老形体。这个形体向我显示的不是他的过去,而是他的当前。

在帮助他离开便器后（我以前还不曾给别的成年人擦过屁股哩）,我便给他穿回衣服,送上床去。他又向梳妆台附近的位置指指画画。那里有一只乐器匣子,打开后我便看出,里面是一把库阿特洛（就是他曾弹过的）,指板部分因常年压按显得有些老旧,琴颈那里有些松动,琴马已经不见,琴弦也一根不剩。但科尔特斯还是将它从我手中接过去,搂在了怀里,对我说了个"弦"字。

"哈喽,科尔特斯先生。"再一次造访时,我兴高采烈地问候他。他又是在便器上坐着,妻子正准备出门。她对着镜子仔细打量自己,看样子不像是要去做周六弥撒,倒好似是去约会。

"他说的话我听不懂,所以让他写下来。"

"有时我也听不懂。"他妻子说。这让我觉得好过了些。

"他还让我给他弄些琴弦来。"

"哟,"她摇着手说,"就算有琴弦,他也弹不成呀。"我们都知道情况就是如此。"他得的是什么病?"我问道。

"震颤性麻痹，25 年啦。"25 年的耐心，25 年的照看！在这么长的时间里，她除了每天上午出门几个小时当过路护卫①，周六晚上去做场弥撒，此外就一直守在他身边，眼看着自己丈夫的身体越来越差、智力越来越弱。这让我不禁打了个寒战。

看到我走近卧室，科尔特斯指起我的头发来。他努力在便器上坐好不动，对自己造成的难闻气味和裸露的身体并不觉得有什么不好意思，也不在意我是否会感到不自在。我向镜子里张望了一下自己。他家里到处都是镜子：进门就是一面落地的穿衣镜，卧室的梳妆台上装着两面立式的，起居室里又有一面卧式的。他也盯着镜子看，是看他自己。他注视着镜子中自己的面孔，用一只颤抖的手将头发向后拢了拢。噢。科尔特斯是表示我的头发现在还是湿的。"我是骑自行车到地铁站的，遇上了一阵急雨。"我告诉他。

他拿起我们沟通用的便笺本，慢慢写了起来。"我有个儿子骑车出事死了。41 岁时。桥下出的事故。"写完，他指了指窗外。窗外可看到那座桥，地处曼哈顿区边界，离这里一个街区。

"我真为你难过。他太年轻了。我今年 41 岁。"

"看上去不像。"他写了这一句，让我挺高兴。"我 1936 年 1 月 15 日出生。"

"那你现在——"我心算了一下，"74 岁？"

他点头承认。

"你看上去可不老。"我以此句回报他对我的恭维。他眼睛亮闪起来，又在镜子里打量起自己来，还将灰白的长发向后拢了拢。

---

① 过路护卫是负责在易发生交通事故的路口或人行横道处，为保护穿过道路的行人，提醒来往车辆注意慢行、让行的人员。主要保护对象是小学生，因此通常只在学生上下学期间上岗。——译注

床对面的墙上挂着他父亲的照片。他指指那张照片，然后又写道："我不要住院。我爸住过。97 岁时走的。"我又心算了一下，知道他要活到他父亲的寿数，可得再熬上 23 年哟。

当他在我帮助下离开便器后，又要来康复助行器。他将我带进门口的过道。过道上还有另外一扇门，通常是关着的。打开这扇门，我看到的是红色的墙壁，刷得马马虎虎，弄得天花板上也溅了红点。左侧是一张沿墙根摆放的坐卧两用的床，上面整齐地叠放着几件男人的衣物。不是这位科尔特斯的。窗子上的窗帘和穿帘横杠都不见了，只剩下支帘杠用的短架，其中一只挂着一根双节棍，另一只吊着一个被孩子们叫作"机灵鬼"（Slinky）的螺旋环圈玩具。

科尔特斯一点点移到一只五斗橱那里。橱面上放着一台很大的立体声收录机。按下电源开关后，面板上便显出变幻的彩色炫光。再按下播放键，出现的是另外一组彩色显示，随后喇叭中便传出了一首名叫《再见》的歌曲。科尔特斯又从一个架上抽出一个塑料相片框，框内镶的照片上是一个男人，年龄与我相仿，他微笑着，手上抱着一个扎着小辫子的 4 岁女孩。

"这是你的儿子约翰吧？"我问科尔特斯。他以将手攥成拳、擂向自己前胸的方式作答。挨着五斗橱的地板上有一大排鞋子——有皮靴，有皮鞋，还有球鞋，都是男人穿的。架子上还放着一台可以兼放光盘的电视机，几瓶供练健美者服用的成药，一只钟表，一些小摆设；再就是几本书：有亚里士多德的著述，有代数书，还有商业数学教本。瞬间我明白了。三年来，这间屋子仍保留着当年他儿子在这里住时的布置。科尔特斯再次按了一下播放键，让《再见》的歌声再次响起，然后便拉开了五斗橱最上面的抽斗。

抽斗里的东西五花八门，放得也很凌乱，简直像厨房里的抽屉。但科尔特斯一件件地轻轻抚摸着它们：皱巴巴的工资条、床上用品包（里面有不少安全套，看种类都是免费发放的，有好几种颜色）、约翰同朋友的合照、约翰与女人在一起的照片。科尔特斯将手伸进抽斗的左后角，用哆嗦的手指从一只铁罐中抠出一封折起来的信。死者真是隐私有限呀，我想。《再见》仍在放送着。这封信写在一张印有黄色横线的纸上，折成中学生互递纸条的形状。科尔特斯将它递给了我。

"你可是想让我读一下？"我问他，觉得这种翻看死者遗物的行为不大对头。不过科尔特斯点头表示认可，我便打开读了起来。读着读着我便看出，这是约翰的一个朋友写给约翰的，写信的地点是监狱。我怀着侵犯隐私的内疚感，大声读信给科尔特斯听。在一间久无人住还保持着原状的房间里，读着信中那我不习惯的市井语言，自己都觉得声音不大自然。

"嗨，我说哥们儿！"这个名叫路易斯（Louis）的朋友劝告约翰，希望他管好自己，努力做人，好好待在学校里。眼看约翰就能拿到工艺师助理的证书了。虽说有人管着，不过能在监狱外面干活，人又健健康康的，总是件好事。能拿到证书更是来劲儿。"迈步前看好脚底下。"写信人叮嘱说，一旦违反保释条例，约翰可就会再回来坐班房了。路易斯以深谙此道的口气一一告诉朋友，违反保释条例中的哪一条，会加判多长的刑期。他还让约翰再给他送些照片来，不过不能是用"拍立得"机子照的，监狱里不准许（因为这种照片有夹层，容易被用来夹带毒品）。"这里晚上老孤单啦，送几张能让我喷血的漂亮妞儿的照片来，好让我不再没着没落的。"我将这封信折好，还给科尔特斯。信是读完了，可我仍然没估摸出他为什么让我这样做。科尔特斯将它深深推回抽斗下方，跟纸张、安全套和照片放在一起，好像是播下一粒种子。可这粒种子是永远不可能发芽的。他将抽斗推回，再次按了一下立体声收录机。还是那首《再见》。

秋天里树叶开始变色的时分，我又走在去科尔特斯家的路上。我终于弄到了适于他那把库阿特洛的琴弦。我进门时，他正躺在床上，蓝色条纹的睡衣歪歪地套在身上，睡衣的胸兜里插着几张揉皱的纸巾。我按照已然形成的习惯，弯下腰来看着他的眼睛，同时摸摸他的下巴。

"哈喽！"我微笑着说。他也哆嗦着用不听使唤的手摸摸我的下巴，表示知道是我来了。他的嘴已经合不拢，下颌就一直垂着，上面都是口涎。我将藏在身后的另一只手伸向他，出示我弄来的琴弦。他高兴得拍起手来，示意要那只琴匣。我将那把库阿特洛拿出来，又递去一根盘成小卷的琴弦。他用自己的两根食指伸进小圈内向两边分开，竟然一下子轻轻快快地将它顺直了，熟练得让我吃了一惊。

科尔特斯在下一个星期去世了，是在他妻子将要去做弥撒的两个小时前故去的。

我认识伊芙琳·利文斯顿（Evelyn Livingston）已有四年了。每逢周五晚上，我都会来到她的住处。她寓居的大楼位于纽约中央公园西侧。走进整旧如旧、恢复了20世纪初华丽装饰风格的入门大厅后，我与门卫客气地互相打了声招呼。值班员直接从接待台后面递给我一张白色的电梯钥匙卡——他用不着再问我去看谁。我已经在这里养成了欣赏厅内布置的习惯。大厅里和接待台上都有鲜花，冬天这里会摆放热带常青灌木国王海神花和冬青树，春天里会换成紫球花和百合，都布置得很吸引眼球。近日来，伊芙琳已经以放在正厅里的一张白色长沙发为自己的生活轴心了。它相当长，也足够宽。一些杂志和医学期刊，一件觉得冷时穿的暗红色厚坎肩，一只突然呕吐时救急的小盆，还有一大排不同尺寸的亚麻面靠枕，都统统堆在这张沙发上。她要做的没完没了的事情也都以沙发为中心进行。前些日子，她还一直坚持到卧室去睡觉，起夜时也会扶着康复助行器慢慢去卫生间。如今她可是移到这张沙发上过夜了。屋角里放着一个简易便器，同科尔特斯所用的那个差不多，不过用一方漂亮的印度尼西亚蜡染布罩着。她已经几个月不曾离开这间正厅了。我进到她家后，先去洗了手——住家病人体内的免疫系统往往抗不过他人从地铁站带来的细菌——便去同伊芙琳打招呼。以前的打招呼方式会包括在她又苍白又瘦削的右脸颊上吻一吻，但近来因开始担心感染细菌，我已代之以摸摸她的膝盖了。我对她说这样做是为了好运道。

美国每年有 150 万人在死前接受临终关怀机构的看护，相当于爱达荷州（Idaho）的全部人口。虽说按规定，被接纳者应为预计存活期在六个月之内的病人，不过其中三分之一的人 7 天后便会逝去或与之脱离。科尔特斯接受临终关怀服务的时间为三个半月，这种时间相对较长的情况，很可能是因为在此之前，他已经是位患病多年的老病号。就连他的家里人都承认，若干年前甚至在几十年之前，人们就认为他将不久于人世了。伊芙琳是个破格接受长期临终关怀的病人，前后共四年——按照临终关怀计划的标准，简直无异于一名永久接受户。每隔几个月，就有一名医生对她做一次诊断，然后上报联邦政府，说她属于行将死亡之列。可她仍然照活不误。

临终关怀机构告诉我，伊芙琳本人是名医生，还说她打算写自己的回忆录。从她所住的地段和她提出需要见一名作者的要求来看，我估计自己会从她那里得到与马歇尔和科尔特斯都不同的体验。不同的社会地位和经济状况，往往决定着不同的死亡方式、不同的护理救治、不同的安适待遇和不同的关注程度。伊芙琳有医学知识，知道死亡是怎么一回事，懂得如何让最后的时日有所安适。倘若真存在什么安好辞世的话，她看来是会让我领略一下的。

　　做临终关怀义工的经历告诉我，想要解答我为自己提出的有关美国人如何死去的种种问题——其实未必能得出答案，大概只是做到相信自己提出的问题的确对路而已——就必须打破在临终关怀机构做志愿者的有限格局。我已经接触到一些为临终关怀多方奔走、大力活动的人物（有些认为做得不够，有些则认为搞过了头），也与研究诸如知情同意、自主预定临终要求等有更广泛概念的生命伦理学研究人员打过交道。下一步我将要做的，是结识以有关生命末期阶段立法为专业领域的律师。我还要结交一些将临终时日消耗在徘徊于安好辞世的希望与痛苦的现实之间的病人与家属。而且在这些人中，更有一部分是无从走出这一难熬的彷徨之路的。

第三章　最后时日的代价

　　我也曾在曼哈顿下东城的另外一处临终关怀机构当过义工。这是一处设在医院内的临终关怀科。当时没有去住家当义工的名额，我便被安排去病房工作。临终关怀科在医院四楼，与妇产科相邻。在前去四楼的电梯上，我经常注意到一些新晋的母亲、祖母、外祖母和姑母姨母们一惊一乍地指点着那写着"四楼：临终关怀科、妇产科"字样的指示牌发表感想："让新生儿同快死的人待在同一层，这可真不合适！"其实我觉得，生命本就是个循环过程，这个四楼就是其两个端点的"偶遇"之处。如果我根本没有与住家病人打交道的机会，始终只能到医院去，在临终关怀科病房干义工的话，很可能早就不想再干了。我嫌恶医院里那种纷乱紧张的气氛，讨厌荧光灯，不喜欢油漆颜色中透出的机构化意味，也不愿看到悬挂在病房里的清一色深蓝色隔帘。在这里，病人的入住时间会很短，无法了解他们。我很少能有再次看到同一个患者的机会。这个星期遇到的人，往往在我下周去工作之前，不是已经死去，就是陷入昏迷。

　　患者不会长住于此，固然有时是出于意外（中风、跌倒、心肌梗死），不过更主要的是，他们都是先前已经在医院与疾病抗

争多时不见成效后，才被转到临终关怀科的，对他们采取的种种
手段，并不会起到救其不死的功效，这些医疗手段不妨施之于较
为年轻的病人。年轻人身体的底子好，能够经受外来的生猛处理，
对他们而言，与死神的搏斗意味着争取多年的继续生存。然而，
年迈者却实难承受强力的医疗手段。就以化疗为例，它会伤害肾
脏，造成恶心呕吐、萎靡不振、口腔溃疡、肌肉极度酸痛、记忆
力减退与注意力下降（即导致俗称的"化疗脑"），还会损害心脏
功能。人在进入老龄期后，通常便会处于忍耐力下降或者全然消
失的状态。化疗会令他们觉得无法忍受，结果是使这些人生命的
最后一程变成煎熬时期。当医生最终认定病人不可能救活时，便
将这些人送到四楼的临终关怀科，在病床上耗尽最后一点生命力。
他们的最后时光——也许数天，也许数周——是在令人沮丧的环
境中、机器的环绕中、陌生人的包围中和药物造成的昏沉中度过的。

　　我去当临终关怀义工的那家医院有犹太背景，故而在我活动
的四楼上共有 18 间病房——在犹太人所讲的希伯来语中，18 这个
数目又有"生命"的寓意①。这些房间构成"L"形，地上都铺着灰
色的地砖。前台就位于"L"的拐角处。我在这里一直有手足无措
之感。通常每一班两个小时的工作时间，总是让我觉得太长太慢。
我会从最边上的病房开始，一路走过各间，探头看看里面都有什
么人。这些人都是在医生认定他们已经山穷水尽后转到这里的，
以便将重症监护室腾给其他人。我有时会见到病人家属在这里转
悠，听到某间病房里传来哭泣声、低语声和音量调得很低的电视
节目声。不过我最经常体验到的，是患者虽然少说少动，但只要

①　犹太人中的一些玄学家将用希伯来文表示的数目按位数分开，然后按照一种类似于中国古代天
干配地支的推演方式得出种种结论，由是使不同的数目有不同的寓意。——译注

还有意识，便仍有种种需要和处于不同惊惧程度的状况。巡视期间，时常会遇到插着呼吸机管子走动的病人，此时，机器送气的嗡嗡声和移动的吱吱声，就会回荡在整个走廊里。

呼吸机造成的动静实在令人难以忍受。想一想病人身上连着这样一个发出难听声响的大家伙时该会如何吧。这种令人讨厌的动静是机器将空气强行压入肺叶的结果。使用者的身体会因之在床上不停地抖动。他们的嘴里总是插着输氧管，弄得无法与他人说话。此类处于昏迷状态的患者，从外表上简直看不出是否还存在任何意识。在临终关怀机构里，工作人员和义工都经常提醒彼此的，也将它告诉给家属们的一个注意事项，就是病人最后丧失的感官功能是听觉，故而在病人近处时当谨记慎言。临终关怀机构鼓励义工对昏迷患者说话，认为带有抚慰声调的话语可以减轻仍存在于病人身上的孤寂感。只是我怀疑，听了我的以天气开始的道白，病房里的人还能有几位能将后面的话也听进去。

在一个秋日里，当我走进一间响着那种呼吸机声音的病房后，一个陌生妇人突然走上前来，搂着脖子与我拥抱。这位妇人名叫埃米（Amy），佩戴着一枚徽章，举止张张狂狂的，她身后的床上，躺着她的丈夫杰克（Jack）。他有严重的肥胖症，身躯将窄窄的病床塞得满满当当，腰身都被床边的护档勒出了印子。呼吸泵每压进一次空气，他脸上、脖子上和胳臂上紧绷绷的皮肉都会随之颤动，床也连同摇晃着。杰克50多岁了，有过一次心肌梗死病史。"我可怎么办呢？"埃米以央求的声调对我说，"他没法吃东西。"说着便哭了起来。杰克嘴里插着输气的管子，用白色胶带固定在松弛的胖腮帮上，胶带的侧边卷了起来，脏兮兮的。他闭着双眼，眼窝深陷，眼眶是两个黑圈。埃米的眼光无法离开丈夫，心也似乎伴随着呼吸机的送气跳动。她要求医护人员给他下饲管。

这对夫妻的女儿就坐在床旁的电动轮椅上。她 16 岁左右，是个残障人，没有表情地坐着，仿佛处于休克状态似的，手里有一袋软糖，已经吃掉了一半。看得出来，埃米对丈夫的病情（他的前景，全家的前途），无疑有与医护人员不同的认识。她还怀着希望，还在央告，盼着丈夫能够康复。

可是有谁知道，这位躺在临终关怀科 8 号病房里的杰克，当初在突然发病、呼吸停止前，脑子都已受到过何种伤害了呢？又有谁知道，在人们发现他、急救人员赶来恢复他的心搏，又以人工方式将氧气送进他肺里，继而得以输送到这个大块头的全身之前，他的大脑已缺氧多久了呢？埃米认为，吃是有望活着的表征。有食物进入杰克的胃里，就会使她觉得做到了什么，就会感觉自己并非无助，就会保住她全家人的生活还能恢复原样的希望。埃米在最终平静下来之后告诉我："他们想要关掉这台机子。"这近乎耳语的口气，仿佛是连说这样一句话都显得是一种背叛。她担心一旦同意停用人工呼吸装置，杰克就会当真死掉。但她同样也害怕不同意停用又会导致的未知结局。可怕的前景——看不出前景的前景——折磨着埃米。杰克仍会继续这样吗？又会继续多久呢？

过度医疗是历史上长期受到关注的现象。在加利福尼亚大学圣迭戈分校兼搞研究的劳伦斯·施奈德曼（Lawrence J. Schneiderman）医生，在撰写《拥抱死亡》一书时，摘录了希波克拉底对世人的警告："凡遇病情已无法以现有医疗手段应对时，医生须放弃以治疗除病的指盼……施无效之举，实为自暴无知，堪比肩于丧失理智。"无效意味着徒劳、意味着无功空忙，以不求实用始，以大为失望终。无效的治疗是不能挽救生命的。救治不可能救治者，其实就是丧失理智。这写进了《希波克拉底文集》——一部写于公元前450年至公元前350年的著述，有可能为古希腊名医希波克拉底（Hippocrates of Kos）所撰，即便不是，也可能出自他创立的医生学校的某位弟子之手。施奈德曼还摘录了柏拉图（Plato）在《理想国》①一书中的理念："有些人始终处于自认体内有病的状态。阿斯克勒庇俄斯（传说中的神医，或应当说是医神）并不想开具治疗这种状态的药物，因为这只会延长人们的悲惨体验……总因担心生病而工作懈怠的人，是不值得活着的。"

20世纪六七十年代里延长生命新手段的出现，使得避免过度医疗、防止拖长病人痛苦的努力更为艰难。由汤姆·比彻姆（Tom L. Beauchamp）和詹姆士·邱卓思（James F. Childress）这两位美国哲学家共同撰写的《生命医学伦理原则》②一书，对无效医治给出了如下定义："压倒治疗初始义务的条件。"于1977年问世的这一著述，是医学界的一座里程碑。书中针对医疗技术的飞跃进步，在医学实践中率先、全面地尝试建立一种一以贯之的有力量与之抗衡的伦理准则。他们指出："一般而言，我们认为无效是指这样一种情境：进入不可逆转的死亡过程的病人已经到达这样的时刻——进一步的治疗再也不能提供任何生理好处，或者治愈是没有希望的，因而也是可选择性的。"至于无效救治的概念，则似乎一向比较容易给出定义，即指施于不能（或者不再能）治愈的罹患致命伤病者的处理、手术和药物。只是有一点，确定哪些具体处理方式是无效的并不容易，取决于许多因素。

---

① 古希腊哲学家柏拉图最重要的理论著述，有多个中译本。——译注

② 有中译本，李伦等译，北京大学出版社出版，2014年。本章的两段引文和第四章的一段引文均摘自此译本。——译注

　　因素之一是我们害怕死亡。这是一种与文化有关的集体症候，不妨视之为一系列对痛苦的持续惧怕，是害怕发生可怕之事的感觉。可怕之事不只是死去，还包括围绕着死的所有一切，如疼痛、离开亲人、告别我们所知道的这个世界，等等。死亡和其他所有的神秘事物一样，会令即便信仰最坚强的人，包括坚信存在希望、天堂和来世的人也感到畏惧。在我见到的行将离世的人中，无论是基督徒、无神论者，还是别的什么人，几乎都认为自己不理解死亡对本人将意味着什么。（不过，在我接触到的接受临终关怀的病人中，又很少有人不会在疼痛难忍、觉得极不舒服时，做出想干脆死掉的表示。）一方面，人们对死的害怕和疑虑是一种普遍的存在甚至可以说是一种自然的感觉；另一方面，几十年来科学的进步，又表现出对"救治"衰老、延缓死亡的抗争。在当今我们所处的时代，死亡对我们自己而言显得并不真实。它只发生在别人身上，对于自己，我们便会自欺地认为本人可以避免这一结局：不用等到癌瘤找上门、脑部发生痴呆病变、肾脏机能失常，医学就会找到解决办法。寿命延长的事实同时也造成一种幻象，就是死亡看起来——如果还对有关死的问题进行思考的话——是可以避免的，生命是可以一直延续下去的。

　　人们实在应当对企盼采取慎重态度。奥维德（Ovid）[1]便曾提到企图永生的危险。他将一则神话讲给人们。在一个叫库迈（Cumae）的地方担任太阳祭司的女先知向太阳神阿波罗请求赐予永生。她得到了。然而，她却没能想到在要求长生的同时要求不老。结果是时光荏苒，她越来越年迈，身体也变得越来越小，到

---

① 　奥维德是古罗马诗人普布利乌斯·奥维修斯·纳索（Publius Ovidius Naso）的笔名，代表作为《变形记》、《爱的艺术》和《爱经》（均有中译本）。这里所讲的神话是写在《变形记》第14章中的。——译注

了后来，库迈城市民竟能将她放入一只篮子，吊在空场的高处，最后存在的竟然只是她的声音了。据奥维德说，有人向这一声音发问："太阳祭司，你想要些什么呀？"每当被这样问时，她总是回答"我想死"。一位名叫乔纳森·华莱士（Jonathan Wallace）的律师兼剧作家，将她的这一想死去的愿望归结为两个致因，一是"对人世间一切可悲的存在无比了然"，二是"以不断衰老无力之身，面对无尽的时光，前景实为不堪"。在临终关怀机构的病房里，我真是见到过太多处于此种境况的人——他们不但目光呆滞，有的就连想说"我想死"这句话都做不到。

　　杰克的那次心肌梗死发作，很可能他自己事先并不曾预想到，他的妻子和女儿无疑更不曾有过这一担心。这使得一家人都不知道如何应对这一突发状况。就连临终关怀科的医护人员，也无法让这对母女相信，饲管也好，呼吸机也罢，都不可能把杰克带回给她们。人们会做出种种计划，有些计划也十分周全，但只要出一点意外，无论是感染、疝气、中风、感冒、跌倒，都会将人们的计划砸个粉碎，将他们丢进既焦虑又满怀企盼的深渊。每一样医学新进展，都会使病人与家属面临一轮新的决断和未能预期到的新挑战。

　　凯蒂·巴特勒还写了一本书，题为《伪善的医疗》①，书中介绍了自己为争取关停父亲身上的起搏器所做的劳而无功的努力。她的父亲年逾 80 岁，病痛缠身，又成了痴呆人。而影响施之于她父亲的医学决断的原因，就是未能正视现实的以及根本没有根据的希望。为避免医学沦为置攻克疾病于救治患者之上的操作，人们

---

① 有繁体中译本，译名为《伪善的医疗：理解医疗的极限，让挚亲适时地离去，才是真正爱他的最好方式》，王以勤译，台北麦田出版社出版，2014 年。——译注

一向是不懈努力的。对此，这本书中有出色的记叙。她父亲在中风后的康复阶段疝气发作。这时家属被告知，虽然患者年老又有种种疾病，但为了进行疝修补手术，必须植入一只起搏器。书中写道"我的父母所关注的远不止一只起搏器"，他们"关注的是为了能在人世间共同生活一段时间，将付出多大的痛苦代价。可他们不知道答案"。结果是在每天不可少的日常护理外，又加上一个接一个的医疗过程，将整个家庭卷入了巨大的苦难旋涡。

患者接受救治的要求和意见，往往要由家属提出。以他们对病人的挚爱情感而论，又怎么会不希望争取来更多的时间呢？正如宾夕法尼亚大学的哲学教授阿德里安娜·马丁（Adrienne M. Martin）在《因何希望、如何希望》一书中提出的："对前景持有希望，是持之者对实现有关前景所持态度的特定体现方式。具体来说，人们将希望作为原因，以此怀着种种感觉、参与种种行动，并将它们综合为自己以理性安排的目的。"我们将希望化为计划，用希望设计将来。希望会驱散害怕和悲恸，帮助我们在必须有所为时采取行动。有时候，希望会使人们在面临危机时抱成一团、迅速反应，只不过人们的这种反应也会发生在希望挡住了对真实未来的认识时。

美国生物医学伦理学教授、医生玛格丽特·莫尔曼（Margaret E. Mohrmann）曾写有一篇题为《交由上帝安排》的文章，并被收入文集《医药与道德》。她在文中提到了希望的作用和力量，也谈及希望与临床医学之间确乎值得重视的冲突。在莫尔曼工作的医院里，有一个被送入儿科重症监护室的孩子被诊断出患有神经退行性疾病，这是一种不治之症。据莫尔曼介绍，这个小病人名叫杰梅因（Jermaine），是个被人称为"奇迹娃娃"的男孩子。他是在姐姐出生之后又过了20年才好不容易来到这个世界的。他的父母决定将他送去美国国立卫生研究院 ①，希望那里下个结论。这个孩子在研究院里停止了呼吸。在未经讨论的情况下，研究院里的医生给他插了管子——将接到人工呼吸装置上的输气管通过口腔直通气管。莫尔曼不久后便得知，杰梅因的父母要将儿子送回莫尔曼所在的本地医院。这样既能一家人都离孩子近些，与当地教会也容易联系些。

只是在这所本地医院的儿科重症监护室工作的医务人员，却不希望孩子和家属回来。不久前，他们的病房里刚刚有另外一个男孩子，在经受了漫长而缓慢的死亡历程后离开人世，但他的父母听了律师的话，在儿子病情不断恶化和生命无疑一步步走向终点的过程中，一直拒绝关停所有的医疗设备。医务人员"感到无计可施，因为他们面对着来自法律、经济、谋利、求知、科研以及其他方面的多种力量，都很强大，方方面面也考虑了不少——只是漏掉了病孩本人和有关医务人员的切身体验"。整个重症病房都不愿意马上再接纳一个这样的孩子，害怕看到他也会同样在受够了漫长的煎熬后又很快离世。

不过莫尔曼发现，杰梅因的父母并不只是希望儿子活着，还期待着上帝来为他们做出决断。他们看到孩子虽然在一点点走向死亡，但并不感到疼痛。面对似乎看不到治愈希望的前景，他们将决断权交给上帝。对此，莫尔曼是这样写的："他们活下去的质量，也就是说，在这一重大事件过去之后，这一家人——无论还会不会包括这个孩子——会面临何种前景，便与我在此危机阶段如何与他们共度有关。"莫尔曼向这对夫妇提出了若干有具体内容

---

① 美国国立卫生研究院（简称 NIH）是直属于美国卫生及公共服务部的科研机构，从事生物医学和与医疗保健有关的多方位研究，下设多个研究所。院总部和最大的一个研究所都在马里兰州。许多以生化武器为主题的小说和电影都以此院的工作内容为背景。——译注

的发问，以了解在他们的设想中，上帝如果有所决断，他们会以何种方式体验到：是出现严重感染吗？是心力衰竭吗？这对夫妇表示应当会是这样的。此类情况若发生，便表明上帝决定要接纳杰梅因了。"以这对夫妇的理解，能够记得在努力争取的过程中，始终保持相信孩子、相信上帝的状态，对他们一家人的未来至关重要。"文章中又这样写道。在莫尔曼与这对夫妇做过上述交谈后又过了几天，杰梅因死于心力衰竭。

莫尔曼讲述的这一事例，正表明无效救治为何至今仍是个未得到一致定义的词语。在考虑与患者有关的所有人的需要时，对有关护理将带来的好处，应当扩展到病人本人之外的家属、有关社区和医务人员。莫尔曼对无效救治的广义理解仅仅是一种可能性，一是因为杰梅因这个孩子很年轻（因此有理由执行"尽一切可能"的医策），二是他并不曾感觉到疼痛。

如果将疾病造成的疼痛与折磨纳入无效救治的代价，情况又会如何呢？人们所立下的——为所有人立下的——安好辞世的目标，又将因疼痛与折磨索要的代价而发生什么改变呢？此时便涉及新的估算方式，即同时包括用于生命末期服务的金钱付出和身体与情感的耗费这两者。其实还应包括第三种代价，就是将医药资源用于给垂死病人制造折磨。这种行为本身已经足够糟糕，而更不应当的是这些宝贵资源未能用来救治并非将死之人。从许多方面来看，避免困难的对话，不考虑疼痛的代价，让垂死者接受无效的试验和治疗，其实是将那些因得到这些资源而有机会存活的人拒之门外。

一位名叫莉萨·克里格（Lisa M. Krieger）的新闻工作者，2013 年在《圣何塞水星报》上以"死亡的成本"为主题，发表了一篇以亲身经历写成的文章。它是以特别加页的形式连载发表的，前后总计44页，文中介绍了作者自己父亲去世前的最后一段时日，读来真是令人心痛。莉萨详细列出了她父亲死前十天内的花费，共计323658美元。这位老人名叫肯尼思·克里格（Kenneth Krieger），享年88岁。他生前是位工程师，本就是阿尔茨海默病患者，后又因细菌感染得了败血症。其实，他早已经安排好自己的归宿，相信该做的自己都已经做了，包括立下"无须施行复苏急救"的法律文书和"愿以自然方式离去"的预嘱。然而，莉萨在一个星期六所看到的父亲的病况，让她实在于心不忍——"他浑身战抖、有脱水迹象，说的话也让人听不懂"，便急忙将他送到附近的一家医院的急诊室。在此之后，便是一连十天的种种检查、化验、打针吃药和照X光。这一切都弄得这位老人反应不正常。在此期间，莉萨并没有考虑住院的花费——她哪里还顾得上！不过，父亲肉体上遭受的痛苦和精神上表现出的呆钝，她还是注意到了。在同意进行新一轮的化验和治疗后、将父亲送进重症监护室的路上，莉萨问起自己来："88岁的人啦，骨头已经发脆，心跳又不规律，还有痴呆症，他能扛得住吗？即便扛住了这一轮，接下来呢？"院方建议给老人做手术。"当所有的专家都离开后，我鼓足勇气，向父亲身边的内科医生问道：'多多拜托，让我知道以后会是什么情况吧。'"莉萨最终对医院说出了"不"字。"同意马上接受第一流的医疗手段很容易，拒绝接受可要难得多。"——这是她写在这篇连载报告中的话。

在过去的50年中，美国人为了追求"不惜一切代价避免死亡"，举国上下努力，劲没少使，钱也没少花，却造成了医疗资源的分流，影响到了更需要它们的人。美国疾病控制与预防中心[①] 发布的数据表明，当前造成死亡的前十种原因，按严重程度降次排列下来分别为：心脏病、恶性肿瘤、肺病、中风、事故（意外伤害）、阿尔茨海默病、糖尿病、肾脏病、流行性感冒与肺部疾病、自杀。[②] 美国人平均寿命的迅速延长，导致医疗与护理资源越来越多地流向与老龄有关的病痛上，而老年人患起病来，往往是接续式的，这便形成用资源不断堵漏、而且是"拆东墙补西墙"的局面。2009 年，美国 65 岁以上（含 65 岁）的人数为 3960 万，预计到 2030 年，这一数字将增长近一倍，达 7210 万。除了自杀和事故致死这两种，其他八种都有接受接续性长期医护的可能，包括专科疗法、药物疗程和新型试验。如今的美国人，平均寿命要比刚进入 19 世纪时高出 30 岁（这是将儿童、可救治疾病、普通感染与常见病有关的死亡部分也统计进来后的结果）。只是这加长了的 30 年，并不是人们期盼的能够安享退休的黄金岁月。

　　从财务角度考量一下寿命的延长和延长阶段的医护需要，得出的数字是带有灾难色彩的。在 2010 年，美国人在医疗上花费了将近 2.6 万亿美元，超过当年美国 GDP 总值的 17%，是 2000 年同一项花费数目的两倍。而在这全部花费中，有一半用在了 5% 的美国人身上；而美国的联邦医疗保险计划所支付的全部花费的三分之一，是在死者最后一年的存活期内消耗掉的。

　　真是很难不去想一想，白白花在肯尼思·克里格一生最后十

---

① 美国疾病控制与预防中心（简称 CDC）为美国的国家级公共卫生研究机构，职工人数逾万，设在佐治亚州首府亚特兰大（Atlanta）。——译注

② 这是美国近年的情况。中国的情况有所不同。据 2016 年中国统计年鉴资料，十大死亡杀手的降次排位为：恶性肿瘤、心脏病、脑血管病、呼吸系统疾病、损伤和中毒、内分泌营养代谢疾病、消化系统疾病、神经系统疾病、传染病、泌尿生殖系统疾病。——译注

天里的这 323658 美元，本是可以用在其他地方的：比如，供不止
250 个人交纳一年的医疗保险（按参加"奥巴马医改"[①] 者每人每月
交纳 100 美元的标准计）；又比如供纽约市某家非营利性医院的重
症监护室进行救治 170 天（平均花费为每天 1906 美元）；再比如
供 32 名婴儿在医院顺产出生（在纽约市，顺产分娩的基本收费标
准为 10000 美元）。正如黑斯廷斯中心[②] 的工作人员丹尼尔·卡拉
汉（Daniel Callahan）对莉萨·克里格所说的："我们必须认识到，
这种向衰老进行的无尽无休的征战，是不可能这样维系下去的。"

　　即便对死亡的惊惧妨碍着人们去直面它，阻止着人们谈论它
给病人和家属带来的痛苦，影响着将花费在对抗老人死亡上的资
源用于造福他人，这些年来，医学伦理学领域仍一直进行着对过
度医疗的争论，律师们也加了进来。下述事件特别能够表明，当
今的公众已经进入了从新的角度看待生命末期痛苦和无效医治的
纪元。1983 年，一位名叫南希·克鲁珊（Nancy Cruzan）的女子，
下班驾车返回她在密苏里州（Missouri）的家，却在快到家门口的
路上发生车祸，从车中被甩了出去。当救援人员赶到时，她正脸
朝下躺在一条沟里，沟里满满是水。医护人员在实施急救后，将
她送进了医院。那一年南希·克鲁珊 25 岁，身体一向健康。医
院使她的心跳和呼吸都得到恢复，不过在三周后，医生做出结论

---

① "奥巴马医改"是《患者保护与平价医疗法案》（Patient Protection and Affordable Care Act，简称
PPACA）的俗称，因由美国前总统奥巴马于 2010 年 3 月 23 日签署成为联邦立法而得名。它是第
111 届美国国会关于医疗改革的主要立法。——译注
② 黑斯廷斯中心是美国纽约州一家独立的、不带党派色彩的生命伦理学研究机构，是美国同类研
究组织中最早的一处，对该领域的影响十分突出。——译注

认为，她已经成为一名持续性植物人 ①，用美国国立神经性疾病与中风研究所 ② 的话来说，就是处于"深度无意识状态"。她的父亲乔·克鲁珊（Joe Cruzan）、母亲乔伊丝·克鲁珊（Joyce Cruzan）都期望女儿有朝一日仍能好转，便在几周后在一张申请单上签字，要求给因无意识而不能进食的南希插管饲喂。起先是将管子沿鼻腔送入，后来改为在胃部切个开口直接插入。据南希的父亲说："我们什么文件或者说明都没有读。他们说孩子需要，我们就签字同意了。"

　　四年之后，克鲁珊夫妇认定女儿已不可能恢复过来，她的思想意志和情感等已经脱离了她的身体。他们也知道南希本就是个不愿凭借人工手段存活下去的人。他们还就此事征求了神职人员的意见。然而，当乔要求拔去女儿的饲管时，院方表示须先得到法院批准。他们又询问是否能够先将她接回家再这样做，得到的回复是此举会受到谋杀指控。在此之后便是一连数年的法律争讼。《重头新闻》③ 电视节目将南希和她的家人在医院病房里的情况做成新闻报道，通过美国公共电视台网 ④ 在全国播出，使美国人第一次看到了克鲁珊一家人的处境。1990 年 6 月，密苏里州最高法院

---

① 持续性植物人是通常所说的永久植物人的比较严谨的称法。植物人状态是指人的机体能够生存和发展，但无意识和思维，缺乏对自身和周围环境的感知能力的生存状态。如果这一状态不变地一直持续一段时间（具体长短各国医学界的规定不同，也因形成原因而异），便能被判定为持续性植物人。——译注

② 美国国立神经性疾病与中风研究所（简称 NINDS）是美国国立卫生研究院的下属科研机构，设在马里兰州。——译注

③ 《重头新闻》是美国波士顿一家电视台推出的新闻节目，以制作涉及多方面事实的深入报道著称，并通过美国公共电视台网在全美国播出。——译注

④ 美国公共电视台网（简称 PBS）是美国的一个公共电视机构，由 354 个加盟电视台组成，成立于 1969 年。教育与儿童节目是它的强项，曾常年播放的儿童节目《芝麻街》就是它制作的。——译注

裁决克鲁珊夫妇无权移除女儿的饲管。克鲁珊夫妇向联邦最高法院提出上诉。据他们的律师、《停用器械：重提美国的死亡权》一书的作者威廉·科尔比（William H. Colby）表示，涉案双方都得到了人称"法庭之友"①的大批关注者的支持。其中有两个持反对态度的大户：一是美国天主教教长联合会，反对理由是饲管饲喂属安适护理，应当无条件执行；一是美国联邦法庭首席律师②肯尼思·斯塔尔（Kenneth Starr）。此案受到了美国举国上下的普遍关注。支持克鲁珊父母一方的"有权死亡"主张者，和认为拔去饲管是有意将人饿死的不道德之举的"支持生命"团体，都在法庭外和南希所在的医院外集会表态。

在此期间，一位反堕胎人士、名叫约瑟夫·福尔曼（Joseph Foreman）的神职人员对《纽约时报》发表看法说："对于照拂无意识者的艰难，我很抱恻隐之心。但对以让自己女儿饿死的方式予以摆脱的家庭，我并不同情。要知道，无论这名女子处于何种状况，都存在着好多种照顾方法。"他还说了另外一句话："在我们密苏里州，就连让狗饿死都属违法。"

福尔曼的这句论狗之言说得未免可笑，但对本阵营内认为另外一方是要极端残忍地将一名年轻妇女"饿死"的成员很有煽动力。他的一席话并没有涉及对南希状况的医学分析，这便产生了负面作用，影响到人们正视美国有越来越多的病人被拖入纯生理维持的状态。他的这一番评论如此强有力还基于另外一个原因，那就

---

① 法庭之友未必是诉讼当事人的任何一方，可以是任何一个人或者组织，应诉讼双方任何一方的请求或自愿，提供相关资讯与法律解释的法律文书给法庭，以协助诉讼进行，或让法官更了解争议的所在。目前对法庭之友资格的认定十分宽泛，任何声称并可以表明对所裁判案件或事由有利害关系的组织或个人均为合格。法庭之友可以支持诉讼的任一方，也可以单独主张自己的观点。——译注
② 联邦法庭首席律师是在联邦法庭上代表联邦政府的律师，在美国，这一职务受司法部部长领导。——译注

是它抹杀了克鲁珊夫妇对女儿出自爱的关注，将他们描绘成自私甚至邪恶之徒。福尔曼这批人觉得，要拔掉饲管，无异于决定杀人；由此证明克鲁珊夫妇不配为女儿做医学决断。福尔曼等人以这一案例大做文章之举，为行将到来的"文化之战"的一方定下了粗暴无情的基调。

在联邦最高法院的法庭上，克鲁珊夫妇以"清楚且可信"的证据，成功证明南希如果有知，是不会希望以目前的状态"活着"的[1]。结果是法律终于跟上了医学技术的前进脚步，同在这一进步中萌生的需要法律重新界定有关生或者有关死的问题打起了交道。联邦最高法院做出终审判决，允许移去南希的饲管。这一裁决是同类案例中得到允准的首例，由是确定了无论是否肯定意味着死亡，病人都有为自己做出移除"生命维持"设备这一医学决断的自主权。南希·克鲁珊在移除饲管后的第 12 天死去，但她的名字永远与在权衡延长生命、疼痛和无效医学设备造成折磨时形成的取舍权联结在一起。[2]

在犹太教和基督教的传统教义中，疼痛始自导致亚当和夏娃被逐出伊甸园的原罪。疼痛是罪行的印记，是对恶劣行为的公正惩罚，是告诫人们不要忘记上帝的警示。美国女作家梅拉妮·特恩斯特伦（Melanie Thernstrom）在《疼痛编年史》一书中写了这样一句话："痛苦曾经被、如今也仍被许多人视为能够、必须和应当忍受的体验。"痛苦会使人变得更好。特恩斯特伦告诉读者说，

---

[1]　这主要是由于在州最高法院败诉后，南希的父母又取得女儿的多名朋友的支持，一致证明南希曾针对他人的类似处境，表示过本人不愿以相近方式苟活的意愿。——译注

[2]　这一历时颇长的法律诉讼主要分三个阶段，先是密苏里州地方法院做出同意移除饲管的裁定，但在报州最高法院时被驳回，因此克鲁珊夫妇又向联邦最高法院上诉并最终胜诉。——译注

在 19 世纪中期，美国牙医协会的主席便指责拔牙时使用麻药的做法，声言"我反对此类心怀不端的操作者，因为上帝本欲让人经受，他们却横加阻拦"。意欲减轻分娩疼痛的努力也是引起争论的内容——上帝就是要女人在生孩子时受罪嘛。即使在人类进入 20 世纪、医学达到现代水平后，此类观念仍有迹可寻。"祛痛其实简单：专心救伤治病，疼痛自无踪影。"这是《疼痛编年史》中的另一句话，反映出的观念是医学不应致力于消疼去痛，注意解决导致疼痛的疾病就是了。

处于生命末期的人会经受痛苦，这在许多人心目中，即使不是经过宗教所认为的自我救赎方式，也是无法避免的事实。再加上医学界将精力放在"专心救伤治病"上，便形成了凯蒂·巴特勒在《伪善的医疗》一书中提到的"希望的暴虐"，就是将对病人的医护引向了无所不试的风潮。何不再来上一轮化疗呢？再试一种新出的试验药物吧！此类做法接踵而来，不考虑病人受到的疼痛与折磨，不同情病人每况愈下的状态。这是一种认为无论受到疼痛何种摧残，无论多么老迈，无论伤残到何种程度，好死总不如赖活着的观念。治吧！多么无效也要治！这成了自不待言的方针。法国社会学家埃米尔·涂尔干（Émile Durkheim）[①]告诉我们，疼痛本身"绝无值得企盼之处"，同时又是"正常的生理功能"。它是肉体出现问题的标志，起着警告人们体内出现情况的作用。然而，痛苦永远不只限于肉体，也作用于精神——用临终关怀的词语来说，痛苦是"存在性的"。它是自身存在的结果——不单单

① 埃米尔·涂尔干（1858—1917），姓氏又译为迪尔凯姆、杜尔凯姆等。除了社会学研究，他在人类学和哲学领域均有建树。他最有影响的著作为《社会分工论》（1893 年）、《社会学方法的规则》（1895 年）、《自杀论》（1897 年）、《宗教生活的基本形式》（1912 年）等，多有中译本，但译名不尽相同。——译注

身体受伤时，在失恋时、亲人故去时、丢掉工作时、负债时、懊悔时、濒死时也同样会出现。如若它是持续不退的、无法消除的、导致沮丧忧郁的，就会破坏人际关系、除灭安全感，改变看待世界的感觉。精神上的痛苦会对肉体产生影响：我们会说恋爱终止导致心碎；狂怒使人盲目；绝望会造成瘫软。痛苦还会使人脱离正常的存在，将人推入一个过去不知道的新处境：隔绝。

对于自身的痛苦，我们是能体验得到的，但往往却不相信或不能正视别人的同一感觉。美国作家伊莱恩·斯凯利（Elaine Scary）在《身陷痛苦之中》一书中指出："听到有人说'我痛苦'，会'认定'说者确实受到了这种一波接一波的折磨，而若说'听说谁痛苦来着'，便简直带上了'这可难说'的言外之意。"作者告诉我们，这种情况是由我们不能将自身体验到的痛苦表达出来所致。痛苦让我们说不出话来，只能"以人类在发明语言之前的叫喊发声有所表示"。

在美国的医院里，护士们经常会在工作时在颈下带着画有人脸的小卡片，上面还写有从"0：不疼"一直到"10：极疼"等11档字样。写有"0"的那张脸是微笑着的，大大的眼睛很快活，双眉也弯成欢愉模样。而在那张标有"10"的卡片上，眉毛压得低低的，眉头紧皱起来，眼睛半开半合，面颊上有三滴泪珠。它们是20世纪80年代由一位名叫王丹娜（Donna Wong）的儿科护士和一位名叫康妮·贝克（Connie Baker）的幼婴护理师搞出来的，用以帮助鉴定儿科小病人的疼痛状况。这是因为小娃娃不会说话，不能将自己的感觉描述出来。不过我也在临终关怀机构里看到了这种11级图卡，这里的病人尽管是成年人，却也说不出医护人员需要了解的字句来。还有一种疼痛等级表，是加拿大麦吉尔大学的心理学家罗纳德·梅尔札克（Ronald Melzak）和他的一位姓托格森（Torgerson）的同事共同编定的，故得名"麦吉尔疼痛量表"或"麦吉尔疼痛问卷"，于 1971 年问世。在这张量表上，有若干与感觉有关的单词，如割痛、刺痛、戳痛、跳痛等，分组列为 20 行，每行的单词数为二至六个不等。据斯凯利告诉人们，发明此表的用意，是由于"用语言反映疼痛状况，乃是医护一方和患者一方共同实现减除疼痛的必要前奏"，这张表就是为了帮助病人找到反映自身疼痛的词语。然而，自此量表发表、斯凯利的《身陷痛苦之中》出版，临终关怀医务也在全美铺开后，几十年的时间过去了，"共同实现减除疼痛"的宗旨似乎并未得到很好的贯彻。将实施有关减除疼痛的医护措施的决定权移向患者一方，就是这种共同努力在医疗系统内外未能得到很好贯彻的一个方面。

有关医护措施取舍权——让患者享有是否需要某种医护手段的决定权——的概念已经存在多年了。伦理学研究人士目前发现的最早例子发生在 1891 年。一位名叫克拉拉·博茨福德（Clara L. Botsford）的妇女，在火车卧铺上受了伤，伤后拒绝接受体检。据"联合太平洋铁路公司诉博茨福德案"卷宗记载，法庭本着尊重身体隐私权的原则，裁定博茨福德女士有权拒绝体检。密苏里州地方法院在处理克鲁珊一案时，便援引了这一案例。美国联邦最高法院在 1973 年做出有关流产的仲裁时，也认为应将个人与医药有关的隐私，置于与身体隐私同等的地位。医学的进步，急救复苏手段的出现，人工呼吸装置和饲管的出现，改变了社会和法庭对死亡的理解方式，也改变了克鲁珊一家人对死亡的理解方式。人在遭受致命伤害、生病或者老迈后，便不再处于以往的自然生存过程。这便导致病人及家属关注起这被延长的存在于世上的历程所带来的情感和物质的额外消耗来。

然而，疼痛属于正常感觉以及死亡可以得到推迟的观念，迄今仍深深嵌在医护体系的经济结构内。正如凯蒂·巴特勒在《伪善的医疗》一书中所说的："这个体系是不会对任何说'不'的人做出回报的，就连对说'等一等'的人都不会如此。"医生不会因对病人谈及身体疼痛和情感折磨而得到经济报酬，但做手术、开处方，尽管未必能将病治好，甚至只会无端加重病人、家属和护理者的负担，却会使医生得到物质回报。"希望的暴虐"同时便也是"谋利的暴虐"。

在过去的半个世纪里，随着医学的进步，又随着类似南希·克鲁珊境遇的事件持续引起的广泛关注，美国国内形成了一股潮流，以图纠正施行过度医护体现出的无情及由此对晚期病人的严重影响，将医疗决定权交给患者，以"速死"方式少受无效的疼痛与折磨——肉体消耗，精神磨损，环境恶化。这就是临终医助运动。它提出的口号是"有尊严地死去"，具体倡议是要求仅有六个月或更短存活期的患者，应得到要求医生提供致死药物的合法权利。该运动在政治上是成熟的，对人们认为个人应有医护过程选择权这一观念的把握是准确的，为因病痛无法自己疾呼的病人的代言是认真的。临终医助的支持者相信，世界上再也没有什么东西，会比精神折磨和肉体疼痛更加不堪，甚至比死亡还要不堪。这一运动在美国全国得到了呼应。

第四章　双面效应

"来蒙大拿州（Montana）有何贵干？"租车站的职工看过我的纽约州驾照后这样问我。我没有立即回答，想等他抬头看我时再回答。但他没有这样做。这是个年轻人，25岁上下，有些虚胖，一头淡黄色头发，眼睛是浅褐色的。

"协助自杀[①]，"我告诉他说，脸上不带任何表情，"听说这在蒙大拿州是合法的了。"他将嘴角翘了起来，点了点头，有了些友好的表示。在将我所说的租车理由键入电脑时，他停了一会儿，将目光移到我的脸上，不是那种一扫而过的动作。

"我正在写点关于它的东西。"我耸了一下肩，又说。以作家的身份租车理由很正当，可提到自杀便未必了。

"我正在学护理呢，"这个小伙子说，"可我没听说过这档子事。将自己弄死能合法吗？"说这话时，他已神情专注了。

[①] 协助自杀特指因病人不堪忍受病痛折磨或不想拖累亲人，因而要求在他人协助下自杀的行为。"他人协助"包括提供有关知识、药物和手段。提供者多为医生，但也可指其他人，不过通常是指在临终阶段诊视过病人的内科医生。美国也有些法律在"协助自杀"一条下另设"医生协助自杀"分条目。协助自杀和本书中更多提到的临终医助有相同的含义，只是同一事物的不同说法。不过，协助自杀的说法容易使人理解为行为的重点是在医护人员一方，自杀本身又带有历史上形成的犯罪内涵。不如临终医助那样中性和不显含侧重方。——译注

"在两个州已经合法了，"我告诉他，"蒙大拿州是第三个。"

他从柜台后走出来，将租车单递给我，又接过我的轮包拉手，领我去看车。一路上，他又问了一些问题。我提到"协助自杀"，提到这在蒙大拿州合法，让他吃了一惊。不过在我告诉他法律对此的允许范围后，他便点头表示赞同。这是一个12月中旬的清晨。公路上蒙着薄薄一层细雪。我是头天夜里来到比灵斯（Billings）的，住进了机场附近的"六号汽车"连锁旅店。旅店卫生条件欠佳，我自己也很不舒服。这次行程早就安排停当，航班、租车和会面均已有了预定，因此虽然我在出门前几天便患上了感冒，还是离开纽约市来此，只是服了一堆感冒药，希望能坚持住。清晨的空气、路上的微雪、租车站的这位小伙子，都使我有所振作。我在纽约这个大城市待得太久了，一直没有换换环境。因此，我虽然被感冒折腾得浑身不得劲儿，精神上还是被眼前这片广阔的新景象弄得轻松了些。谢过帮我拉轮包的小伙子后，我便钻进租来的微型汽车开上公路。行了五小时后，便来到了米苏拉（Missoula）。其实，我本来是可以直飞这座县城的。不过，开车前去的想法让我有些心动，又想到可以在开车前去的路上思考一下在这一天的会晤中都该问些什么问题。当我驶进90号州际高速公路一路西进时，太阳才刚刚升起，在车前投下一道长长的影子，还将蒙大拿州平坦大地上的青草涂上一层金红色。我在收音机上调到一个本地频道，听着它播放出的情调伤感的老乡村乐曲和插播的杂货广告。我从路左侧超车时，会遇到卡车司机向我打出"OK"的手势。一些红尾鸳停栖在老旧的篱笆桩上，打量着来往的车辆。在远处还可看到奶牛，它们身上如绸缎般亮闪闪的黑色斑块，被高高的青草衬着，看上去有些像是豹纹。我想到了薇拉·凯瑟（Willa Cather）[1]在《我的安东妮亚》一书中对美国西部草原的评语："根本算不上什么乡村，只有构成乡村的原料。"我又将一片"白日安"[2]感冒药放进嘴里，用在加油站买来的咖啡送下喉。

　　就在我乘坐的飞机抵达比灵斯的差不多两年前，刘易斯与克拉克县（Lewis and Clark County）地区法院的法官多萝西·麦卡特（Dorothy McCarter）做出裁决，认定"将宪法赋予的个人隐私权和维护尊严权综合看待，就包含着认为的确处于晚期的病人拥有有尊严死去的权利"。这一裁决在 2008 年 12 月 5 日公布——这一天恰为我父亲的 64 岁冥寿。此案涉及的病人名叫罗伯特·巴克斯特（Robert Baxter），他也同我父亲一样，被诊断出罹患癌症且已有十年病史。麦卡特法官做出上述裁决后，蒙大拿州检察长提请州最高法院重新审理，于 2009 年 9 月开庭再度论证。我很关注这一案件，并觉得与此人似曾相识。我的书桌上便有他的照片。照片里的他穿着翠蓝色的汗衫，套在一条土黄色的粗布背带工装裤里，头上是一顶卡车司机常戴的鸭舌帽，上面有白线缀出的蒙大拿州轮廓，轮廓中心还有一个圆圆的东西，大大的，像是牛的眼睛。照片上的他，头发和胡须都是雪白的。他年轻时在海军陆战队服过役，离开部队后在蒙大拿州定居，以开长途货运车为生。蒙大拿州的环境很对他的口味：他喜欢户外生活，野营、钓鱼、打猎，样样都干。66 岁那一年，他被诊断患了白血病。这种病又称血癌，是一种危害骨髓中白细胞的疾病。巴克斯特前后接受了好几轮化疗，但未能阻止病情恶化。这样坚持了将近十年后，他意识到凡

---

① 薇拉·凯瑟（1873—1947），美国女作家，普利策奖获得者，以反映美国"拓荒时代"的小说知名。她的多部作品都有中译本，包括本书中提到的《我的安东妮亚》。——译注

② "白日安"（Day Quil）是一种非处方药，制成片状出售，可缓解伤风感冒的症状，服用后造成的困倦感低于其他类似药物，故多用于白天需要做事时。——译注

能做的都已经做过了，便准备告别人世。

我事先已经安排好将于下午3时与马克·康奈尔（Mark Connell）晤面。他是米苏拉的开业律师，曾担任过巴克斯特的代理人。我来蒙大拿州之前，便看过他在蒙大拿州最高法院发言的录像。我看到一名姓赖斯（Rice）的法官向康奈尔发问，要求他回答临终医助可能会对旨在保护公民的重要立法产生何种影响。

康奈尔的发言声调平静，言辞流利，语气权威却不咄咄逼人。录像中的他身穿深色西装，打着深色领带，十足一位小地方的大律师形象。他是这样致语法官的：

> 蒙大拿州的立法，蒙大拿州的晚期疾病权益法案，一而再、再而三地违界行事，说明我们这里的情况并非白璧无瑕。本州法律在若干种情况下允许医生加速死亡的到来。这样的事实每天都在我们的医院里发生，只不过要是医生对病人和家属说"你们可太受罪啦。我要结束这种状态。这里是过量的吗啡，用了就可以了事"，这就成了故意杀人，法律层面的双面效应就显现出来了。我们的法律承认在一些情况下，医生能为了减除痛苦，将给药量加大到加速死亡的剂量。这在医生是出于崇高的职业责任心，也得到了他人的认可。我们这里所涉及的，只是要将这一做法再向前推进一步。其实，这一做法同临终医助并没有多大区别。对此你也是清楚的。

双面效应——同一个行为，会带有两种前景。康奈尔的这番话是指医学界的一条规则：如果是为了减轻或消除疼痛与折磨，医生便可以给病人开药，即使是达到致死剂量，只要本意是出于救治便不算犯罪。在《生命医学伦理原则》一书中，汤姆·比彻姆和詹姆士·邱卓思是这样说的："这一规则包含了一个意图的结果与仅可预见的结果（效果是行动的后果）的关键区分。"最早提出此种情况的人是天主教神学家、多明我会的修士圣托马斯·阿奎那（St. Thomas Aquinas，1225—1274）。他在天主教哲学的开山之作《神学大全》[①]中提到："一个行为可以得到两种结果，其中只有一个是意求的，另一个则是意外的。"阿奎那认为，行为的性质不取决于得到的结果，只取决于"施行者"的本意。他还举出了一个说明双面效应的例子：当遭到他人攻击时，我们的意图是保护自己不受对方伤害，如果应对此种形势的结果是将攻击者弄死了，我们的自卫行动仍是正当的，是由于"当事人意求保住自己的性命"。双面效应被立为天主教神学教义中一条有关道德规范的规则，已经有一个多世纪的历史，并在后来得到了哲学和应用伦理学[②]的接纳。1977年，比彻姆和邱卓思更在死亡过程被医学技术迅速复杂化、致使伦理学亟须明确化和精准化时，将这一效应奉为医学伦理学的圭臬。不过，双面效应总是与争议搅在一起的。一部分人认为远到阿奎那、近到天主教会，一直都过于强调意求，特别是当会得到何种结果是可以预见的、很有把握地预见到的，甚至是指望得到的时仍被如此强调。

米苏拉是个小镇，人口刚超过68000人，它在蒙大拿这个政治上比较保守的州里有着"自由思想堡垒"的声名，一如得克萨

---

① 此著述有多个中译本。——译注

② 应用伦理学旨在将伦理学的理论用于解决日常生活的困境，相关理论包括功利主义、社会契约理论和义务伦理等。被视为属于应用伦理学范畴的内容包括商业伦理、生命伦理学、环境伦理、人权问题、企业社会责任等。不同的伦理原则会产生不同的结论，故而得出的解决方式往往不能获得一致认同。——译注

斯州（Texas）的奥斯汀市（Austin）。发源于落基山脉（the Rocky Mountains）的克拉克福克河（Clark Fork River）从米苏拉穿过，继而流向西北，进入爱达荷州。康奈尔的律师事务所在斯普鲁斯街的一栋很有特色、保存完好的维多利亚风格的建筑里。过两个路口便是克拉克福克河，离县地方法院四个街区，马路对面是一家医院，名称是圣帕特里克医院。

　　康奈尔律师是个高个子，棕色眼睛，举止和蔼，握手时手劲很大。我问他为什么同意承接巴克斯特的诉讼案。"我认为它涉及一个有待确立的问题，而且不单蒙大拿有，其他地方也有。"他说。他本人便体验过岳丈和别的若干家族成员经受长期痛苦煎熬后的死亡，使这个问题也成为他本人的关注对象。"这个问题涉及一系列牵涉面更广的问题，都是我们这个社会需要正视的。它们应当由谁来决定呢？是政府还是个人？"在他的解释中，我察觉到其中贯穿着自由党的某些观念。他认为，在此案所涉及的个人事务中，政府是没有发言权的。它们只应在患者和他们的医生之间决定。"医院也好，医师协会也好，别的无论谁或者什么也好，都知道这样的事实，就是当人病情严重、生命面临终结时，往往不会有掌控何去何从的选择权。"只是在不太久之前，病人会同自己信得过的医生探讨病情，共同确定将要来到的结局会是什么样的；那时还不存在特殊的应对方式。医生会让患者安适些，让觉得难受的病人少些痛感或失去意识，如此而已。而到了现在，多数人会在医院或者养老院之类的社会机构中去世，往往不再与自己的家庭医生有联系，也不会在没有医护条件的环境中自然咽气。降临到他们头上的，是以硬性方式来到的法律条文和伦理原则。死亡已经变成是否要移除机器——只会延长死亡到来过程的机器——的决定。康奈尔告诉我说："自愿也好，不自愿也好，人的死亡往往要由其他人来决定。"

康奈尔对这个问题的关注，始自他在大学读书时看到的英国作家与民权活动家杰茜卡·米特福德（Jessica Mitford）所写的《美国死亡方式》一书。书中以尖锐、强烈并风趣的笔调，针砭了美国的丧葬业。后来，他又读了美国医生舍温·纽兰（Sherwin Nuland）的畅销著作《我们怎样死》[①]。此书作者从生理学角度详尽讲述了癌瘤患者、被刺伤者、心肌梗死患者和其他若干种有伤病的人会遇到的情况，通过介绍这些人体内的血液循环和神经等系统如何停止运作，去掉了蒙在死亡过程上的神秘外衣。对于新出现的医学技术所带来的法律与医学实践的改变，康奈尔关注了多年。这些新技术固然能够使伤者和病人体内走向衰竭的系统迅速表现出好转迹象，却无助于抵挡死亡到来，结果只是延长疼痛与折磨的过程。"我将巴克斯特的个案既视为关乎重要社会决策的出发点，也看作具有强烈个人色彩的呼吁。死亡是一种无处不发生的体验，却也是在我们的文化里人们不想谈及的内容。"

在美国的一些州里，争取临终医助合法化的努力，进一步推动了美国人如何死去的公开讨论。俄勒冈州（Oregon）公民提出的要求将有尊严地死去的权利写进法律的 1994 年第 16 号投票动议[②]，最终在全民公投中以 51.3% 的支持率、48.7% 的反对率得到通过，由是为末期伤病患者争取得到责任医生提供致死剂量药物的全国范围的努力奠定了基础。有关的法律条文是非常具体的：患者本人必须提出对有关药物的口头要求及书面申请；病情诊断

---

① 有中译本，褚律元译，世界知识出版社出版，1996 年。——译注

② 投票动议指来自民众中的吁请呈文。在美国，这种呈文若达到一定的民众支持率，被吁请机构就必须在一定时间限期内做出规定，并往往制定法律草案交由公民投票。——译注

书必须由两名内科医生开具并在内容上一致；患者提出要求后还有 15 天的等待期；在此期间如患者出现抑郁或谵妄表现，还应有第三名医生做出患者是否有正常决断能力的结论；申请患者应当是年满 18 岁的本州居民；致死药物的服用必须由患者本人主动进行（医生和患者家属均不准代庖）。与此同时，以追踪和汇报此类情况的系统也受命成立并公开运作。法律还要求在死亡证明书上列出所患伤病名目和死亡原因，为防止保险公司找借口刁难死者亲属，原因中不得填写"自杀"或"有尊严地死去"的字样，虽然后者正是有关法律条文的名称。

这一立法迄今已生效 20 年，但仍会时不时遭到"伏击"。1994 年通过这一立法的俄勒冈州，只过了几年，便在 1997 年 11 月面临一项拟废除该立法的表决，结果被反对者以多数否决。2004 年，时任美国司法部部长的约翰·阿什克罗夫特（John Ashcroft），想以更有效地执行《药品管制法案》[①] 的名义，未经最后投票表决便打算吊销支持《有尊严地死去法案》的医生的行医执照，结果被一下层法院阻止于成文之前。行将于下一年继任的阿尔韦托·冈萨雷斯（Alberto Gonzales）就此提出上诉，而联邦最高法院于 2006 年 1 月裁决原立法仍旧有效。

2008 年，华盛顿州（State of Washington）在对本州第 1000 号提案进行表决后，成为承认临终医助为合法行为的第二个州，而且受到俄勒冈州在此方面已取得 14 年胜利的影响，支持率达到了 57.82%。有关立法的名称也叫《有尊严地死去法案》，内容也与俄勒冈州相仿。在康奈尔为罗伯特·巴克斯特在蒙大拿州最高法院

---

① 《药品管制法案》（简称 CSA）是美国联邦政府对若干药品的生产、进口、持有、使用和流通的法律规定。最早的法案于 1970 年尼克松总统任上通过，后又屡经修改和扩充，并为美国所有州在原则上共同遵守（具体细节上各州有所不同）。——译注

做了申辩后，这个州也在 2009 年新年前夕认定医生提供致死药物并不与本州宪法相抵触，由是蒙大拿州成为美国第三个允许实施临终医助的州，也是通过法律诉讼途径实现的第一个州。只是在权利和责任的制衡方面，蒙大拿不如前两个州那样严格。

最早使临终医助合法化的这三个州都位于美国的西北角。对此，人们是不会不注意到的。它们在地理上与观念上都与东海岸那里的权力中心相距甚远，因此独立意识更浓烈些，个人对自由的追求更强劲些——蒙大拿州甚至将尊严权写进了本州宪法就是一例，遂导致临终医助潮流率先在这里取得成果。不过要是看一看随后将这一要求合法化的佛蒙特州（Vermont）和新墨西哥州（New Mexico）的位置，又会觉得从政治倾向和法律侧重方面归纳未必很有道理。

"在你走之前，"康奈尔提醒我，"别忘了在我这里看看罗伯特的照片。我有。在二楼的墙上挂着。"他这里的照片同我书桌上的照片是一样的：翠蓝色汗衫，背带工装裤，鸭舌帽上面缀着蒙大拿州的轮廓。

罗伯特·巴克斯特的女儿叫罗伯塔·金（Roberta King）——罗伯塔是按她父亲的名字取的，只是加了个女性化的结尾字母 a。她高高瘦瘦，短短一头金发，是个笑口常开的人。父亲去世后，她以口头和书面的方式将父亲生前呼吁临终医助的内容公之于众。一开始她做得并不十分情愿，不过在意识到父亲患病期间的境遇，了解到他死前肉体受过何等煎熬，有心结束生命却不得法律允准后，态度便有了改变。她的父亲并不是自杀身亡，但也准备好了随时赴死。罗伯塔告诉我，她父亲有极充裕的时间做好死前的种种安排，为的是让亲属们少受些折磨。他将自己的"玩具"——

休闲车、露营拖车和小游艇统统卖掉，给住房苫了新顶、换了外墙护板，将买房的贷款也都还清。我和罗伯塔坐进米苏拉镇中心的一家美式餐馆（它坐落在希金斯路上，店名是"铁马"），她对我讲起她父亲告诉家里人自己要放弃化疗、接受临终关怀服务的经过。

他将自己的所有儿女——一共四个，罗伯塔最小——都召来一起再过一个感恩节。不过他坚持不让孙辈一起前来，表示不希望这些孩子将自己这副病弱不堪的形象留在记忆中。罗伯塔曾做过临终关怀义工，知道一旦接受这种服务，原来指望治好癌症的微弱念想便也彻底破裂。这让她在听到父亲的决定后，心情难过异常。

"我告诉你一件事，"罗伯塔说，"我来到爸爸家后走进了后院。院子里有一株很大的三叶杨。我看到树上绕着一根又长又粗的链条，便问妈妈是怎么一回事。妈妈告诉我是爸爸爬上树弄的，因为他生怕树枝断了会砸碰邻居家的房子。因此他生前做的最后一件事，是将那些不安分的树枝管住，别给邻居添麻烦。我觉得就是这件事让他彻底垮了下来，耗掉了最后一丝精力。"

罗伯塔还对我谈起关于她父亲的另外一些事。比如，他曾表示想开枪自杀，这把罗伯塔可是吓得够呛，使她回想起一位得了癌症的邻居。这位邻人本已阳寿无多，又为疼痛所苦，心情十分恶劣，偏偏还赶上爱犬死去，觉得生无可恋，便在自家后院用手枪朝自己头上开了一枪。"院子是他妻子清理收拾的。"罗伯塔告诉我。罗伯特·巴克斯特不肯让家里人受这样的刺激，便打消了这个念头。

当我问起她父亲的为人时，罗伯塔的脸上泛起了明丽的笑容："他可风趣啦，也可有主见啦，去过的地方也多着呢。"这是指他长期开着长途货车在美国大西北奔忙。"他是个矬墩子，人挺爱叽咕，简直就是又一个阿奇·邦克①。"她又给我讲，她父亲为了法院这档子事，前后花了多少精力，又如何一直瞒着自己的子女，直至她有一天在父亲家的餐桌上发现了好厚的一摞纸后追问原因方才得知。她还提到在父亲去世后，她和两个哥哥、一个姐姐会轮流在母亲身边陪伴："妈妈一个人在一张大号双人床上过夜。爸爸去世前，可一直都是睡在这张床上的呀。我们几个子女都这样做。我的哥哥们也都是50多岁的人啦，可还都躺到这张床上，紧紧挨在妈妈身边。"

2010年7月，即罗伯特·巴克斯特去世后又过了一年半，蒙大拿州通过新的立法，否定了州最高法院当年的支持态度。对此，罗伯塔在地方报纸《米苏拉人报》上发表读者来信表示："他（罗伯特·巴克斯特）的病情是何等严重、所受的折磨是何等残酷，这才使他在临终的几周前希望早一点离去。从他对我和家里其他成员的叮嘱中可以清楚地看出，如果临终医助在蒙大拿州当时是合法的话，他就会要求得到它。"她最后又说："既然他遇到的现实，是所受折磨没能得到本应有权得到的减少，死亡也来得比他希望的艰难，我就要继续抗争下去，让他本应得到的这一选择权得到确立。"②

---

① 阿奇·邦克（Archie Bunker）是美国20世纪70年代情景喜剧《全家福》中的主角，是个50多岁、个子中等偏矮、有些发福的男子。他怪话不断，对什么都要讽刺，但内心其实相当善良。此剧共拍摄六季206集。——译注

② 罗伯特·巴克斯特是在2008年向地方法院提交要求使临终医助合法化的，但他未能亲身享受到这一权利，便于当年12月8日逝世。地方法院所做的有利于这一要求的裁决因有争议被呈送州最高法院，并于2009年9月得到正面表态。但有关的裁定只是从本州是否有先例的角度来衡量，并不曾提高到州宪法的高度，致使该裁定又在2010年遭到逆转。——译注

　　"罗伯特·巴克斯特真是做了件非常勇敢的事。"我这样向康奈尔律师发表了自己的感想。我知道反对临终医助者的想法，他们声言临终医助其实根本无须通过法律手段解决。有人说，想这样做的病人是自暴自弃，不敢面对死亡，只想一逃了之。在这些人看来，巴克斯特受到疼痛与折磨的事实并不重要——或者简直就是应该的和必要的。既然医务系统——哪怕已经脱了轨——做出了决定，法律也有硬性规定，人们就应当服从这两个权威，医疗机械插上便应受之，体检接踵而来便当忍之，手术医药塞过来也便当奉之。他们还说，这个巴克斯特并无权处理自己的身体，有关生死的决定须交由更高的存在体，而他却不肯服从，还要用致命药物对自然表示大不敬。不过巴克斯特从不曾被这些人的任何聒噪吓退。他虽然为时无多又备受煎熬，却仍然努力推动着这一法律行动。他固然想得到致死剂量的药物以结束自己所受的折磨，但他还要让所有的人都得到这个权利，因此才没能在自己家里、没能在亲人的环绕中离开人世。

　　还有一些反对临终医助的声音说："要立什么法呀？如果不想活了，法子可多得是。开枪啦，关严车库门后启动汽车吸进废气啦，房梁上搭根绳子再绾上结将头钻进去啦；家里常备的一些有毒的东西，虽然通常只会伤人，却也能让人一命呜呼咧。病人要是快死了，又疼得难受，尽可以从中选择一种喽。"当然，病人都还得有这样做的体力。另外也有人认为，耗着长期受罪的病人还有其他出路，仍有地方可去，就是接受临终关怀，或者接受舒缓医疗①，借助医护手段进入不致感到难受的状态——也许就是进入

---

① 舒缓医疗的要点是不针对病因采取根本性对策，也不指望取得治疗效果，只注重减少患者的肉体疼痛和患者及亲人所受的煎熬，而且不一定要交由专门的临终关怀机构负责护理。——译注

失去意识的状态。巴克斯特也不认为这种方式能护卫住尊严。在呈交给地方法院的书面陈述中，巴克斯特阐明了他不要求舒缓镇静的原因。这份陈述是公开的，在我离开他办公室的时候，康奈尔律师给了我一份复印件。这份文件是经过公证的，长达三页。罗伯特·巴克斯特用大大的圆圈字体签的名。他是这样写的：

> 我对这一提议和它所意指的剥夺个人自主权的意向深感震惊。我明白，接受舒缓医疗这一护理方式，就是以静脉给药的方式使我进入无意识状态，然后控制输液和饲喂，直至我最终死去。这一过程有可能会持续几个星期。在这最后的阶段里，我会一直没有意识，不知道自己和周围的情况，对外面没有感觉，没有反应，对自己的将死也一无所知。我会失去自己保持个人卫生的能力，而要靠他人将我弄干净。我的亲人会不得不揪心地眼睁睁看着我的没有意识的肉体在这种状态下，一点点饿垮、一步步干缩，一直等到我最后死去。我要尽一切力量不让我的亲人们忍受这样痛苦而又没有意义的折磨。

我知道罗伯特·巴克斯特没能等到州最高法院做出裁定的那一天，便在家里与世长辞。我问康奈尔律师，罗伯特在得知地区法院的最初结果时有什么感想？因为正是该结果使他这一案例成为全国的焦点，并最终使蒙大拿成为美国第三个允许临终医助的州。康奈尔告诉我，当法院电话通知他裁决结果后，他便给巴克斯特家里拨去电话告知这一好消息。巴克斯特太太表示歉意，说她丈夫正在睡眠中，不过当他知道后会感到高兴。"不过他就在睡眠中逝去了，结果是根本无从得知。"康奈尔对我说。罗伯特·巴克斯特永远不可能知道，地方法院的麦卡特法官在此案上诉期内，一直拒绝让临终医助手段生效。他也永远不可能知道，这个案件在州最高法院得到支持的裁定，为本州处于同样境地的患者扫清了走出漫长的死亡之路的障碍。

俄勒冈州通过有关"有尊严地死去"的立法后，得到医生建议而接受临终关怀医护（或者脱胎于临终关怀理念的舒缓医疗）的病人增加了20%。2013年由《国民新闻》杂志[①]和美国地区联盟基金会[②]联合进行的一次调查表明，对于临终关怀和舒缓医疗这两种事物，华盛顿州和俄勒冈州的居民有高出其他州的知情度。

在临终医助概念引起公众热烈谈论的一些州里，出现了另外一种与生命末期阶段有关的事物，不但新奇，而且关系到所有的人。俄勒冈州在给有尊严地死去以合法地位的第二年即1995年，向家庭派发了美国最早的《维生医护意愿表》。这是一种单页表格，颜色分浅粉和橘黄两种。得到此表的家庭可让它附着在冰箱外壳等经常可见、随手可取的地方。表上的内容是以医学词语准确定下的准备采用的医护手段，病人一旦需要便可按表提供。《维生医护意愿表》就像是预立遗嘱，不过是从医生一方的角度、以医生的语言拟定的。据认为，此种表格是让医护一方掌握患者所希望得到的救治方式的最好媒介。有了它，医生和急救人员便不会再搞什么"尽一切可能"，而是按病人自己的需要行事了。自《维生医护意愿表》出现以来，目前已经有26个州照搬了这一方式，或

---

① 《国民新闻》是美国一家政治性很强的杂志，创刊于1969年，目前仅以电子版形式发行。——译注

② 地区联盟基金会（The Regence Foundation）是美国最大的非营利医疗保险公司蓝十字与蓝盾会的下属机构。"Regence"是"regional""alliance"二词缩合而成，并为了使开始部分的发音接近"region"，又将原词中的字母a改为e。——译注

者搞出了类似的名目。

在推动临终医助方面，俄勒冈、华盛顿和蒙大拿这三个州有一个共同之处，就是都在了解法律动向、构建基层组织和资金筹措上得到了"同情与选择"这一全国性非营利组织的大力支持。为这一团体工作的律师凯瑟琳·塔克（Kathryn Tucker）女士同马克·康奈尔一样，都是州地方议会的议员。两人各自以老到稳健的帮助，推动着俄勒冈和华盛顿两个州形成和通过投票议案的全过程。我曾参加过"同情与选择"组织 2012 年 6 月在芝加哥（Chicago）召开的年会，并在会上做了专题发言。该组织的在线通信协调负责人卡拉·阿克斯特曼（Carla Axtman）女士还与我建立了网上联系，一直为我的调研或写作需要，在全国范围帮助安排种种会晤事宜。我真是发自内心地喜欢她，和她在电话上有过多次交谈；我当前在做什么，我希望会晤谁，凡我对她谈起的，都会得到反馈，这让我衷心感激。不过对她所在的这个"同情与选择"组织的政治目标，我并没有什么兴趣。我并不是社会活动家，至少并不是这个组织认为有资格充当的此类人士；对于这一点，我自己是很清楚的。我曾不止一次地接到卡拉或者该组织的其他人打来电话，质疑我在印刷品中对"协助自杀"这一词语的使用。对于这种监督，我的态度也是犹豫不决的。理论上说，我觉得这个词是合用的；自杀之举在历史上受过争论，得到过接受，甚至还被推崇过，但"同情与选择"组织从政治角度着眼，更为看重"临终医助"的说法，并为其得到接受下了不少功夫。我承认，对同一事物的说法不同，得到的支持也确实会不一样。就像我在租车时与那名职员交谈时所发生的情况一样。"自杀"一词会造成一种不好的印象，从而影响到"协助自杀"这一提法。对这一做法，人们使用了不同的说法：有尊严地死去、临终医助、协助自杀、安乐死……它们往往与使用者在立法条文中的定位有关。（就我个人而言，我是将前三个词语相互换用的。我将自杀视为悲剧性行为，那不能算是什么好事，通常是应当予以阻止的，但如若环境需要，也不失为一种理性的选择。在临终医助取得合法地位的欧洲国家中，将这一行为称为安乐死。而这一词语在第二次世界大战中却被用在了种族灭绝行为上！ [①] ）辅助自杀和安乐死在未进一步得到明确定义的情况下，确有被视为不道德之举的可能，并联系到历史上的苛政和非人道行为。但从临终关怀角度进行诠释，倒比另外两种提法更适合成为立法用语。一些民意测验的结果表明，在测验表上对临终医助的解释为"允许医生在患者及其家属提出要求时，以不会造成疼痛的手段终结患者生命"时，多数美国公众表示赞成（支持率为70%，而20世纪70年代时为50%）；而当将临终医助解释为"在医生协助下自杀"时，支持率则只有51%。

2009年，我前去首都华盛顿（Washington, D. C.）参加"同情与选择"组织召开的支持生命末期选择讨论会，会上得到了与卡拉见面的机会。这位长着一口板牙的女士精力充沛，又非常合群，很能扩大"同情与选择"组织的影响力。她告诉我，"同情与选择"组织认为社交网站推特（Twitter）很有宣传影响力，问我是否愿意就其注册和使用方法在大会上做一次专题报告。本着"信息多多益善"的理念，又兼感谢卡拉的一向帮助，我便同意了。此

---

① 这一词语来自希腊文，意为"好的死亡"。在纳粹德国时期，法西斯政权以非自愿方式大批杀死非亚利安人和伤残人等行动，都将这一词语放在相应计划的正式文件中，特别是由希特勒本人签署批准的臭名昭著的"T-4"行动，最初的行动名称也用了这一词语。当然，中文译词中所含有的"乐"，也应理解为"愿意"而非"快乐"，也许译为"安宁死"更贴切些。——译注

大会——白人与会者占多数，又以 50 岁以上的人居多——将芝加哥的奥哈拉凯悦酒店包下了一大半，供开会和下榻之用。这家旅店地处奥哈拉国际机场和芝加哥市中心之间，是浇灌混凝土结构，看上去给人以固若金汤的感觉，只是周围空旷得很。开会的那一周，芝加哥晴朗而溽热，有如蓝天下的一团火，一来到露天，就会觉得全身周围的空气都被抽走了似的喘不过气来。如果想到酒店外面的饭馆或咖啡厅坐坐，或者到周围的工业园区（附带评论一句，统统老套得很）转转，就都得有车才行。于是我便一概放弃，只待在有空调的旅店房间里放松。

这次会议开了三天。对它的大部分内容，我都不甚有兴趣，甚至觉得听不下去。会上提出的口号是"同情如山、选择有桥"，不过我听来只是觉得甜腻腻的。由于以前的接触，我在前去赴会时，已经习惯了这个组织的行事套路，对它为达到立法目的而采取的未必循规蹈矩的政治谋略和司法途径也比较能够理解了。"同情与选择"或者类似的组织，是进入 20 世纪 80 年代后，自德里克·汉弗莱在圣莫尼卡（Santa Monica）创建了毒芹协会以来陆续出现的。《最终出局：临终之人自行了断和受助自杀的可行之道》——我在父亲起了以自杀方式免受晚期癌症之苦的念头后送给他的那本书——就是这个人写的。此公是位有争议的人物，不过有关他的种种传闻是否可信，倒也往往难以明断。他的前妻安·威基特（Ann Wickett）曾以自己在生病期间受过他"令人讨厌的压力"为由指责过他。汉弗莱本人追求事必躬亲的风格，他对"安乐死"和"自杀"两个术语的热衷，他对本人著述粗线条的处理方式，都被认为对他所倡导的运动产生了不利的影响。此人是个不好相与的急躁家伙，这一点毋庸置疑。也正因为如此，他并不是领导"临终医助"运动克服种种政治阻力和法律障碍、进军全国大舞台的理想人物。当他于 1992 年离开毒芹协会后，这个组织更名为"同情临终者"，继而又在 2003 年与另一个名为"生命末期选择"的组织合并，这便是"同情与选择"。

这届大会的许多分组讨论的议题和大会的专题报告，听起来都像是些给军队在战斗打响前发布的口号。我承认，口号之类的东西的确是"同情与选择"一类组织需要有的，只是我同时还认为，在这些"口号"传递的信息下，还应当提供更深层的东西。在大会上第一个做报告的是"好艾比"——笔名阿比盖尔·范布伦（Abigail van Buren）、真名珍妮·菲利普斯（Jeanne Phillips）[①]，时间在星期四晚上。她的报告挺不错，很富感染力。不过，最引起我注意的，是大会结束那天的议题"生命伦理学与生命末期阶段选择"。该议题涉及的是生命伦理学，是将临终医助放在更宽广的道德伦理范畴内的探讨——正是我感兴趣的内容。做有关专题报告的是两个人，一位是哈姆兰大学健康研究所的所长撒迪厄斯·波普（Thaddeus Pope）。我是因浏览"无效的医学"这一博客——致力于与无效救治有关的法学内容的交流空间——知道他的。另一位是"同情与选择"组织的高层负责人苏·波特（Sue Porter）。这是一位生气勃勃的女士，我曾在看纪录片《俄勒冈州死况报道》时在银幕上看到过她，因此一见本人，一下子便认了出来。这部

---

① "好艾比"是常见于报纸上的"答问专栏"中最著名的一档，1956 年由美国广播电台女主持人保利娜·菲利普斯（Pauline Phillips）始创，最初只刊登在《旧金山编年报》上，但很快风靡全美并吸引多个国家，为上千种报纸刊登，还发展为电台的广播节目，报纸刊登和电台广播用的均为阿比盖尔·范布伦这一化名。在她退休后，这一工作由她的女儿珍妮·菲利普斯接班至今，并一直沿用母亲的化名。——译注

影片在 2011 年的日舞电影节上得到评审团大奖①。该纪录片公映的前一年，苏便住在俄勒冈州，为重病患者提供有关咨询。当这个州 1994 年使临终医助合法化后，她也协助为时无多的病者了解和运用有关"有尊严地死去"的立法。围绕这一议题，人们提出了这样的问题："病情进入晚期的患者，在决定以致命药物结束自己生命时会有的诸多考虑中，都会涉及哪些方面？"

我在为临终关怀患者提供服务时，听到过许多病人向我表示他们不想再活下去。苏以明确率直的语言，道出她对使同一法律在美国其他州也得到确立的想法，以及对俄勒冈州的病人所面临问题的进行具体而微的介绍，使我很觉解渴。《俄勒冈州死况报道》这部影片一开始，屏幕上便现出苏用双手将药丸胶囊一个个打开，把里面的白色粉末倒进一个干净的玻璃小碗，又从水龙头下接一些冷水，然后搅拌了片刻。搅拌时，勺子与玻璃小碗碰触着，发出叮叮的声响。隔壁是一个有几扇大窗子的房间，一个男人坐在窗下的床上。这是个白人，大概 65 岁上下（不过很难猜准，他都快要死了），双手放在膝上，若干年龄不同的亲人围站在他的床前。

苏将身子向他探过去，双手放在自己的双膝上，直视着病人的眼睛。她穿着灰色的针织衫，戴着一串项链，头发、指甲和妆容都打理得无懈可击，堪称严肃郑重的化身。她以安详的声音说："在你将药服下之前，我这里再将两个问题重新问一遍。你知道你有改变想法的权利吗？"她每吐出一个字，自己的头都会点一点。

----

① 日舞电影节是一年一度在美国犹他州（Utah）举办的电影盛会，因主办单位日舞电影学院得名，而"日舞"（Sundance）一名则取自一部著名西部电影中强徒之一的绰号"日舞小子"（Sundance Kid）。评审团大奖是此电影节中的最高奖项。——译注

"我的想法没有改变。"这位病人立即回答道，而且语气十分坚决。

"这只碗里的药会起什么作用？"苏问出第二个问题。

"它会让我死去，并使我高兴。"他再次作答。苏将头垂了下来。我立即看懂了，知道她明白死亡是怎么一回事，也知道在这个世界上有比死亡更糟糕的东西。

2013 年的春天，我来到新泽西州（New Jersey），给德鲁大学新闻学专业的部分学生开讲一门课。我给这门课起的名称是"临近终点：笔述美国当前的死去、死前和死灭"。我让学生们读了不少有关自杀、战争、谋杀、战场创伤后应激障碍①和飞机失事的长篇报道。在这门课临近结束时，我将苏请来，与学生们一起看《俄勒冈州死况报道》。当时她正在纽约市访友，还参加了一次市内自行车集体骑行。她来到我的课堂——还带着一盒擦眼泪用的纸巾。《俄勒冈州死况报道》通过一位名叫科迪（Cody）的女子死前不久的境遇，介绍了俄勒冈州将临终医助合法化的过程。科迪 50 岁刚过，并不算老，模样十分上相，但看得出与疼痛做过长期抗争的痕迹。在影片上得以看到，她经历了从愤懑、煎熬到最后放弃的过程。在放送到她决定服用致命药物的一段时，镜头是在她卧室的窗外，但可以听到她向亲属说出的最后一番话。这部影片我虽然早已看过好几遍，但仍然在课堂上哭得一塌糊涂。苏也同样如此。科迪的死令人揪心。然而，学生们的反应并没有如我和苏预想的那样沉重。是不是这些 18 岁左右的年轻人，尽管已经从读物

---

① 创伤后应激障碍是指个人在承受巨大精神压力和经受重大打压后，会陷入的异常精神状态，如好斗、驾车伤人、性侵犯等，并有较大的自杀可能性。战场创伤后应激障碍则是其中一类，系因军人参加战事导致。美国近年赴国外参战后表现出这种后遗症的退伍军人为数不少并呈上升趋势，造成了诸多社会、经济、个人和医疗层面上的问题，受到了广泛关注。——译注

中与死亡和临终打了几个月的交道，却仍只是处于尝试着理解死亡真谛的阶段呢？我不知道。诚然，这些人中有几个已经失去了上隔一代的亲人，但多数人的记忆中并不曾存储进本人面对死亡时的情感，也缺少挚爱亲朋离去掀起的情感波澜。对他们来说，这部影片只是最初的情感输入。

在乘火车前去和离开德鲁大学所在地麦迪逊县（Madison）的火车上，苏和我探讨了与"同情与选择"组织和临终医助运动新进展有关的内容。苏准备发表一篇文章，名为《意想不到的后果：病人选择权的障碍》，意在探讨宗教对医疗的影响，特别是在天主教会管理下的医护机构中，病人的知情同意权会受的影响——天主教教义是反对临终医助的，即便在它已经合法的州里，天主教会也仍自行其是。"陷入财政困难的医疗机构，一旦被并入天主教会的医疗体系，或者独立行医者一旦以合同方式为天主教会的医疗机构雇用，就不得不服从教会的规定，不能为'有尊严地死去'出力。"苏提出的另外一个问题是涉及生育权的。这个问题在全美国范围受到关注，支持者和反对者双方也有激烈争论。天主教体制内的所有机构都不准员工（包括医生）探讨流产和临终医助等医护手段，于是便形成了合法却未必行得通的局面。

有关这两个问题的争议都涉及同一个问题，就是在天主教会管理的医疗机构里，医生、职工、管理人员和患者中究竟谁的观点最重要。不久前发生的"精品坊"事件和"修女助贫会"事件——前者主体是以营利为目的的连锁店，拒绝执行《患者保护与平价医疗法案》即"奥巴马医改"中有关防止和终结怀孕的规定；后者主体为不以营利为宗旨的宗教组织，也坚决反对这一条

文 [①]——都反映出这一问题。关注奥巴马政府和美国联邦最高法院行止的人们知道，类似的事件并不止这两桩。苏认为，政府和司法部门受到的此类挑战，直接影响着患者与临终医助的关联，因为这会使观念分出不同的等级来；这也致使公司和宗教机构将自己的认识注入患者和医生间的私密关系。

不过临终医助运动还是一直强劲前行着。一些人认为，这其实正与类似事件造成的患者对失去自主权的担心不无关系。他们担心，在健康层面上，自己本是应当有决定权的，法律和医药却都来插手，如今又加上了雇主。2013 年 5 月，佛蒙特成为美国第一个将临终医助置于合法地位的州。2014 年 1 月，在位于新墨西哥州阿尔伯克基市（Albuquerque）以外周边地区的第二地方法院任职的法官纳恩·纳什（Nan G. Nash）在裁定中指出："本法庭无法设想，在保障新墨西哥州人的自由、安全和幸福的权利中，会有哪一项比赋予符合条件的晚期患者以选择临终医助之权更根本、更尊重隐私或更重要。"经他裁定的有关案件上报到新墨西哥州最高法院。一个月后，《纽约时报》在头版位置刊载了一篇文章，题为《临终医助运动在若干州扎下粗根》。文章发表后的第二天，我同苏交流了看法。她认为文章中的用语是"临终医助"而非"协助自杀"，这传达着一个正面信号。一篇面向全国的报道终于提到这一运动，并不渲染煽情的场面，也没有无视病人的感受，而是对身处绝望境地的垂死患者的无助和痛苦做了认真的梳理。这让

---

① "奥巴马医改"中有关防止和终结怀孕的条文规定，雇主为其雇员购买的健康保险中，必须加进妇女因怀孕和终止妊娠所涉及的医疗费用。"精品坊"是美国一家专营工艺品的连锁企业，其管理层拒绝加添这一部分；"修女助贫会"是一个隶属天主教会的国际性组织，反对一切与避孕和人工流产有关的行为；美国法律也承认天主教会有权持这一立场，但教会下属的慈善机构不在不予干涉的范围之内。——译注

我由衷地高兴。

　　结束蒙大拿州之行以后过了八个月，我在 2012 年 8 月 15 日飞到华盛顿州，去与罗布·米勒（Robb Miller）晤面。他的办公室在西雅图（Seattle）一栋砖石建筑的二楼，布置得朴实无华。我曾在"同情与选择"组织的会议上听过他的几次发言。米勒是个红脸汉子，个子不高，人瘦瘦的，但十分精壮，一头棕色的头发剪得很短，衣着总是十分整洁。2000 年时，他成为"同情与选择"华盛顿州分部的一把手，是本州呼吁给临终医助以合法地位的第 1000 号提案的强力推手。他致力于此的动力来自两个人遭到拖延的死亡：一个是他的父亲，1994 年被诊断出已处于癌症末期；一个是他业务上的长期搭档，1995 年被发现罹患艾滋病。

　　从某方面来说，人们能够对病人处于生命末期阶段的状况有认识上的永远改变，艾滋病是重要的促成因素。艾滋病患者通常都还年轻，身体一向健康，因此得上这种病后，死亡过程便成为漫长的受罪过程。患者会发生内出血、产生肿瘤、不能进食，免疫系统功能也减退，无从抵抗对非艾滋病患者而言能够救治的结核病和肺炎等病症。艾滋病的神秘感，造成许多人对同性恋群体的恐惧与憎恨，美国一家名为"公众宗教研究所"的机构于 1992 年进行的一项民意调查显示，36% 的受访民众相信艾滋病是上帝对不道德性行为的惩罚。2013 年的又一次民意调查中，这一比例降到了 14%。伊恩·道比津（Ian Dowbiggin）是加拿大爱德华王子岛大学的历史学教授，有大量有关安乐死的著述。他认为："艾滋病在 20 世纪 80 年代和 90 年代向同性恋群体大挥屠刀之举，起到了大力促成所谓'争取死亡权运动'的作用。"许许多多家庭、许许多多关爱人士不忍看着亲爱的人受这样可怕的折磨。有些患者知道自己面临的归宿会何等残酷，因此以不为法律许可的方式寻求致命药物。

在我书桌上那张罗伯特·巴克斯特的照片旁边，还有另外一张，是一位名叫泰蕾兹·弗拉尔（Therese Frare）的女士在1990年摄得的。当时她是俄亥俄大学的学生，并在设于哥伦布市（Columbus）主祷文会所的艾滋病临终关怀医务所当义工。这是张黑白照，摄下的是一位名叫戴维·柯比（David Kirby）的男子的临终情景。这位患者形销骨立的模样真是令人目不忍睹。没有光彩的眼睛茫然地停在不远处的某处位置上凝然不动，但依然是睁开的。他面部的皮肤绷在颧骨上，下巴已经没了力量，嘴便半开半合着。他的两只手手心向下，手臂扭曲着蜷在自己胸前。他的父亲比尔（Bill）前额贴着他的额头，粗壮的手揽着他干枯的面颊，一脸的悲恸。戴维的姐姐苏珊（Susan）和苏珊的女儿搂抱在一起，都注视着这个离死亡不远的人。照片上的景象在很多方面都像是倒退入往昔时光，似乎是有人躺在自家的床上，在老少亲人的环绕中吐出最后一口气。这张照片被1990年11月的《生活》杂志发表，还被美国国内无数家报纸和杂志转载，也被许多电视台播放。这使得艾滋病造成的家庭悲剧带上了人情味。25年后，《生活》杂志又将这张照片放到了互联网上，并称之为"改变了艾滋病形象的照片"。看到过这张照片的人数目前已经超过了10亿。

罗布·米勒当年是从自己业务搭档的病榻旁近距离认识这一传染病的。"我知道临终关怀机构并非能够有效护理我这位伙伴的所有痛苦。他烦躁、身上疼痛，最后几个月还有了痴呆症状。我无意将他受到的所有的痛苦向你——罗列。"他对我说，交谈中始终没有披露这位伙伴的姓名。"我得到过某种口头上的保证，但感受到的却全然是另外一种。临终关怀是一种空洞的保证。他是在被诊断得了这种病后又过了 18 个月才故去的。他死得可是惨透了。"米勒告诉我，他和他的这位伙伴都感到被那处临终关怀机构抛弃了："他们倒是没有终止看护。但既不肯提供有关临终医助的信息，也不能减除他的苦楚；从这两点衡量，我们就是遭到了抛弃。这正是我成为临终医助积极支持者、为争取临终选择权奔走的原因。"

米勒的这番话让我感到一些宽慰。这些年来，父亲在病床上日见枯槁的样子一直盘踞在我心中。我们违背了他想要在自己家里终了一生的最后愿望。临终关怀医务所没把药效更强的镇静药物交给我们在家里给他用。父亲住在宾夕法尼亚州(Pennsylvania)，他在世时这个州还没有允许临终医助的立法。不过即便通过了，他也未必会提出这种要求，虽然他很痛苦。他不是在平静中告别人世的。自然，有些痛苦是父亲本来就宁可接受的，只是我认为如果临终关怀机构能对生命末期选择权的包容范围有更全面的理解，他还能得到更合我们一家人心愿的对待。创建全世界第一家现代临终关怀机构的英国人西塞莉·桑德斯对"安乐死"是坚决反对的。在她看来，疼痛也好，折磨也好，永远是可以找到解决办法的。她一方面积极鼓励患者和医护者都致力于减除临终病人的痛苦；另一方面又因她本人的天主教信仰，认定临终医助不讲道德，不应纳入她所主张的安好辞世的概念。罗布·米勒是我发现的第一位明确阐述为什么只有临终关怀服务对末期患者而言仍然不够的人。

米勒告诉我，他是积极支持临终关怀事务的。他所接触到的处于生命晚期的患者中，约有 90% 的人都接受了这一服务。但他也看出，现有的临终关怀机构并非适合所有的病人。即便病人的疼痛和其他症状可以通过护理解决，但折磨——丧失能力、依赖他人的感觉——仍然会使他们觉得生无可恋。"反对临终医助的人抓住'依赖他人'这一点做文章。他们要么说'这又有什么可耻的呢？'要么说'这有什么不对的呢？'，确实没有什么可耻或不对。不过，如果一个人一向都由本人料理自己的事务，到头来却连最基本的肉体行为都得麻烦他人，的确会变得十分可怕。于是，这便会成为一个问题。如此地依赖他人，这也是一种折磨。"

马克·康奈尔是专门从事个人伤害民事诉讼的律师。我曾向他请教过，疼痛和折磨这两者有什么区别。他的回答是：肉体上的痛苦为疼痛；其他的痛苦都是折磨，包括悲伤、失去控制能力、羁留在床、担心前途、基本需求都需麻烦亲人，这些都会导致痛苦。

"反对临终医助的人，往往会主张以临终关怀和舒缓医疗替代。这些人对应当如何离开人世持有一种相当浪漫的看法，"米勒对我说，"他们相信，人在接近生命之路的终点时，某种令其做好去死准备的东西会自然生成。"从事临终关怀工作的人愿意让病人谈自己的感觉，向周围的人致最后的告别，说出对亲友的爱意和宽宥，请求对方做出爱和原谅的表示。我知道米勒这番话的意旨。我是干过临终关怀义工的，在与病人打交道时经常会产生一种感觉，就是认为我的义务不仅仅是坐在他们身边执住他们的手，还应当帮助他们在临终关怀理念认定为安好辞世方式的路上走好。"临终关怀也好，舒缓医疗也好，相关理念中都渗出一种想法，就是如果让临终医助插了手，就会让本可自然生成的从容赴死态度短路；病人就失去了得到它的机会，不能回首往事或者别的什么了。这种看法可真是够自以为是的呢！"米勒又说。

米勒是华盛顿州生命末期联合民意调查会行政管理组的成员。此民意调查会得到了华盛顿州医学协会的赞助，这便使米勒能了解到州内所有医疗机构和临终关怀站所的建制。当初在提出有关临终关怀合法化的第 1000 号提案时，并不曾得到这个医学协会的支持（不过一项调查结果显示，该协会中的多数会员都反对本协会的这一立场）。如今，米勒和"同情与选择"组织华盛顿州分部正与该协会联手，针对其他与生命末期医护有关的内容，如申请临终关怀服务和舒缓医疗的手续、如何与病人实现涉及生命末期的信息交流等。米勒还是推动完成《维生医护意愿表》一系列任务的具体参加者，将该启动表引进华盛顿州，其中也有他的贡献。他还与本州的临终关怀协会有工作联系。这家协会也同米勒本人一样，对在本州将临终医助合法化持反对态度，不过迄今并不曾组织这方面的运动。华盛顿州临终关怀协会的成员多数隶属天主教会，协会主席也是一处天主教会所设立的临终关怀医务所的主任。

米勒的一应作为，都是为了实现一个目标——让病人得到自主权，以自己决定采取何种医护手段，包括是否要求得到临终医助。病人应当得到自己想要的，不被强加自己不想要的，外界不得从道德和法律层面介入。我认为，米勒的工作有深刻的内涵。他要实现的，是人人都有道出自己所能忍受的痛苦上限的权利，而且这种痛苦既包括肉体上的，也包括情感上的。

第五章　绝食与饲喂

在新墨西哥州阿尔伯克基市的城区北部，有一条名叫地平线林荫道的大街。那里有一处名为"阿拉梅达村"（Village at Alameda）的医护之家，附近有供散步的曲径，不远处还有一座博物馆。著名的阿尔伯克基国际热气球嘉年华会的主会场公园便在它的对面。医护之家建筑的拉毛外墙是土黄色的，还有翠蓝色的镶边，看上去干净、齐整，在灼热的阳光下散发出一丝温馨的气息，正符合我心目中美国西南部敬老院应有的形象。阿蒙德·鲁道夫（Armond Rudolph）和他的妻子多萝西（Dorothy Rudolph）在80岁后因健康原因搬到这里度日。阿蒙德一直需要使用导尿管，多萝西则基本上失去行动能力。若干年前，他们曾与亲属谈过自己打算如何告别人世：不希望再如多萝西的母亲当年那样，因身体衰弱又患癌症而常年受罪。他们不愿意将自己的最后时日在丧失意识、无法沟通、身心痛苦的状态下熬过去。在他们开始察觉到自己身上有了痴呆症的早期症状后，便意识到该执行早已制订好的行动计划了。2011年8月的一天，这对夫妇开始停止进食进水。三天后，阿拉梅达村里的人都得知他们要自愿结束生命的情况，护理人员便打911紧急呼救电话，反映有人有自杀企图，并因不希望卷入司法纠葛，也不愿机构的名声受到影响，取消了他俩的入住资格。

阿蒙德和多萝西的儿子尼尔·鲁道夫（Neil Rudolph）闻讯从科罗拉多州（Colorado）飞到阿尔伯克基，帮助二老租到住房以度最后一段时日，并取得临终关怀机构的定时上门照顾。此时阿蒙德 92 岁、多萝西 90 岁，两人已经共同度过 69 年的结缡岁月。绝食的第十天阿蒙德故去，多萝西也在转天离世。"他们当真实现了自己寻求的目的，有尊严地安宁离开人世，但这也是个应当引起注意的事件。"尼尔这样对记者发表谈话。虽说自愿性绝食在美国的所有州都属合法行为，但实际情况却往往是，即便将生命最后阶段的绝食计划制订得再周密，实施时也会出现种种滞碍。

几个月后，我在"同情与选择"举办的一次活动上，见到了正在发言的尼尔。他在几年前便因父母之故，建立了与这一组织的联系，并为之开展宣传自愿性绝食的推动工作，以促成将老年人避开讨厌的漫长离世之路的愿望化为合法途径。他未必是名积极的参与者，不过说的话很实事求是，确信父母有权不受干扰地选择自己的生活方式。"同情与选择"组织发起的这一活动定名为"争取最后时日的安宁——无论何时何地"，旨在让老年人知晓自己的权益，并了解以合法手段终结本人生命也会遭遇阻碍的现实。在"同情与选择"召开的新闻发布会上，尼尔告诉与会者："阿拉梅达村未能尊重我父母的自主权，非但没能支持他们的做法，反而横加反对，施加强大压力。这个国家有上千所情况同阿拉梅达村一样的养老院，里面生活着将近一百万人，许多人并不知晓，自己在生命之末权益也会受到同我本人双亲所遭遇的一样的侵犯。这家养老院将我父母赶出去的做法实在令我震惊。"鲁道夫夫妇和他们的亲人都认为，阿拉梅达村给他们造成了无端的痛苦。他们从不曾预想到，这里居然会宣称"倘若不吃饭，便给我走人"。

自从尼尔继承了他父母的"事业"以来，自愿性绝食已大受民众关注。2014年7月，美国公共广播电台一档脱口秀节目的女主持人黛安·雷姆（Diane Rehm）的丈夫约翰·雷姆（John Rehm）因患震颤性麻痹，已在一处医护之家住了两年，脑力和体力都可说一天不如一天。"他就是这样一直衰弱下去，"黛安·雷姆对美国全国广播公司的采访记者披露，"我们将医生请来，约翰对医生说：'我已准备好今天走人。我的两条腿都已无法动弹，两只胳臂也不管用了，就连自己吃饭都做不到。'他知道，自己震颤性麻痹的症状只会不断加重，于是说出了'我要死'三个字。"约翰请求医生援手，但后者表示爱莫能助。于是，他便采取了绝食这唯一合法的离世方式，黛安虽然不情愿，但还是同意了。约翰知道震颤性麻痹发展到晚期会是什么状况，不想自己也落到这一地步。黛安·雷姆还对记者说："我希望我们的所有州、所有城镇和所有乡村，都能实施公正的和切实的临终医助。我非常希望能够这样。"约翰·雷姆在停食断水九天后逝去。由于临终医助当时在美国的大部分州还是非法的，自愿性绝食便成为那些自认无苟活必要的病人以合法方式达到目的的手段。以不吃不喝求死的老年人和病人不怕死去，怕的只是死去之前。

我们往往以为，对于自己的身体，本人想如何做都是可以的，因为对医疗方式的选择权是在自己手中的。可是我们错了。人们特别是美国人所相信的自由与独立概念，往往会蒙住他们的眼睛，未能注意个人对医疗方式的选择权其实是何等有限。人们会像鲁道夫夫妇那样，认真做出行动计划，定下对疼痛与折磨可以忍受到何种程度的上限，准备好预立遗嘱或生前预嘱一类的法律文件，也同亲人做好交代。尽管如此，人们的选择还是会被延迟、贻误甚至推翻。自由选择权、个人自主权再加上知情同意权，显然都还不能抵挡无效救治的进犯，无法自救于并不愿得到的救治与护理，难于在个人准备赴死时便真能告别尘世。有多种原因会以无穷无尽的方式横亘在人们面前，往往为计划者无从控制的力量进行仲裁。

确定这些力量，既是弄明白美国人缘何不得如愿谢世的关键，也是创建一个更公平、更人道的死亡方式的契合点。大体说来，这些力量来自三个相互依存的体系，它们都拥有左右人们生死方式的一定权力。它们是医药界、宗教界和法律界，每一个都高度复杂，形成了特有的文化和亚文化、历史以及与我们个人亲疏程度不等的关联。就以其中之一的医药界——也不妨称之为医药行业——为例。它主要由医生、护士、生命伦理学者和其他保健人员组成，此外还包括医学院校、医学协会和医学会、保险公司、医疗器械厂商、医院行政人员和制药厂等。医药界也有自己的伦理道德观或者伦理道德规定，并起着支配医药实践和理论的作用。这些组成部分各自独立又相互关联，共同构成了人类医药史——至少共同构成了现代（即近六七十年）医药史的重要内容。现代医药界中存在着极多的势力，有好的，也有坏的。比如，科研队伍有左右研制新药的力量，而其中有的可能会延缓阿尔茨海默病的恶化过程；生命伦理学者会发挥稀缺医疗资源使用的导向作用；一些药厂会用上种种阻止仿制药①生产的手段，以利于自己更加昂

---

① 仿制药并不是假药，在成分上与受专利法保护的"品牌药"相同，但往往以不同的药名出现，由于仿制药的成分和生产已有品牌药的研发可借鉴，故生产成本低，更受顾客欢迎，但也往往因涉及专利权的问题引起纠纷。美国的联邦食品药品署内专设有仿制药办公室，负责处理有关事务。——译注

贵的品牌药的销售，以此左右药物的覆盖面。在这些力量中，有一些是硬性的，如医院负责人规定本院医护人员在与病人接触前后都必须遵守手部卫生规范；有些则是软性的，但也会影响到决策，如指出住院医生在轮班时间短些的情况下会有较好绩效的报告；有的力量起的作用是有意为之，如药房决定药价下调，有的则无意中造成后果，如美国西南部出现的老年人护工短缺，就是在某些力量作用下造成的后遗症。

同医药界的情况一样，宗教界也自有其历史、文化与亚文化、成分（不同等级的神职人员、教徒、教会机构的从业人员、慈善组织的工作者、神学研究人员等）和力量结构。神学教义林林总总，彼此也千差万别，派内也存在着不断变化的持见。种种与神学并无直接联系的观念，如人工流产不是基督徒的行为、天主教会医院更能广施善行等，无论对错与否，都会大大影响到人们对人类行为和道德价值的衡量。在马克·康奈尔——前面提到过的那位在蒙大拿州最高法院出庭、为临终医助争取合法地位执言的律师——的事务所对面，就是一家由天主教会兴办的医院，院名也以天主教圣徒帕特里克的名字命名。当然，医院的负责人是受本地主教领导的。然而，这并不意味着在这家医院里工作的人，都是反对输卵管结扎这一避孕方式的。天主教神学教义也未必一定导致在天主教会医院工作的药剂师，会对所有前来购买避孕药的顾客说"不"，具体结果会视此药剂师的信仰程度、顾客被拒绝后是否会找地方讨说法、药剂师本人的老板是否盯得很紧、在其他地方找一份新工作是否容易，以及州司法当局是否已制定出作为教会体制内的雇员有拒绝接受处方的规定等。

法律界并不只是指出现在街头的警察，还包括律师、地区法官、州法官、联邦法官、与监狱和拘留所等有关的成员（狱长、看守、犯人、工程项目承包商）、游说团体、保释具结人，以及上述人等必须执行的法律条文等。他们也同样囿于各自的文化渊源。在法律界中，一些行事方式——这里并非指起到好作用的部分——的力量是尤为突出的，因为它们本是针对人们对特定行为所持的社会价值而立的，并已经进入可被援引的法学案例和立法条文，起着衡量人们行为的尺度作用。法律是通过立法者和法庭上对具体案例的裁定建立的，用以惩罚特定行为或劝诫他人不得以特定方式行事，而其形成又会受到社会压力、裁定者本人的良知和其他力量的影响。

约翰·雷姆为什么没有向医生索要致死剂量的药物（如吗啡、司可巴比妥或戊巴比妥等）呢？"大夫实在是不能给呀。"黛安·雷姆这样为丈夫的医生开脱。要么这位医生所遵守的伦理学信条不允许他开出这样的处方，要么他所就职的医院反对提供临终医助，如果按照约翰的要求做了，便会丢掉自己的饭碗；再说他本人也可能因宗教信仰之类的原因反对临终医助。雷姆生前是住在马里兰州（Mary Land）的，该州视临终医助为非法之举。再说这位医生也有可能是因怕吃官司而拒绝的。

其实，由马里兰州的古彻学院于 2015 年 2 月进行的一项民意调查结果表明，在这个州里，有 60% 的居民是支持给临终医助以合法地位的。《华盛顿邮报》针对 2015 年 3 月提交至州议会的一项有关提案报道说："据共和党人、天主教徒拉里·霍根（Larry Hogan）在当选州长前的表态，即使这一有争议的提案会成为议员全体大会的讨论内容，他也会反对临终医助的合法化。他曾在 10 月告诉《天主教标准周报》这一跨州性大教区报纸说：'我相信医生的天职是挽救而不是终结生命。'"不过，《华盛顿邮报》所引用霍根的这句话只有半截。《天主教标准周报》上刊出的才是整句话：

"我相信生命是有尊严的，并相信医生的天职是挽救而不是终结生命。"

美国文化中有关道德价值的内容对医学和法律都有深远影响，并反映在个人如何做出选择上。珍妮特·雅各布森（Janet Jakobsen）和安·佩莱格里尼（Ann Pellegrini）在她们合著的《爱为罪：性行为规范和宗教宽容限度》一书中指出，有人认为宗教已经与人们的私生活不发生关联。这种看法其实是自欺欺人。尽管在美国已经实现了宗教与行政的分割，美国人也以实现了这一分割而自豪，但人们认定为可以接受的行为，仍然还受着某些宗教观念的强大左右：

> 有关现代社会中这一内容的谈论，往往都嫌不够透彻。即便在现代社会里，宗教中有关肉体的种种说法仍会得到新形成的世俗观念的支持。宗教中的"来世"观念仍然没有退出现代社会。虽说当今社会已经世俗化了，但宗教并没有完全退出，只是有所改换头面而已；而且这种改头换面，是以宗教同道德融合在一起的方式进行的。也就是说，以宗教为核心构筑起道德标准——或者也可以说以宣传道德标准为手段、皮里阳秋地走宗教之路。换言之，就是表面上实施世俗主义，却仍在有关什么是"完好人生"和如何实现"完好人生"上固守着宗教教义。

约翰·雷姆知道，他的医生不可能给他提供致死剂量的药物。他知道罹患震颤性麻痹会有何种结局。他还知道自己面前仍有一条路可以走，那就是不再进食进水。他本人的伦理道德信条允许自己做出这一决断。鲁道夫一家人最终也得到了有权自愿停止进食的认知和支持。然而，有些人还是无法做出这样的抉择。

2012 年春，我研究了一系列法律争端。它们是因一名长期处于持续性植物人状态、后死于 2005 年的病人引发的。处于这种状态的患者有可能睁开眼睛、打呵欠、自主呼吸，甚至还可能表现出有规律的睡眠，但却对外界环境毫无反应。他们不能说话，不能按他人提出的要求做动作，脑部功能只残留着指挥身体基本功能的部分，没有反映出有认知能力的表现。但是，在一些满怀希望的人、一些不了解病情而又爱意满满的亲朋看来，持续性植物人是表现出生命征候的。一位名叫泰莉·斯基亚沃（Terri Schiavo）的女子，便是在这种持续性植物人状态中度过 15 年后，才由法庭裁定允准抽除饲管的——而正是靠这根管子喂食，她才一直这样"活着"。泰莉一事被媒体闹得沸沸扬扬，想不注意都难。这是此类著名法律诉讼中的第三起，而且三个当事人都是年轻的白人女性，也都是靠着机器维持植物人状态的。（第一例是卡伦·安·昆兰，1985 年；第二例是南希·克鲁珊，1990 年，都在前文中提起过。）按照医学伦理学原则，患者是有权终止或者是一开始便可拒绝接受任何不希望得到的医护手段的。自主权和知情同意权都起着保护患者的作用，使他们得以进行选择。不过，有时由于患者本人并没有意识：也没有事先留下类似本人若处于此种状态时应如何处理的预嘱，形势便复杂起来。

在这三个案例中，法庭做出的允许撤除"生命维持设备"的裁决都基于两点共识：一是病人有隐私权，二是有知情同意权。家庭成员能够提出证据，表明当事者不希望以这种状态，即虽然算是活着却不存在意识的生物状态使生命得到维系。有了此种证据，法庭便不干涉病人与医生之间的私密决定。只是媒体向公众起劲渲染的是另外一个问题：大家愿意在这种状态下"被活着"吗？对此，公众的讨论十分热烈，以反对者居多。不过在这两个阵营之间，对于什么是"活着"存在着严重分歧。一方认为，活着就得具备某些意识；而另一方相信，只要心脏在跳动，人就是活着的，与脑子并无关系。公众探讨的是生命存在的质量，法庭关心的是隐私和自主。克鲁珊一案给饲管的使用立下了一个可援引的先例，即这是一种医护器材，并非反对移除者所归类的安适用品——如果饲管的使用是为了安适目的，社会（具体体现为所在的州和医院）就必须提供。不过法院认定，以人工方式提供人造养分和补充液体所需要使用的饲管，出于减少因长期使用发生感染的危险须经常以手术方式更换，因此是医护手段，而患者是有权拒绝医护手段的。

克鲁珊一案是医学伦理学上的一个里程碑，为医生和律师提供了理论上和实践上的"合法参照框架"。只是它未能阻止几年后闹得沸沸扬扬的斯基亚沃一案。美国还有不少处于持续性植物人状态的患者——对此有不同的估计数字，多则十几万，少的也有数千，都是靠饲管（有时还要加上人工呼吸机）维系的。对他们又该如何对待呢？这么多需要饲管的植物人，是不是能从中找到违背本人意愿被人工饲喂的呢？

斯基亚沃是 2005 年 3 月死去的。只过了不到几个月，美国的媒体便报道了设在古巴关塔那摩湾（Guantánamo Bay）的军事监狱里，发生了囚犯的绝食抗议行动。绝食原因除遭到囚禁外，还有对具体对待方式的不满，其中一项便是强制喂食。强制喂食是一种在世界范围内受到普遍争议的手段，多数医学机构和团体都认为在监狱里实施这一做法属于肉刑。但美国军界以在美国国内的非军事监狱中存在这一手段为依据，将它列为关塔那摩监狱标准监管过程中的一项合法的常规操作。我便对在美国本土是否存在强制喂食行为进行搜寻，结果很快就找到了。此事发生在康涅狄格州的一个名叫威廉·科尔曼（William Coleman）的人身上。

2008 年 10 月 23 日，该州加尔纳强制改造所（以下简称强改所）的犯人威廉·科尔曼被监狱医护站的工作人员和看守从禁闭号房带到检查室，绑到一张台子上。他被告知要接受饲喂。他很害怕，尽量想和缓地告诉他们，他不要这种强迫进食。强改所的医务站站长爱德华·布兰切特（Edward Blanchette）告诉他，要不要进食由不得犯人自己。强改所所长斯科特·森普尔（Scott Semple）业已得到了地区法官签署的强迫饲喂批准书，批准理由是科尔曼的健康状况不佳。科尔曼是因被认定强奸自己的妻子而被判服刑的。2007 年 9 月 17 日——也就是在一年前，他便因对他的判决不公绝过食。为了表示对这一判决的抗议，为了行使美国宪法第一修正案所规定的不得剥夺任何人向政府要求申冤的权利，他当时唯一能够做的，就是停止进食。在他看来，即便自己的健康受损，也总好过无罪却仍被当作犯人对待。他并不想死，希望活着再看到自己的两个儿子。但他觉得除了绝食，再也没有其他挑战法庭裁定的手段。这一抗议手段是他用自己的身体状况引起注意的最后一道选择。被绑在检查台上的科尔曼感到震惊。他来自英国，而在那里，在经历过长时间的实施和争议后，这一手段眼下已经只施之于肉体和精神不正常的人了。科尔曼本以为，这种做法在西方早就成为过时手段不再袭用了呢。

强改所的职工将他的四肢拴牢，关上了摄像机。布兰切特将一根橡皮管沿科尔曼的右鼻孔向内推入。管子在什么地方卡住了，布兰切特加力再推，科尔曼痛苦得又是挣扎又是扭动。在场的其他人见状，以为是他拒不接受，便又将一面套网箍住他的胸部，另有一人按住他的头部。在科尔曼动也不能动的情况下，布兰切特更用力地推那根管子。这样又弄了好一阵子后，这位站长终于意识到管子是卡住了。他将管子抽出来，换了一根新管子，再从鼻腔进入，沿着喉咙到达胃部。随后，布兰切特便将一罐配方营养液倒入饲管。科尔曼又是咳呛又是呕吐，鼻子也出了血，领口附近都沾上了鼻涕、唾液、呕吐物和血迹。等这些都干了后，他以这副模样被送回牢房。

在随后的几年里，科尔曼共经受了十几次强制饲喂。经受第一次饲喂的痛苦感觉使他一度恢复进食流质，有水，也有牛奶。不过只要他中断这样做，强改所便会将他再弄进那间检查室。他的体重减掉了一半还多，只剩下 106 磅（约 45 公斤），头部不断跳痛，血压大大增高，极度饥饿引起嘴内的异味感，右鼻孔也不能再插入饲管，而且虚弱得无法行走。然而他还是拒绝进食。没有人能估量出营养不良给他的健康造成的后果。他掉了好几颗牙齿。从报纸上登出的出庭照片看，他形容枯槁、身体孱弱、全身脱力。但他仍然不肯进食。

当我开始与科尔曼建立联系时，他已经以绝食手段抗争了五年多了。此时他已不再有上诉权。他的辩护律师、来自美国民权自由同盟 ① 康涅狄格州分部的戴维·麦圭尔（David McGuire），将关押科尔曼的地点告诉了我。我便给他本人写信，问能否前去探视。我还就同一内容同时写信给该强改所询问。森普尔所长很快便做出回复，告诉我"这里的共同看法是，进行你要求的会晤，只会进一步

---

① 美国民权自由同盟（简称 ACLU）是美国的一个全国性的无党派倾向的非营利机构，活动宗旨是保护全体美国公民由宪法规定的权益不受损害。该机构成立于 1920 年，目前盟员数超过 100 万人。——译注

恶化犯人科尔曼的状况。我们都不希望造成对他的损害"。

对他的损害！这几个字让我心里发颤。森普尔要对科尔曼的权益加上的家长式"保护"，其实恰恰否定了科尔曼要求得到的权益。对此，森普尔是最清楚的——是否为自认为最清楚则不得而知。他用权力干涉了威廉的行动，也干涉了我的。我和威廉继续通信联系。他的来信我都保存着，前后有几十封；他的思路不时变化，有时明晰，有时狂怒，有时无助。他在信中写进了自己在狱中的日常生活，附上了法院的判文（在上面加了星号、下划线，还用荧光笔涂上加重颜色）、强改所规章的复印件、所受强制饲喂的经历以及要继续坚持抗争的表示。他在来信的所有信封的背面都写上日期，这样如果投递发生延误或者被拆开进行信检，我便都会得知。他还在信中暗示另外有些内容，他虽然愿意向我吐露，但担心被他人知晓，便建议我通过他的律师了解。

他又将我加到他的电话通话人名单上。这样，他便可以使用由外面的人付费所开的电话账户，拨打一种受到监听的电话了。我们在通话时，经常会被一个插进来的声音打断，告诉我们"此通话正在受到监听"。科尔曼和我会在每周二、四两天聊上一阵，每次通话以一刻钟为限，一直持续了 12 个月。我们总是按预订的问题表和评论内容交流，聊得很透彻。我知道他希望我能插手他的案子，但不是从我关心的绝食这一方面，而是当初对他的裁定。在近六年的时间里，他的绝望、他拒绝承认强改所对他的指斥是正当的、他的不吃东西，都成为我心中挥之不去的阴影。每当我咬下一口吃食，凑合充饥的三明治也好，与朋友一起享用的大餐也好，充当零食的薯片也好，都会让我想到科尔曼，想到他告诉我的这句话："我要他们重新审理我的案子，不然就按我所立的生前预嘱中的要求去做——让我去死。"

　　在美国，有两种地方是允许采取强迫饲喂的，它们都是自主权被体制权力排除在外的地方。凡进入这两种地方，人便不再有选择是否允许某种东西进入自己体内的自由。泰莉·斯基亚沃本人没有意识，遂使得情况较为复杂。到头来，法庭还是以她会认定靠饲管活着的方式并非她愿做出了判定。在美国，同样靠生理维持手段保持着心跳和呼吸的人还有成千上万。他们之所以处于此种状态，要么是因为家属不知道这些人的意愿，要么是因为本人不知道可以提出终止要求。这些人的肉体接受着盥洗、排泄处理、翻身（预防压疮——如果有幸尚不致如此的话）等护理，都由专业护理人员进行。这些人同斯基亚沃那样，对自己的处境、接受的对待和将来的前景都一无所知。认为这样的存在也算活着的人，恐怕为数寥寥吧。

　　威廉的处境有一点是与泰莉相同的，这就是他的自主权——最私密的不肯进食权——也被一处机构以出自对他本人的关心为由挤到了第二位。泰莉的愿望有她丈夫作为患者代理人的法律地位和所做阐述的支持；威廉也以并不含混的言辞，向他能见到的所有人疾呼着本人不愿接受强迫饲喂的意愿。一位名叫玛拉·西尔弗（Mara Silver）的律师，也针对囚犯的自主权益写下一篇题为《从克鲁珊案审视犯人和自主绝食的立宪问题》的文章，从美国的法学角度探讨了自主权问题。虽然在"克鲁珊诉密苏里州卫生部部长案"和"华盛顿州诉格鲁克斯伯格案"中，已经有了明确结论 ①（后一案是根据美国联邦最高法院的最终裁定，既认定临终医助不符合宪法精神，又裁定病人对医护手段有接受或拒绝权），西

---

① 这两个案例中，前者是有关南希·克鲁珊的父母因认为女儿所在的医院行事不合规定而状告州卫生部的案例（详情请参阅第三章）；后者是1997年华盛顿州对帮助重病患者自杀的医生哈罗德·格鲁克斯伯格（Harold Glucksberg）等人提出指控的案件。——译注

尔弗还是在她的文章中写进了这样的一段话："尽管如此，只有不多的几个州的司法部门表示会考虑是否在医院里不再实行这一强迫性手段。而对于在囚犯中进行强制性饲喂，美国所有的法院都是同意的。"她的结论是：犯人的权利不如监狱和同类设施的安全来得重要。监狱等机构的负责人要进行强制饲喂，须事先获得地区法院的批准，而这两者通常都关系很好。其实，这些人从来就不能证明，绝食之举也会威胁到安全。典狱长们还有一个理由，而且也是得到法院支持的，那就是法律要求防止自杀以保护生命。考虑到监狱中可是有死刑犯的，将这样的理由施之于这些人，未免不伦不类。监狱里的行为要靠权力与秩序来规范，强迫饲喂是本着人道精神和体恤犯人的宗旨进行的。惩处罪行并不需要犯罪者的配合。他们要做的只是西尔弗所说的"熬足时间"——而把自己饿死，岂不是不想熬足？

我还想将医院里的强制饲喂与监狱里的比较一下。在 20 世纪六七十年代，西方国家出现了争取病人自主权和知情同意权的运动，而女权及民权的激进主义也抗衡着医学界的家长主义。1972年，报纸揭露了塔斯基吉梅毒试验项目①，接受试验的梅毒患者（多数是穷苦的黑人佃农）他们以为是接受治疗，其实只是充当了观察目标。由于不存在知情同意，一些妇女本应该只进行乳房结节的病理活检，结果却在麻醉醒来后，发现被切除了乳房……诸如此类的事情唤起了公众的警醒。医学伦理学界不得不承认此类不公允事件的存在。但是尚未出现为囚犯捍卫自主权的行动。

---

① 塔斯基吉梅毒试验项目是由美国卫生部与一家传统上只招收黑人的塔斯基吉大学联合，以免费医治"脏血病"为名，对亚拉巴马州罹患梅毒的 400 名男性黑人农业工人进行长期只观察不治疗的"医学"项目，时间从 1932 年开始，前后长达 40 年。其间虽有人质疑却仍继续进行，直至 1972 年被媒体揭露造成轩然大波后才被强令停止。此事还被写成歌曲、小说并拍成电影。——译注

医院也好，监狱也好，本都有宗教渊源。最早的医院是由天主教的神甫和修女为看护穷人而创建和主持的。按照美国宗教与法律学者温妮弗雷德·弗洛斯·沙利文（Winnifred Fallers Sullivan）在《囚禁宗教：建立在信仰基础上的改造与建制》一书中的观点，相比欧洲当时"随意又残忍的肉刑"，监禁被视为"一种更人道的刑罚，一种更富基督教精神的替代"。

这位沙利文女士告诉读者说：如今的国家，"若从公民受到全面控制、以通过强力作用被造就为合乎新标准的公民这一角度来看，可以说是具有很强的宗教性质的。看看如下的几对词语，对照体会一下宗教权威、政治力量和监狱监管体系间的关联吧：国家与教会，法官与神明，犯罪与原罪，牢狱与苦修"。医院和监狱这两者都要求被送来的人根据机构的制度要求改变现状、改善情况，服从安排。在美国，目前约有 20% 的病床是有宗教背景的机构设立的。即使是那些没有宗教信仰的人也会雇用和服务于那些有不同宗教身份的人。此外大多数医院里都有神职人员参与同病人的沟通。因此，想要在医院中排除宗教影响是根本不可能的。不过，想要承认人们彼此的道德观和价值观存在很大的不同，还得先对美国人的道德观念发展过程有所了解并仔细分析。安东尼·彼得罗（Anthony Petro）教授在他撰写的《上帝发怒之后：艾滋病、性行为和美国宗教》一书中指出，"道德"一词"兼有宗教的和世俗的两种含义，而且往往体现为介于这两者之间的过渡位置。在涉及人的健康方面尤为如是"。医院的职责就是病人进入医院后，应向他们提供的服务，既涉及有质量的医护手段，也包含给予同情关怀和保证尊严。这便导致在世俗的道德标准和宗教的道德理念之间出现明显的游移。

纽约大学朗贡医学中心生命伦理部的现任主任阿瑟·卡普兰（Arthur Caplan）[①] 曾在康涅狄格州的一份地方性报纸上发表过一篇文章，指责对威廉·科尔曼的强制饲喂。他还在该文中回顾了博比·桑兹（Bobby Sands）和其他几名爱尔兰共和军成员死于绝食抗议以及撒切尔夫人（Margaret Thatcher）拒绝同意绝食者要求的史实[②]，并提到英国已经停止了对犯人的强制饲喂。卡普兰还出席了科尔曼的一次听证会，并代表他做证。

当我问及卡普兰对科尔曼的印象时，他是这样说的：“这个人很聪明，无疑读过大量与绝食有关的文字和医学机构发表的伦理学见解，也看过泰莉·斯基亚沃一案的资料。对这码事他很是门儿清。”——“这码事”是美国一堆法学理论的集合，尽管多年来一直在法庭上得到解决，却从未适用于囚犯。我与卡普兰见面时，正值科尔曼再一次处于不肯进任何流食的过程中。科尔曼告诉我，医务站的人每次强制饲喂都只喂他少许食物，然后便一连好几天随他去。对这种手段，科尔曼称之为“开关式折磨”。“实在残忍哦，”卡普兰表示，“这帮人就是打算耗死他。如果要饲喂，那就像样地喂；如果要随他去……实在残忍哦。”

与卡普兰会晤毕，又过了几天，我见到了纽约市芒特西奈医院的心理学医生雅各布·阿佩尔（Jacob Appel）。他曾就科尔曼的

[①] 阿瑟·卡普兰（1950—），著名现代生命伦理学家、美国学者及政治活动家。他对医学在取得多方面进展的同时造成的许多伦理问题（涉及试管婴儿、干细胞、器官捐赠）发表了30多本著作和500多篇文章。他的著述受到联合国、美国总统和国际奥委会的重视，更是医学界（有支持也有反对）充满浩然正气的勇士。他还时常成功地发挥公众舆论的作用。——译注

[②] 博比·桑兹（1954—1981）是爱尔兰共和军临时派（爱尔兰共和军两个派别中更激进、更暴力的一个）的成员，在被捕入狱后领导狱中集体绝食，并因提出的政治要求被当时的英国首相撒切尔夫人拒绝而长时间坚持，且自己及另外6名爱尔兰共和军骨干成员在这次绝食抗议中相继死去。这一行动在英国和爱尔兰引起普遍反响。——译注

案例发表过一篇文章，题为《关塔那摩以外：折磨在康涅狄格州监狱日益横行》。他还告诉我，他即将发表一篇论文《对强制饲喂的重新思考：从法律与道德层面审视美国监狱内的医务人员参与终止犯人绝食的行为》，意在审视医务界参与强制饲喂的情况。阿佩尔的观点是：美国的司法界一直错误地将有关讨论定性为"绝食抗议者所做出的危及生命的选择，同供食者旨在维持生存的行为，两者间发生了冲突"。他认为，医院病人的自主权和维护身体的总体权利，并不是适合用以对比监狱里强制饲喂的"参照点"。在他看来，审视绝食抗议的最可取的办法，是将这一方式放进发生这一行为的普遍而又悠久的历史环境中，"视其为一种政治性的和社会性的抗争，其对抗争者造成的伤害，并不比招致政府和医界干涉的其他自杀来得严重"。应当说，究其本质，绝食抗议是一种言论自由的方式。我们的会晤快要结束时，阿佩尔又说道："不管有用没用，我都想再说一句，我曾经干过一次令我特别不舒服的事，就是将饲管插入一个不想接受它的人的体内。以伦理学原则衡量，这固然还不算违规——我们还是在执行他早先曾经做过的要求，但我再也不会做这种事了，就是有人让我做也不会干了。"

以卡普兰和阿佩尔为代表的医学伦理学家和医生，以及各种医学组织，无论是美国的还是其他国家的，都毫不含糊地认为，对绝食抗议者施之鼻饲——通过鼻腔插入饲管——是一种肉刑。2006 年，250 名来自世界各地的医生联名在英国著名医学期刊《柳叶刀》上发表公开信，指斥发生在关塔那摩美国军事监狱中发生的强制饲喂行为。"与绝食抗议者有关的医生应当履行的基本职责，便是承认囚徒有拒绝医护手段的权利。"这些医生呼吁美国医学会惩处参加强制饲喂的医生，并谴责美国军方在雇用赴关塔那摩工作的医务人员时先进行筛查，以确保受雇者不会在实施"协助进食"时产生伦理学障碍的行为。

2014 年 1 月，我驱车前往康涅狄格州，出席威廉·科尔曼的一次听证会。此时他的服刑期已经结束，但由于拒绝在法庭要求的性侵犯者登记册上签字，他又被额外加服五年徒刑。他拒绝签字，理由是他不要以有犯罪前科的身份离开监狱，因为他并不曾有过性侵犯行为。从纽约的布鲁克林到康涅狄格州北部，我在瓢泼大雨中一路蹚行了五个小时。这将是我在同威廉进行过数月的通信交流后的第一次晤面，因此有些惴惴不安。到达法庭时，正值上一个案件审理结束、等待下一件审理开始的短暂休庭期间。一名法警走过来，盯着我的笔记本和笔打量了好一会儿，才问我来此打算看望何人。听了回答后，他离开了房间。他回来后告诉我说，科尔曼是"在里头"，不过审理已被延期。过了一个星期，我收到了科尔曼的来信，告诉我"可以看出，他们在搞什么名堂"。他认定了这一点，对此我也不怀疑。

我始终没能同威廉见上一面。2014 年 6 月，他从美国的监狱被直接递解出境。到英国后，他被送入一家医院。我们的最后一次交流是在脸书上进行的。当时，他同一位叫南迪（Nandy）的女士——不是他的姐姐就是妹妹——住在一起。从他的一张侧面照片上看，威廉的面色仍旧苍白，不过面颊已经略见丰满。他微笑着，手里端着一只玻璃杯，杯中是浮着泡沫的健力士啤酒。到底他有没有犯过罪，我大概永远都无从得知了。我只知道，而且是确切地知道，他在美国康涅狄格州的一处监狱里待了八年多，罪名是强奸了自己的妻子。在服刑期间，他一直都被强制饲喂，强制令来自法院；而这种强制行为，无论是施于犯人还是普通人，都已被世界上的大多数地方认为属于施虐。

泰莉·斯基亚沃的死亡对我触动很大。2005 年的春天，正是各种媒体将她的事件弄得满天飞的时候，也是我父亲的健康状态每况愈下之际。所有针对他的非霍奇金淋巴瘤的治疗对策都已用尽。他让我们在每年都全家团聚的复活节时再度来他这里，谈谈他的遗嘱。3 月末到了，还算是一年之初，我们一起过了这个节，享用了我们门诺派教徒的传统食物——烤火腿卷和压花烘糕。我们一起向我 95 岁的祖父表示敬意，是他来到兰开斯特县，这才有了如今在场的我们这一支门诺派家族。在与前来的所有长辈和平辈亲戚告别后，我们一家人便收拾好桌子、洗过碗碟，然后按照父亲的要求坐下来听他的遗嘱。他从一个牛皮纸大信封中取出一叠装订好的纸。此时，我身后的电视机正播出有关泰莉·斯基亚沃的报道。在记者采访反对移除泰莉的饲管这一决定的抗议者的声音背景下，父亲告诉我们他要求死后将遗体火葬，还提到他目前的经济状况及眼下的这幢房子将如何处理。电视里，保守派议员为泰莉煽情疾呼，桌旁的我们也在流泪呜咽、相互拥抱、一起悲伤。又过了两天，我的祖父去世了。我们这家人又聚在一起参加葬礼。在教堂的追悼仪式上，父亲同我坐在同一条长椅上。我打量着他，知道他是在想着很快就会轮到自己了。

泰莉·斯基亚沃是 1990 年 2 月的一个早晨突然发病的。当时她正在厨房里。她丈夫发现后，便拨打 911 紧急呼救电话求助。当救护人员来到时，她的呼吸已中断了四分钟以上，而四分钟正是医生认为患者能否康复的大致分界线。在救护人员的努力下，泰莉恢复了心跳和呼吸。随后，她便被送往附近一家医院，后来又给她插上了饲管。几年的时光过去了，泰莉的丈夫和娘家一家人——他们姓辛德勒（Schindler）——一直进行照拂，希望她能在治疗下最终恢复意识。然而她的丈夫迈克尔·斯基亚沃（Michael Schiavo）最终接受了妻子不可能康复的事实。不过他的信奉天主教的岳父母一家人却不肯接受。当迈克尔要通过法律诉请移除泰莉的饲管时，这一家人便与他起了严重龃龉。

矛盾发生后，种种法律的、政治的、医学的和个人的严重问题便都暴露出来。迈克尔作为妻子的法定监护人，提供了妻子有关意愿的证据，又请法庭按他所提交的证人名单请证人出庭做证，才于 2001 年拿到了地区法官颁发的允许移除给泰莉所加饲管的批准令。但饲管移去两天后，辛德勒一家提出上诉，表示"泰莉是名虔诚的天主教徒，不可能违背教会有关安乐死的训诫而拒绝补充营养和进水"。结果饲管又被重新插回。

到了 2003 年，迈克尔再次拿到了法庭做出的准许移除泰莉饲管的裁定书。而辛德勒一家在再次上诉期间，联系上了一个名叫兰德尔·特里（Randall Terry）的人，得到了他的援手。特里是反堕胎积极分子、以善于组织抗议活动和吸引媒体注意著称的"拯救行动组织"的创建人，他表示如果法院不帮助泰莉的娘家人，就将求助于社会。特里组织起人力，在泰莉所在的临终关怀机构外面又是抗议又是监视，同时还向时任佛罗里达州（Florida）州长、时任美国总统小布什（George W. Bush）的弟弟、持"支持生命"立场的约翰·埃利斯·布什（John Ellis Bush）请愿。这位布什州长在 2003 年 10 月 19 日（星期日）夜里召开了一次特别立法会，拟定了一个被称为"泰莉令"的法案——否决先前的法庭裁定，命令将饲管再度插上。该法令于第二天下午一致通过，两个小时后那处临终关怀机构被责令遵照法条执行。一直负责泰莉·斯基亚沃救治的医生不肯这样做，宁可辞去职务，结果饲管是由另外一名医生插回泰莉体内的。

不过进入 2004 年后，佛罗里达州最高法院又以违宪为理由推翻了这个"泰莉令"。布什州长试图上诉，但美国联邦最高法院拒绝审理。佛罗里达州地区法官乔治·格里尔（George Greer）为再次拔除饲管定下了执行时间：3 月 18 日下午 1 时。辛德勒一家已经别无选择，便同州长和政府其他几名重要官员商讨。他们得到了主要的反堕胎立法委员的支持，威廉·科尔比在《停用器械：重提美国的死亡权》中也提到，众议院多数党领袖汤姆·迪莱（Tom Delay）也努力"通过一项议案，要求将斯基亚沃一案移至联邦法院"——这就意味着绕过格里尔所就职的地方法院。由于复活节在即，多数立法委员都已回家过节，留下来的一部分人在 3 月 18 日（星期四）那天一大早决定签署一张"启动对泰莉·斯基亚沃进行联邦级保护"的通知单。一个星期后，格里尔法官召开了一次听证会，通知这些联邦立法委员他们对此案并没有管辖权，并告诉他们说："我的裁定仍然有效。"

一个小时后，泰莉·斯基亚沃的饲管便再次被移除。科尔比书中指出，参议院立法委员召开了一次会议，该会"罕见地在周六夜间召开，出席的参议员仅有三人，即参议院多数党领袖比尔·弗里斯特（Bill Frist）、佛罗里达州的梅尔·马丁内斯（Mel Martinez）和弗吉尼亚州（Virginia）的约翰·沃纳（John Warner）。弗里斯特说：'根据我们即将考虑的立法，泰莉·斯基亚沃将会再次得到机会'"。第二天，也就是临近复活节的最后一个星期日，即被基督教定名为"棕枝主日"① 的那一天，又一个名为"对泰莉·斯基亚沃双亲安抚令"的议案形成，送交参、众两院紧急

---

① 棕枝主日的得名，系因耶稣在这一天进入圣城耶路撒冷时，人们在他经过的路面前方铺垫棕榈树枝以示欢迎。——译注

会议等待批准。参议院一致通过，这个法案也被称为"棕枝主日妥协案"；但它在众议院遇到了八名民主党议员以周末为由的抵制，要求众议院领导人等过了子夜进入星期一后再通过。美国总统小布什得知情况后，也缩短了自己的假期，于当日返回首都签字批准。

在众议院等待周末结束以进行表决期间，汤姆·迪莱发表了这样一番言语："佛罗里达那里有位年轻女士正处于脱水状态，还快要被饿死了。她的嘴已经干焦，人更是饿得命悬一线……她还活着呀！还是同我们一样的人呀！这是不能容许的！"这一议案于周一凌晨的 0 时 41 分通过，经小布什总统在凌晨 1 时 11 分签字生效成为法律。然而，联邦和佛罗里达州的法官都再次拒绝承认其法律效力。新的上诉又被提交，继而又被驳回。新的议案又被匆匆拟出和经历激烈争议，但最后仍没能在佛罗里达州通过。州长布什声言要通过本州的儿童与家庭部以命令形式接管泰莉·斯基亚沃的监护权。辛德勒一家延聘的律师、基督教法律学会会长戴维·吉布斯（David Gibbs）指斥迈克尔·斯基亚沃是"谋杀犯"。此后，又出现了更多的请愿，也都被一一拒绝。抗议者诟骂临终关怀人员是"纳粹"、"懦夫"和"杀人犯"。格里尔法官穿上了防弹背心以防不虞。他的太太收到一份递送上门的枯萎花束，上面插着一张卡片，写着"无食也无水"几个字。应辛德勒一家所请，杰西·杰克逊（Jesse Jackson）牧师 ① 飞赴佛罗里达。天主教神父、基督教神职人员保护生命全国同盟会主席、宗教界保护生命全国委员会主任弗兰克·帕沃内（Frank Pavone）陪同泰莉的哥哥博比

① 杰西·杰克逊（1941—），基督教浸信会牧师、美国著名黑人民权运动领袖和政治家，1984 年和 1988 年两度提名民主党总统候选人。——译注

（Bobby）和妹妹苏珊（Suzanne）一起来到病房，最后一次看望泰莉。泰莉·斯基亚沃于 2005 年 3 月 31 日死亡，时值饲管被移除之后的第 13 天。

对于先前昆兰和克鲁珊的死亡，天主教会已经视之为悲剧事件，而斯基亚沃的死亡更使它认定这已经演变为一种常态，因此必须将这一形势向广大民众公开指明。针对俄勒冈州通过的临终医助立法，以及移除斯基亚沃的饲管，天主教会都认为属于"安乐死"，因而持反对态度。作为美国第二大的医护提供者（居于首位的是美国退伍军人事务部），它认定自己的权威受到了美国司法系统的挑战。泰莉的父母、哥哥和妹妹也认为，泰莉虽靠人工饲喂，但并非处于生命末期，如果得到正确护理，是有可能健康长寿的。他们坚持认为，泰莉一直有意识，能够将他们认出来。自泰莉死后，她哥哥博比一直声称妹妹是被政府杀死的。

其实在泰莉·斯基亚沃死后进行的解剖表明，自从她的身体遭到损伤后，脑部便严重萎缩，只有脑干还留有部分功能，因此绝对没有感到痛苦的可能。

泰莉·斯基亚沃去世后，辛德勒一家人建立了"泰莉·斯基亚沃生命与希望联络网"，为处于相似状况的病人代言，反对从这些无意识的病人身上移除呼吸机和饲管。该联络网从与之有邮件往来的人员中募捐，介绍病人家属与有关医疗机构联系。这些医疗机构对于移除生理维持手段的观点和该联络网是一致的——移除生理维持手段要等到心脏完全停止跳动，哪怕这个心跳也是人工维持的。多年来，这个联络网在一系列关注度极高的案例中起到了向传统的医学伦理发难的推手作用。

2014 年 8 月，我收到的一份募捐的时事通讯就证明了这一点。那次募捐是为了帮助一位年轻女子［她的名字没有公开；2014 年

4月，于一个名为"让美国重新开始"的基督教政治网站接受记者马特·艾博特（Matt C. Abbott）采访时，博比·辛德勒详细叙述了救助的过程］。这位年轻女子因哮喘发作引起心搏停止。医生的诊断认为她已经处于脑死亡状态，说得更专业一点，就是全部脑功能均已丧失。该女子的父母要求移除她的呼吸设施，但她的未婚夫相信她的状态正在好转，因此向"泰莉·斯基亚沃生命与希望联络网"求助。不过她的呼吸机还是被关掉了，关掉后她仍能呼吸，饲管也还插着。时任该网站站长的博比·辛德勒，在自己起草的这份通讯里这样表明了该网站的政治观点：

> 另一份信息告诉我们，这位年轻女士已经离开人间。这又是一次安乐死。每天都有人这样离去。正是这样的事件，促成了"泰莉·斯基亚沃生命与希望联络网"的存在——也正说明了你们的支持是何等重要。可悲的现实是差不多10年的时间已经过去，我们一直看到的不是将病人的权益置于最应关注的位置，而是医院越来越注重本身的利益。特别应当指出，此种现实无疑会由于"奥巴马医改"的实施而得到更合法的站位。

"泰莉·斯基亚沃生命与希望联络网"的基本观点，是美国正在出现的一种有关死亡的新文化，而"奥巴马医改"的通过，愈发加速了这一进程。通过医护机构和司法机构，患者的生理维持设施被允许移除，以法律支持病人自身的选择、贬低生命寓意的文化潮流正在得到鼓励。这些都必须停止。在这家联络网看来，美国人有关"最弱势群体"的道德观念正在沦丧，正在被政治弱化。美国正在被拖离传统的道德之路与立国原则。

第六章　为数不多，影响不小

　　"我谨向美利坚合众国国旗及其所代表之共和国宣誓效忠，上帝之下，未可分裂之国度，自由平等全民皆享，在世者和尚未出生者均在其内。"[①] 名为"宾夕法尼亚州支持生命同盟"的组织于2009年10月在斯克兰顿（Scranton）的希尔顿饭店暨会议中心召开的年度大会，就是以这样的宣誓开始的。誓词的最后一句——"在世者和尚未出生者均在其内"——本在我的意料之中，但以效忠宣誓的形式表现出来，还是令我有些吃惊。我是自付费用的与会者，是来了解和体验以基督教福音派教徒和天主教徒为主的这批会众，是如何怀着真诚的信念对社会上占优势地位的现有观念进行挑战的。这些观念包括公民权、爱国主义、个人权益、隐私和生命。这批会众对他们运动的前途和理念的实现前景十分关切，甚至将它们在全社会范围内遭到压制的现实视为对自身的嘉奖和

[①]　这句话取自当前美国的《效忠宣誓》誓词的全部，并在结尾处加上了"在世者和尚未出生者均在其内"。"效忠宣誓"是美国人以站姿口述表达忠于美利坚合众国的仪式，通常在国旗下进行，誓词是固定的，全国统一（历史上经数次修改）。每次国会开会前，代表都会进行这一宣誓。很多地方的政府和私人机构的会议在开始前也会这样做。不少学校也会要求学生进行宣誓。有些州还在宣誓完毕后追加州旗效忠宣誓。——译注

拯救，更证明着自己的正确。会议内容也充满了对外来批评的挑战和对他们认为冥顽不灵的立法者和律师的嘲讽，妇女自然也难逃成为其攻讦目标的命运。

斯克兰顿也像宾夕法尼亚州许多当年的制造业城市一样，已然好景不再。我于清晨驱车经过这座城市静谧的街道时，在被纷落的秋叶烘托出的田园情调下，看出了它如今的凋敝。1930 年的斯克兰顿处于巅峰时代，当时有 143000 人，20 世纪 70 年代中期开始衰落，失业率一直在 8% 至 9%。今天的斯克兰顿有 75000 居民，其中的西班牙裔、亚裔和黑人的比例在不断上升。在这座城市——也在整个宾夕法尼亚州——的政治气氛中弥漫着一股怀旧情调。这次同盟召开的会议定出的口号是"让'电力之城'亮起生命之路"，其中用到了"电力之城"这一典故。这是斯克兰顿在 19 世纪末得到的誉称。那时候，这座城市整洁的街道上的路灯都改装为电灯，电灯下来往行驶着美国的第一批电车。那时的斯克兰顿正处于一个美妙的时代："传统式的"家庭成员间互助互爱，共同服从着唯一挣钱养家的男主人；新人不断涌来，种族成分十分均衡；人们的行为受到当地教会的规范，有德之举会受到鼓励。这些都是反对同性婚姻、堕胎和安乐死的保守文化派熟悉并怀念的。这个口号传达的希望返回当年时光、救护衰落文化的意愿，在斯克兰顿和其他类似地方是很能引起共鸣的。在这些人看来，这座城市的历史和如今的面貌，都在无言地揭示着这个国家正走在错误的道路上。

"宾夕法尼亚州乃'支持生命'之地。"这是一位名叫蒙查克（A. J. Munchak）的自称"支持生命的宾夕法尼亚波兰裔政界人士"的县长在这次会议的讲台上说的一句话。他在致辞中指斥当地的另外一些从政者拒绝与会和拒绝发言的表示。"我从来就没用过'胚胎'

这个词,"他说,"我总是使用'婴儿'这个说法。"大约 300 名会众一致发出同意的赞叹声并鼓起掌来。继蒙查克发言的,是宾夕法尼亚州支持生命同盟的首席执行官迈克尔·奇科乔波(Michael Ciccocioppo)——全家 15 个兄弟姊妹中的老大哥。他宣称,"我们"正在受到一种与死亡有关的文化的攻击,这种文化主张屠杀这个国家中处于最弱势的一部分公民。看来是为了强调这一说法,他还提醒会众始终应佩戴本同盟的徽章。为防止外来人员混入会场以抗议方式闹事搅场,这次大会还特别安排了警戒人员。

凭着发给我的徽章,从旅馆入口处直到大会展览室和会议服务处,沿途都有人与我友好地甚至热情地打招呼。走出正厅后,我又看到一群上了年纪的人在翻阅和索取种种资料,有的是介绍如何为地区报纸写专栏,有的是"'支持生命'学生征文"得奖者的文章的复印件,有活像犯罪现场的人工流产后血淋淋的胎儿照片,有抨击使用安全套避孕和婚前性行为(其实是针对所有不以繁育为目的的性行为)的种种危害的传单,还有指责安乐死的海报。在门厅的正中心,有一个用混凝纸制成的卡通娃娃,是黄色的,脐带还弯弯地连在身上(不过另一端并没有接上母体)。该卡通娃娃名叫"未出生的安伯特"(Umbert the Unborn)。我知道这个小娃娃,它本是一个很有人气的卡通形象,是一位名叫加里·坎杰米(Gary Cangemi)的漫画家的作品,这位画家在自己的网站上称之为"全世界最可爱的尚未出世的宝宝"。漫画上安伯特的脐带通常都接在包围着图画的边框上,而门厅里的这个五英尺高的安伯特,也被围在一个紫色的圆圈里。那么这个圆圈便象征子宫内壁,而饭店的门厅,便有如整个子宫,让娃娃安全地躺在里面。大会服务部还出售汗衫和车窗贴条等纪念品,上面印有诸如"让女人有出生的权利"或"应将子宫定为等同于联邦保护下的湿地"

等字句。在与会者的心目中，女人的身体是国家的一种资源，应当受到联邦立法的保护。

我在四下浏览时，无意在一张桌子上看到一个长成胚胎样的马铃薯，黄黄的，去了皮，小心地放在一堆闪亮的蓝色布块上。我想，它大概是在向将它弄离生长之地的人做提醒，也许还是在发警告吧。在正厅的入口处，我停下脚步，看了看一张油画。画名是《新娘》，画的正是泰莉·斯基亚沃。画中的泰莉就像基督的新娘一样身着白色婚纱盛装，年轻纯真的面庞上现出圣洁而平静的微笑，双手持握一只青铜十字架，姿态十分优雅；钩织的花边从颈部一直垂到手腕处。此时的她还没有被丈夫毒害，或者简直就是被他谋杀，因为在这批会众眼中，这个男子就是奸夫、就是杀人犯。这幅画宽 24 英寸、高 36 英寸，作者是明尼苏达州圣保罗市（St. Paul, Minnesota）的埃里克·门兹胡伯（Eric Menzhuber），有过学习神学和艺术的经历。他在自己的网站上告诉人们，这幅油画是泰莉死后方济各修士和平会①赞助他绘制给辛德勒一家的。"在这幅画中，新娘手中的花束换成了十字架，以表示她在天堂有了新的生命和新的欢乐。"

宾夕法尼亚州的宗教势力一向强大，共和党和民主党也都在这里努力扩展。在这个既有不少大城市也有发达农业的地方，究竟宾夕法尼亚州支持生命同盟发挥着什么影响，实在是很难估量。该同盟自己声称，它在全州的 67 个县中已建立起 50 个分会，会员总数具体很难查知。不过，该会对其支持者的培训的确相当有效，也在当地教堂和老年社群中扎根很深。它熟谙介入政治舞台

① 方济各修士和平会是美国一个由天主教男修士组成的团体，成立于 1982 年，以护理脑功能受损的病人为主要义务。——译注

的技巧,知道如何游说议员和官员,写信、发博客、使用脸书和打电话都是行家里手。前来参加这次会议的人许多都是老相识,会员们也经常去拜访邻里、聊聊天、换看孙辈照片什么的。他们并不自视为活动家,而是所在社区的普通成员,有为邻里尽义务和为祖国的未来出力的意愿。该同盟还举办培训、散发传单、培养公众联络人、建立与政府人员的接触、为教会如何既能支持政界候选人又不会危及自身的税收豁免权支着儿,并形成了随时能联系上义务服务人员的电话联络网。

该同盟的主席迈克尔·奇科乔波是个高个子,衣着高档,人也整洁齐楚得无懈可击。他是位很有水平的演说家。一身量身定做的细条西装,使他看上去既像一位有权威的睿智人物,又像个精明的银行家。他在讲话里将一段段分立的新闻事件,精心组织成一个激动人心的整体,内容涉及爱国主义、例外论、保守派政治、伦理道德说教等,共同构筑成一项警告,就是一种"死亡文化"正在造成悲剧、导致破坏,引发了国家和个人品德的深刻危机。正是这些可怕的事件,使这个同盟有成立的必要,而它也正为扭转这一颓势进行着不懈努力。2013 年,宾夕法尼亚州的克米特·戈斯内尔(Kermit Gosnell)医生进行了流产手术,使三名婴儿死去,而这几个婴儿在被取出母体时还是活着的。这名医生被判犯谋杀罪。2013 年 5 月 13 日,史蒂文·厄泰尔特(Steven Ertelt)在全国生命权利委员会的新闻网站上发表了奇科乔波的一篇声明:"让我们以所有被戈斯内尔杀害的人的名义呼吁,永远不要忘记在我们的国家里,几十年来一直允许发生无视生命的猖狂行为。我们希望今后的政治考量,不要成为保护妇女和新生儿生命和健康的前进之路上的障碍。"他赞扬了当时的宾夕法尼亚州州长汤姆·科比特(Tom Corbett)着意通过的新立法,认为这将会"确保将堕胎机构置于同门诊外科相同的业务标准要求下"。不过，这一新的立法也受到许多维护生育权人士的指责，认为它成为对一些人（基本上都属于道德卫士）的限制，而对这些人的限制，进而影响到妇女们应当得到的关爱。这一法律还错误地认为戈斯内尔所做的堕胎手术具有普遍性，并将安全堕胎纳入创伤性外科手术的高风险范畴。

"联邦最高法院对'罗乌诉韦德案'①的可悲裁定，导致堕胎要求的增长和无法言传的戈斯内尔式悲剧的发生。该是再次审视罗乌一案的时候了——为了纪念戈斯内尔造成的牺牲者而再次审视。"其实应当指出，生育权的支持者们，也同样指斥戈斯内尔的所作所为，其中也不乏如奇科乔波一样的人，他们认定戈斯内尔是个谋杀者，无非是混迹于合法堕胎医生队伍中的败类。

费城（Philadelphia）的一位名叫芭芭拉·曼西尼（Barbara Mancini）的护士因帮助自己父亲自杀被逮捕定罪后，奇科乔波便再次以此说事，说它的确为社会风气败坏的表征，还说这是种种邪恶的外来力量作用的结果，又说这势必会危及所有的人。芭芭拉的父亲乔·尤肖（Joe Yourshaw）死时已93岁，受到临终关怀机构的上门服务。他生前的患病时日漫长而痛苦，便求自己的女儿弄一瓶吗啡来。芭芭拉便这样做了，还将此事告诉了前来护

---

① "罗乌诉韦德案"是美国联邦最高法院于1973年审理的得克萨斯州的一桩上诉案件。罗乌是该州一名年轻已婚女子的化名，韦德是一名地区法官的姓氏。罗乌因意外怀孕想堕胎，因州法律规定只在女性遭强暴致孕的情况下的堕胎为合法行为，致使她通过包括谎称被强奸在内的若干手段后才得以堕胎。这使她卷入犯罪指控。此事引发罗乌以隐私权受到损害为由控告代表指控一方的韦德，并进而指控得克萨斯州禁止堕胎的法律。地方法院的判决虽有支持她的部分裁定，但没有对该州的反堕胎法律提出禁制令，导致罗乌向美国联邦最高法院上诉。最终，联邦最高法院于1973年以7比2的投票数，认定得克萨斯州刑法限制妇女堕胎权的规定，是违反美国宪法第十四修正案"正当法律程序"条款的。——译注

理的临终关怀护士；这名护士相信此举系犯罪行为，便将此事告发，导致芭芭拉被捕。"同情与选择"募来捐款，帮助芭芭拉打官司。奇科乔波告诉《爱国者新闻》的记者罗伯特·维科斯（Robert J. Vickers）："有人选中宾夕法尼亚州为目标，唯一的原因就是认为这个州是薄弱环节。这些人的真实目的，是想让州检察长凯瑟琳·凯恩（Kathleen Kane）将同那桩同性婚姻一样的事情干第二回。[1] 他们觉得，如果能让检察长对辅助自杀的问题如此这般地弄上一下，就会离将安乐死在州里通过的目标更近一步，更可以在全国推开。"芭芭拉·曼西尼后米被宾夕法尼亚州的地区法官无罪开释。

同性婚姻、临终医助、人工流产固然是一些人"听不入耳"的话题，但奇科乔波的这种将它们统统搅在一起，并一起扣上不敬上帝、背离美国等大帽子的大肆渲染的手法，确实更能搅扰人心。相信了这一套，就会将不接受某一种特定价值观的人打入"背离传统"的另册。此种状态已存在许久。在《上帝发怒之后：艾滋病、性行为和美国宗教》一书中，安东尼·彼得罗教授便指出，固然国家和各州都向民众提供种种有利资源（包括诉诸法律的自由），但有些基督教派却一向以不准接受或者不准全面接受的态度对待被其认为"逾越道德底线"的人。他还指出："政府机关有权给予、部分给予或暂停人们的合法公民身份，经常受此影响的，往往是处于社会边缘的人群。"

奇科乔波向公众说明医疗政策、法律和政府的职责，掺入了自己所代表一方的道德标准。这是他自 20 世纪七八十年代以来通

---

① 2013 年时，美国的同性婚姻诉求普遍增多，而宾夕法尼亚州的法律是拒绝批准同性婚姻的。在一次电台的采访实况转播中，该州州长（共和党人）发表的有关言论引起强烈反响，因而出现要求凯瑟琳·凯恩这位本州最高司法长官解释的呼声，但这位持民主党立场的女检察长表示拒绝。此事成为全美国的轰动性新闻。——译注

过舌灿莲花式的宣传鼓动做法逐渐形成的套路：美国是个敬服上帝的国家；凡不尊崇同一位至伟之神、不服从神立下的法则的人，便一概是不守法的、非美利坚的，甚至是叛逆的；凡未被列入上帝所训诫的道德信条的，便都是不自然的、偏颇的和病态的；他所代表的一方给人们立下了行事的规矩，如果不遵之循之，就会对社会中的弱势群体（老年人、胎儿以及生活在非异性恋群体中的儿童①）造成危害。彼得罗教授给这一套路起了个名字，叫"道德公民认证"。如果这样的观念得到接受，那么《效忠宣誓》的文字就真会改成 2009 年 10 月宾夕法尼亚州支持生命同盟大会的誓词了吧。这批人要增改法律以限制孕妇、同性爱侣和临终医助倡导者的权利。他们的这一权利又从何而来呢？上述三个群体，以及其他种种不赞同"支持生命"和不接受"家庭价值"概念的群体，都被奇科乔波这类人视为背离了"真正美国"的权利与法律。

宾夕法尼亚州支持生命同盟会的会员，普遍相信这样的说法，即由于文化的滑坡，使社会中的最弱势者沦为遭受攻击的对象。种种反对堕胎、同性婚姻和安乐死等行为与要求的组织，将这些目标放进了"支持生命"的一个大宗旨下。它们成功地做到了这一点，其中的一个重要原因，是基督教基要主义②的宗教观还很有影响力，使得保护个人权益的主张一直难以扩展势力，不

---

① 目前的非异性恋群体包括六种人，即女同性恋者、男同性恋者、双性恋者、变性别者、兼有双性者和性取向不明者。通常将这些群体的英文名称的第一个字母缩合成一个词，最早为 LGBT，后来为 LGBTQ，目前为 LGBTIQ。本书中用的是 LGBTQ，也有不管其历史沿革而一直只使用 LGBT 一词的。这里所说的"生活在非异性恋群体中的儿童"，系指同性恋者收养的孩子，也指双性恋者因异性恋行为生育的后代。——译注

② 基要主义也称基督教原教旨主义。该宗教流派以《圣经》中的五条内容为基础，反对对它们和《圣经》中的其他内容进行考证和发表不同看法的基督教现代主义。它于 20 世纪 20 年代出现在美国基督教新教教徒中，并于 70 年代再度引人注目。今天它在美国表现为对抗自罗斯福执政以来以自由主义为主导思想的政府、家庭和教堂的社会势力。——译注

愿意又或许是不能够将自身的事业抬升到更宽广的目标上，这便造成当前的种种社会活动人士——女权主义者、保障生育权者、保护非异性恋群体者、关爱残障人者和支持临终医助合法化者，等等——都在各自为战，无从一起站到保障良心权这个共同的旗帜之下。在斯克兰顿市希尔顿酒店暨会议中心的接待大厅里，我可能是对大会誓词中的那句"在世者和尚未出生者均在其内"感到吃惊的唯一一人。《效忠宣誓》的字句有可能被改变的前景令我不安。它会使一些持不同看法的人退出。大会采用的誓词是一道分裂的声明。原有的誓词已经不能适合所有的人了。奇科乔波带领会众庄严宣誓的样子，就像是神职人员在带领教徒诵读主祷文。

自从联邦最高法院在 1973 年做出对"罗乌诉韦德案"的终审裁决后，美国国内出现了以往根本无法想象的形势，那就是美国的天主教领袖和以福音派为代表的基督教新教领袖结成了联盟。这既为了抵御 20 世纪 60 年代至 70 年代初期美国政治的自由化风气，也出自"敌人之敌便为吾友"的逻辑判断，还由于教众做礼拜的虔诚心减弱和小家庭增加的趋势引起担心。结成联盟的双方都认定，以合作方式护卫他们所称的"传统价值"是他们的神圣同盟。正如彼得罗教授所说的："这一政治上的和文化上的方向调整，甚至还在新教徒、天主教徒和犹太教徒之间起到了弥合作用——当他们都共同面临堕胎、婚前性行为、生育控制、离婚、同性恋等一系列重要挑战时，彼此间的道德与政治站位的差异便是次要的了。"结盟的结果，既形成了基层教会单元间的联合，又使神甫和牧师都愿意并能够向立法者施压，还能影响国际局势（比如要求在国外的美国人不得有避孕行为和堕胎）、进军媒体"帝国"扩大影响［包括建立天主教电视台 TBN、造就著名的传媒布道人吉姆·巴克（Jim Bakker）和奥拉尔·罗伯茨（Oral Roberts）］以及更有效地左右美国的宗教潮流。自 20 世纪 70 年代以来，基督教右派便处于消长互见的局面，从牧师杰里·福尔韦尔（Jerry Falwell）创建于 1979 年的"道德多数派"，到 20 世纪 90 年代由传媒大亨帕特·罗伯逊（Pat Robertson）组建的"基督徒联合会"，种种组织此起彼落，所起的作用一如颇有影响的非营利团体"政治研究会"的资深研究员、报纸撰稿人和学者弗雷德里克·克拉克森（Frederick Clarkson）2013 年在该研究会的网站上所指出的那样，"在政治鼓动方面取得成功，包括说服不关心政治的保守基督徒参加选举，再从投票人成为宣传者，继而当上候选代表人物，已经织入这个国家的政治经纬。这在共和党内表现得尤为明显"。

对于基督教右派的成功，克拉克森的考量标准并不是从这支力量中涌现出的掌权当政者的数目，而是"要通过特殊方式才能看出的重大成功，这就是建立起一个机构化的网络，并通过它培养出年轻的保守主义者，再鼓励他们将保守理念化为公共政策"。2009 年，一批天主教和新教的头面人物，共同签署了一份《曼哈顿宣言》①。这一带有纲领性色彩的文件宣称："我们都是基督徒，如今跨过历史上形成的分歧与不同，既言明我们共享的权利，更强调我们同担的职责——为保卫真理而言，为保卫真理而行。我们彼此间隆重保证，也向其他有基督教信仰的人隆重保证，在这

---

① 全名为《唤起基督徒良心的曼哈顿宣言》，中心思想是捍卫传统的生命观念、婚姻态度和宗教自由。在婚姻方面，它不但反对同性婚姻，而且抨击了时下"婚姻文化"中种种被一些人认为是每况愈下的形势：离婚、容忍婚外情、单亲家庭等。附带提一下，在此宣言发布的前一年即 2008 年，也形成过一个《曼哈顿宣言》，但它是关于气候变化的，两者并无任何关联。——译注

个世界上，没有任何力量，无论是文化的还是政治的，都不可能使我们噤声不言，也不可能使我们俯首接受。"在起草这份宣言时，堕胎的合法化是重要的基点，是诸如同性婚姻、避孕、干细胞研究、安乐死等种种争议的立足之处。对这种种被认为是败坏之处的挑战，看来正可以认为是对美国的宗教自由进行重新定义。

克拉克森认为，这几派力量如此下大力气的目的，是要"将倾向于赞成生育权和不反对同性婚姻的人归入无宗教者和反宗教者一方，从而将所有人都有宗教信仰自由的原则践踏在脚下"。这样一来，宗教自由便会被用来护卫宗教的现有权威，破坏其他的观念和权利。这简直就是宣称，但凡不赞同此宣言所代表的一个特定框架，就绝对是错误的、失足的、堕落的——至少也是迷途的。

宗教自由的理念，在其形成的早期阶段的确着眼于——即便在实施时未必，但至少在理论上如此——保护每个人的良心不受到任何权威强加的宗教观念的胁迫。但正如克拉克森所指出的：

> 这份宣言（《曼哈顿宣言》）的拟定者，将自己标榜为继承了美国革命传统、为抵御"暴政"而战斗的爱国者和为维护社会公平而奋起的斗士。这伙人大谈其革命，其实并非什么新名堂，也不是唯一的祭起者。该宣言尤其强调基督教右派对这场冲突的本质是认真对待的。"他们宣称：'凯撒的物当归给凯撒。'对此我们绝对照做、不会含糊，但我们断然不肯将神的物归给凯撒。"[①]

① 此话典出《圣经·马太福音》第22章，原话为"凯撒的物当归给凯撒，神的物当归给神"，是耶稣对询问者所问的有关纳税问题的回答，可以理解为法定义务与个人信仰是两回事，不能混同一谈。凯撒是古罗马的统治者，他的头像长期铸在古罗马帝国的钱币上。耶稣正是针对提问者所要纳税的钱币上有凯撒的头像做出这一回复的。——译注

《曼哈顿宣言》中再次提到宗教自由（应当理解为他们固守的现有理念或实施方式），其实只是认为自己的道德价值有权凌驾于其他人之上。在一个越来越趋于多元化的国家里，无论是宗教的还是其他的道德伦理观念，都是多样且并存的。种种以"支持生命"为宗旨的团体与组织却无视这一现实，一心只顾打造对己有利的法律系统、权力结构和对话方式。

在美国的新教徒中，支持保护个人权益和医护措施取舍权的人是很多的。《曼哈顿宣言》宣称所代表的天主教和新教的教徒中，也同样有很多人认为，有些未在该宣言中提到的权利也是应当存在的。只是这些可以称之为"基督教左派"的力量，表现得不如基督教右派，无论在影响力、资助能力和政治游说本领上都有所逊色。

从美国许多州已经立法给予同性婚姻以合法地位来看[①]，从若干由"支持生命"组织共同发起的、旨在推翻联邦最高法院对"罗乌诉韦德案"的裁定的活动并未能取得成功来看，从公众对临终医助的支持态度及这一方式已经在若干州内取得合法地位来看，还从经常进行的民意调查的结果来看，都表明美国人正在迅速脱离宗教团体。由此看来，我们也许会产生一种感觉，就是一度曾塑造出美国文化的宗教道德观念，如今已是明日黄花。只是我们的法律，特别是关乎公众健康的部分，还很需要符合现今的多元化——宗教信仰的和其他方面的——形势所造成的对道德观念的非单一性的期待。

---

① 自 2015 年年中起，同性婚姻如今在美国本土的所有州都是合法的，只不适用于印第安人保留居住地。——译注

奇科乔波在会址的正厅将会众(其中年长者居多)引见给特雷莎·托梅奥(Teresa Tomeo)。这是一位说话从不拐弯抹角的女士,曾经在被认为属于"世俗类"的电视台当过记者。她主持的《了解天主教》是被美国的200家天主教广播电台联合播放的节目,她本人也以深切了解媒体对年轻女性的毒害自许。(她是《女性的脱胎换骨为基督所赐而非文化所致》和《噪音:被媒体浸润的文化控制生活并解体家庭》两书的作者。)这位托梅奥女士是个小个子,一头短短的黑发,表情严肃、精力旺盛。她在大厅中发表了题为《我们重新需要》的讲演——说是讲演,听来倒像是一篇在宗教仪式上向一批新基督徒宣讲自己如何得到再生的自述。她历数了自己从事"世俗"事业时的成功史:挣钱、出名、满足。但自从成为有明确信仰的天主教徒后,便如同得到了第二次生命一样,"以满腔热情教化他人,与之共享自己的信仰",从而成为从内部揭露媒体不正当作用的反戈一击者。她的"重新需要",就是用上帝的训诫打退妇女中的自私与偏狭。

戴维·普伦蒂斯(David Prentice)是基督教家政研究会(一个设在美国首都华盛顿的保守色彩浓厚的机构,以"促进公众政策中有关信仰、家庭和自由,加强并加深基督教文化的影响"为行动主旨)中的一位与生命科学打交道的资深研究人员。他在会议上用电脑图像软件辅助讲演的方式告诉会众说,进行干细胞研究就是犯下"灭绝性屠杀"的大罪。还说什么提供干细胞的胚胎看似是用于救治癌症患者的,其实反倒是害死了未来的爱因斯坦、巴赫和马丁·路德·金。这些本会成为后世天才的生命,却被放到科学家的试管里,在闪过一道光华后便遭到屠杀。这番讲演给他带来满堂掌声。过了几年,我同这位普伦蒂斯晤谈了一番。我们讨论了一篇惹起重大反响的介绍干细胞研究丑闻的文章。梵蒂冈教廷向一个成人干细胞的研究项目投入了上百万美元。这种成人干细胞名为极小胚胎样干细胞，据该项目的研究人员声称，这种干细胞并非来自胚胎，因此不会造成生命的毁损。然而过了一段时间后，一批在同一领域工作并起着领军作用的"世俗"科学家，对负责这一研究项目的马里乌什·拉塔伊恰克（Mariusz Ratajczak）起劲地发起了攻讦。在我与普伦蒂斯的晤面中，他向我提供了他写的评论——看上去表面上泛着厚厚的一层科学词语，但在我看来只不过是一份宣传海报。据他说，还在印第安纳州立大学从事研究工作时，他便认识到使用取自胚胎的干细胞的做法实在要不得——用他自己的话来说便是"取了便是杀了婴儿"。他还引证了这样一句话："人们之所以能在病后恢复健康或者继续活下去，是由于成人干细胞的作用。"不过出处是存在争议、并未建立在牢固基础上的文献。他还说，主流科学之所以不这样认为，原因在于"或者是钱在作祟，或者是脸面在作怪——因为这些人是被同行视为专家一类人物的"。科学界是个大山头，对不同声音会死命抵制——而不同的声音正来自基督徒。传媒是科学的奴仆，就是不肯将不致造成胚胎死亡的替代方法告诉人们。"在事关公共政策的领域里，其实存在着一个容纳伦理道德的地方。"——普伦蒂斯在这句话里提到的"地方"，想必是用来容纳他心目中理念化的基督教伦理学吧。

　　泰莉·斯基亚沃的哥哥博比·辛德勒当上了一名"支持生命"的斗士，奋起抨击败坏着基督徒的伦理道德观念和干扰真理的世俗化社会。我之所以到斯克兰顿这座城市来参加宾夕法尼亚州支持生命同盟的年会，主要目的就是要听一听他的主旨发言。还是在2000年，也就是泰莉死去的前5年，辛德勒一家创建了"泰莉·辛德勒·斯基亚沃基金会"，以"协助我们的行动，不要让她死去, 给她以得到医学和神经学检查、进而在救护下康复的机会, 并扩大公众对监护权、不忠诚婚姻和生命之末法规的知情程度, 从而为父母争取监护法中的更大权限"。说得简短些, 目的就是重新立法和重建业已确立的医学伦理信条。"不忠诚婚姻"的说法是泰莉的丈夫迈克尔·斯基亚沃在泰莉成为持续性植物人若干年后但仍未正式死亡前, 与另外一名女性有了亲密关系之后加上去的。这句话得到了持保守立场的 WND 网站的支持, 该网站在 2005 年 3 月 21 日、即泰莉死去的前几天发表评论: "迈克尔·斯基亚沃作为泰莉的丈夫和所谓的'监护人', 要拔掉饲管的意图, 完全是要将他人的女儿以'超堕胎'——等同于堕胎, 只是时间要迟许多——的方式除去。而这一意图也和许许多多的堕胎意图一样, 完全是出自自私的个人打算。"

　　泰莉正式死去后, 辛德勒一家将自己的网站进一步更名为"泰莉·斯基亚沃生命与希望联络网", 宗旨也有所转向, 变为"开发全国性的资源联络, 支持需要依靠医学救助而生命正在或有可能受到威胁的伤残人等"。该网站编纂了一份名册, 列入了若干表示愿意为向联络网发出呼求者提供具体帮助的医生、律师、护士和机构。泰莉的妹妹苏珊是出纳, 母亲玛丽任秘书, 博比当常务负责人, 父亲罗伯特则任网站站长。2009 年罗伯特故世(就在我赴斯克兰顿开会之前的不多几个月), 博比便继任为新站长。他非常喜爱泰莉这个妹妹, 一直为她的离去伤怀。父亲的离去使他不得不接这个班, 但联络网的工作并不因之受到影响。这个亲眼见证妹妹之死的男子, 接下了"为严重伤残者服务"的事业, 坚持以未婚的孤独之身, 逐日在苍茫荒缈中倾听绝望者的呼声。他是不是像位中世纪的十字军战士呢?

　　中饭刚过, 我便赶回来准备听取博比的那篇主旨发言。会

议期间，我从很近的位置上看到了这个人。当时他正同两名女士
交谈。这两个人的穿着打扮都一样：长裙、浅色上衣、时髦的鞋
子。她俩在听博比讲话时兴奋异常，连身子都向他探了过去。当
博比离开时，她俩都不住蹦跳，为能同他谈话雀跃不已。博比走
上台去，站到了一大片菊花丛中，有橙色的，有黄色的，还有暗
红色的。一名修女向他献上一个小小的礼包。会众发出雷鸣般的
掌声。他将那只礼包放在讲台上，看着它，直等到会场安静下
来。博比是个小个子，大脸盘，黑发黑眼，一副浓眉，长相很是
英俊。他的神色悲伤中透着些倦意，褐色西装套在他身上似乎太
肥大了些，脚踝和手腕处都毛了边。在讲演中，他回溯了妹妹泰
莉一生中最后几年的时日，几番对簿公堂的过程，由他转述的医
生们的发言，法庭最终批准移除泰莉的饲管的恐怖裁定，还有妹
妹的"熬受折磨而死"。他没有讲稿，也不看提示条。"泰莉·斯
基亚沃生命与希望联络网"的网址是 terrisfight.org[①]——"泰莉的
战斗"的英文连写。他告诉听众说，泰莉的战斗也是他博比的战
斗。在这数年的奋战中，他重新找回了自己的信仰。妹妹的死就
是他本人重新成为上帝忠实仆人的宣言书。妹妹将他带回童年时
曾经有过的信仰，这使他永远感激这个亲人。他还对会众说，他
知道父亲的去世，是难以承受想要拯救女儿免遭谋杀的煎熬所
致。"我们希望的，只不过是让泰莉能够得到护理，直至自然死
亡的那一天。我们爱泰莉，无条件地爱。我们还知道她也给我们
以同样的爱。"

　　对这个家庭遇到的变故，我是感到难过的。这一家人的悲伤
和立志，我也很能理解。只不过博比所提到的爱，却让我有些害

① 此网站现已更名为 http://www.lifeandhope.com。——译注

怕。辛德勒一家将全家人的希望都押在一个没有意识的亲人的躯体之上。泰莉已经不在这个世界上了,可在辛德勒一家人的心中,泰莉是一名战士,坚信从小浸润她的教会信条,忠于她全家人都恪守的信仰要求。她的全家人都相信,如果泰莉有什么愿望的话,那就是同他们站在一起——这自然意味着进一步同教会站在一起。泰莉在正式死亡时,已数年不具备有意识的思维了,与我们所说的生命和世界都脱了钩。医学的进步,曾做到将她从厨房的地面送至医院的病床——也就是做到了用心肺复苏、人工呼吸机,再加上那根饲管,又将她羁留在病床上十多年。这两种技术都是不小的进步,但也并不比这家人持否定态度的避孕技术和堕胎技术更"自然"。如若提起"从妊娠到自然死亡"这一过程,那"自然"两字固然可以被认为意味着这一过程中的一切,但也同样可以视为只是对基于身体功能的科学发展结果的分类。那么,"泰莉·斯基亚沃生命与希望联络网"所怀的希望,实际上已经不属于希望的范畴,而应归类为奇迹了。辛德勒一家相信,上帝会听到他们的祈求并会赐予这一奇迹,只是无端遭到了行政体系的拦挡而未能得到奇迹降临的机会。这一家人靠希望进行着令泰莉保持现状的奔走,但这种奔走更像是对外来建议和决定的否认。而泰莉的现状,其实就只靠着一根饲管维持着。而这种维持的代价又如何呢?我说的代价并不仅仅只涉及金钱付出。辛德勒一家断然拒绝承认泰莉的状况,使他们失掉了面对挚爱者的死亡的体验,未得到悲恸的感觉,丧失了承认死亡是人生中唯一肯定会发生的认识。我到斯克兰顿来参加这次大会,是为了对博比他们的活动宗旨有所了解。博比是要剥夺临终者最终死去的权利的。对他们这种在时间上和程度上都没有尽头的悲伤,我只觉得爱莫能助。

　　后来,这一家人又向泰莉长期处于持续性植物人状态的说法开战，尽管对泰莉所做的尸体解剖支持了这一诊断。他们倾向于认定她只是名智障者，即美国现今为数不少的一批人中的一个，只是因为不是完整的人，对社会没有贡献，身体功能也不完全，因此处于被视而不见的地位。他们指出，泰莉并非处于生命的末期状态，能够靠着饲管再活许久。他们还引证天主教堂的分类结果，认为饲管饲喂属于安适护理中的一种，并非立法所认定的可以移除的医护手段。法律将迈克尔·斯基亚沃定为妻子泰莉的法定监护人，又一再裁定他有移除饲管的决定权。2005 年 3 月 18 日，也就是距离泰莉去世不到两周的时间，生命伦理学者阿瑟·卡普兰发表观点认为："是让泰莉离开的时候了。这不是由于应当允许每个脑部受到伤损者赴死，不是因为她的生活质量不堪到人人都认为失去了继续活着的意义，也不是考虑到为她付出的花费已经难以为继。原因很简单，就是泰莉的丈夫爱着她，在经受这一事故的打击超过 15 年后，表示自己所爱着的这个人，是不会愿意继续处于这样的状况下的。"可是辛德勒一家人从另外的角度发出质问说：面对一家人都付出的无条件的爱，面对上帝赐予的无穷无尽的爱，泰莉又怎么会要死去呢？

密歇根州马斯基根市（Muskegon，Michigan）有一家教会医院，名叫"慈佑保健之友"。一位名叫泰姆莎·米恩斯（Tamesha Means）的妇女前来求医。据她对医院医生和护士自诉，她身上疼得全身无力，但不知道原因。当时米恩斯怀着孕，妊娠 18 周时羊水破裂。她家附近只有这一所医院，她便挣扎着前来求助。医院将她打发走了。她第二天又前来这家医院，得到的还是同样的待遇。当她第三次前来时，因为感染还有发烧症状，就在担心命运会又一次重复时，她在医院里流产了。直到此时，她才见到了医生。还算运气好，米恩斯后来康复了，而她受到的感染，本来很可能会要了她的命。

"慈佑保健之友"是天主教会下属的医院，米恩斯前两次被拒，是因为要医治她的感染，就必须实施人工流产，而任何阶段的堕胎、包括妊娠末期堕胎，都为院规所不容许，而院规又是由美国天主教教长联合会下达的，并非出自医学伦理考虑或者高层医学机构的建议。由于是天主教教长联合会的指令，所有的天主教会医院都不得进行任何有可能导致妊娠终止的操作。米恩斯在美国自由民权同盟的帮助下，向司法系统提出指控，而且并非针对该医院或其医护人员，而是直指控制着全美国所有天主教会下属医务活动的美国天主教教长联合会。这可是相当开天辟地的举动。据美国天主教教长联合会网站公布的资料，全美国共有 629 家天主教会医院，为六分之一的患者提供救助；每年的急诊病例达 1900 万人次，门诊数超过一亿人次。天主教会医院的运作也同其他所有医院一样，遵循着医院的医学标准原则，唯一的不同之处，是当标准原则与天主教教长联合会所制定的长达 72 条的《关于天主教医疗服务的伦理与宗教指导方针》（ERDS）不一致时，须以后者的规定为准。

天主教会的主教拥有本教区内教会医院事务的监管权，这曾一度造成前后不一、彼此相异的局面。不过在近几十年，已经出现了一些导致患者、医生、医院其他职工和主教之间争取得到权威地位和自治权的因素。经济形势的变化，造成医疗系统中教会医院和世俗医院越来越常见的合并，这便在生育服务遭到终止时导致社区的强烈不满。天主教会针对保健立法所申明的自身立场，以及针对《患者保护与平价医疗法案》（"奥巴马医改"）中要求必须为天主教系统中的雇员购买全额保险的明令所采取的不交纳避孕和终止怀孕保费的对策，也使民众的注意力盯住了宗教机构。

一些医生表示很怀念当初所工作的医院将《关于天主教医疗服务的伦理与宗教指导方针》所发的禁令不声不响地束之高阁的时代。对《关于天主教医疗服务的伦理与宗教指导方针》持反对态度者的关注和主教们的坚持，使有关的形势发生了重大变化。支持生育权的民众越来越指责医院拒不承认孕妇与医生间有关避孕和堕胎事宜的隐私权，并指出天主教治下的医院在坚持自己的宗教体系所维持的良心时，否决了医院所服务的社区中非天主教徒和并不赞同《关于天主教医疗服务的伦理与宗教指导方针》的天主教徒的权利。在这种情势下，可以说泰姆莎·米恩斯一案的发生实属必然。但是在类似的案例中，当事人今后在短时间内很可能将无法再起诉天主教教长联合会了。据美国自由民权联盟网站报道，2015 年 6 月 30 日联邦地区法院驳回了一起案件，理由是"此案的裁决涉及宗教教义"。

天主教医院的服务质量当之无愧地受到好评。天主教会也自现代医学之始便参与提供医疗与保健。除了雇用着 50 万专职医务人员和 25 万兼职者的众多医院外，天主教会还监管着全美国 56 处保健堂 ①，以及数以千计面向儿童、老人、伤残人和病人的服务站点。它们之所以拒绝提供某些符合医学标准原则的服务，是因为它们为教会所禁止，而且要求它们非但不得提供，甚至都不准知会患者可以有相关的选择，也不准推荐其他能够满足患者要求的医护机构。正因为如此，在当今的美国，只要涉及医疗的方方面面，就不可能不考虑美国多元化人口的现实和天主教会对医药界的影响。

---

① 保健堂（简称 HMO），也称健康维持组织，是美国特有的一类医疗机构，由保险公司自己建立医务所并招收合同制医务人员，按照保险制定的章程为投保人提供多种医疗服务。此方式受到不少求医者的欢迎，但也惹起不少法律纠纷，因此发展前景目前尚不明朗。——译注

人们当前对天主教会有关医疗原则立场的争议，主要集中在生育服务方面。而在早些时候，即在 2009 年，《关于天主教医疗服务的伦理与宗教指导方针》中出现了对以人工方式提供人造养分和补充液体的内容的修改，其中特别涉及对泰莉·斯基亚沃一类处于持续植物人状态的病人以饲管方式进行饲喂的做法。在美国天主教保健会 2009 年 11 月发表的一份问卷调查中，对该项指导方针中第 58 条所做的修改做了如下的解释："2004 年 3 月，教皇保罗二世提出了这个问题。2007 年 8 月，天主教总教廷信礼部对该问题以文件方式予以澄清。对《关于天主教医疗服务的伦理与宗教指导方针》第 58 条的修改，便是本着这两点做出的。"教皇正是在泰莉·斯基亚沃死去的同一个月里提出这个问题的。修改后的这一条方针，允许移除医助进食补充液体用的饲管，前提是有关病人或者是处于生命末期，或者饲管已对其造成多余的负担。该文件还说，美国天主教会的主教们"坚持认为，单凭患者看来永无恢复意识可能这一点，并不足以成为撤除医助进食补充液体手段的充分条件"。这份文件估计是作为医务人员的执行指南下达的，语气平和而肯定。对于"修改过的第 58 条方针是否意味着天主教会管理下的各保健机构会承认患者预立遗嘱的有效性"，回答中只给出了一个平平淡淡的"否"字。不过随之又做了如下的解释："有时会遇到偶然情况，如某些处于持续性植物人状态的患者，曾在拟定过的预立遗嘱中提出过与教廷的道德信条不一致的要求。一旦面临此类并不常见的形势，天主教下属的医疗和保健机构将不会遵照执行。"其实这根本不含任何新精神。该文件的第 28 条便已经言明："本人或者代理人在知情同意情况下做出的自主决定，倘若不与教会原则相左，是会得到执行的。"同一文件更在第 59 条中做出进一步的响应："具备合格资质的病人在知情同意情况下做出的要求启用或者中断生命维持过程的自主决定，一向会得到尊重，并通常会得到执行，但在与天主教会的道德信念相违背的情况下例外。"

这份新版的《关于天主教医疗服务的伦理与宗教指导方针》和美国天主教保健会的问答文件，让我夜不能寐。我设想到，假若我在纽约市曼哈顿区被车撞了，旁边有人打911急救电话报了警，于是我便被送到就近的医院。可这家医院偏巧正是教会医院。在到达医院之前，救护人员让我恢复了心搏，肺脏也有了自主呼吸，只是我断绝供氧的时间已经超过四分钟。入院后又过了几天，院方给我插上了饲管（以上过程会在美国的任何一个地方得到实施）。再过几个星期后，新的情况出现了——比如，我被诊断为陷入持续性植物人状态。此时我的脑干还具有某些功能，我或许还能睁开眼睛、动动身子、还会入睡，嘴也能够开合，但大脑的重要部分都已不再运作，而且永远不可能得到恢复，饲管也被直接以手术的方式插入胃部。我妹妹赶来医院，出示了我的预立遗嘱。按照标准的医学伦理信条，作为我的医疗代理人，我的妹妹是有权要求医院移去我的饲管的。但是，如果医院认定这根饲管尚未成为多余的负担（也就是说尚未引起感染），我本人又不处于生命末期（我的肉体还很强壮，靠着饲管，我还能以这种状态"活"上好多年），我妹妹便无法让我结束此种状态。

如果将这一设想讲给人们听——我的确也这样做了——人们可能会建议让我妹妹给我转院。在自由化的保健市场中，人们是有权转院的，是不是？可以另选去处，是不是？答案是肯定的。只不过要换个新去处，我妹妹首先得知道，教会医院不同于其他医院（如转到非教会医院便有可能予以移除饲管）；其次她也得知道，从伦理学角度看，移除饲管是合乎情理的要求；她还得知道自己有提出这一要求的资格——尽管这样做会令她痛苦，也考虑到医生未必一定会知会她。此外，转院的具体过程还可能需要靠她自己奔走。在得知我妹妹的坚持态度后，医院可能会同意办理我的转院手续，但也许不会同意；如果是后者，她又得去打官司，而这就得筹措款项以延请律师，她自己也得代我出庭。不过如果能做到，胜诉的可能性还是很大的。

还来设想一下我母亲又会如何吧。她闻讯后会悲伤万分，生怕自己的长女会"让人整死"，于是一路悲怆着从住地亚特兰大（Atlanta）赶赴纽约。她要求得到与我再见一面的机会，还可能会要求医院"尽一切可能"。如果她反对我妹妹移除我饲管的做法，她很可能无法如愿以偿——妹妹作为我的医疗代理人，手里有我写下的预立遗嘱，我的意愿也是非常明确的。但万一我没有预先准备下这样的文件，或者我妹妹并不知道我的安排呢？一次次地打官司、一次次地上诉、应对媒体和法庭之友代母亲的申诉……凡此种种，都可能会使我躺在教会医院里，靠一根饲管连接着我的身体和身体之外的某些我说不出来的存在。而且我会这样躺很长时间，也许会长达好多年——泰莉·斯基亚沃不就被插了15年的饲管吗！

关注天主教会的保健政策，并非只限于造成脑损伤患者无限期地用饲管维持苟活的悲惨后果，以及使妇女无权决定自己的生育前景这两点内容。事实上，为全社会关注的问题，凡涉及保护个人权益和隐私方面，都会受到天主教以及其拥有的医护决策权施加的干预。这种干预以施加于个人的方式覆盖了整个社会。在事关《患者保护与平价医疗法案》的争议中，前副总统候选人萨拉·佩林（Sarah Palin）与若干抗议团体站在同一立场上，支持将向病人披露有关生命末期信息的医生统统解雇的主张。她发明的新名词"阎王会"（Death panels）也被支持她的一派沿用，指代对外不公开身份，有权决定病人中哪些可以归西、哪些暂且还不能的评审小组。后来这顶帽子还被扣到向末期病人谈及临终阶段可指望得到的医护手段的所有医生头上。这样一来，它便成了政治舞台上的一道撒手锏，使有关内容从最后成文的医疗议案中消失。我曾在网上看到劝说老年人不要填写"无须施行复苏急救"的表单。在临终医助已取得合法地位的州里，教会医院都绝口不提这一词语。教会的强大势力，时至今日仍发挥着决定上百万民众每天会得到何种医疗待遇，甚至能否得知自己的医护选择权的作用。与此同时，公众中的习惯势力和社会压力这两种"软力量"，也是不可小觑的存在。再加上人们普遍都忌讳谈到死亡，死亡发生地点的机构化又造成民众对死亡发生知识的缺失，便给上述两种力量造成了彼此支持、共同作用的机会。相比之下，与之抗衡的力量是独立的，又会受到来自种族、阶层和宗教的掣肘，因此影响力往往有限。教会与其同盟军联手在法律界的活动和在医务界提供保健措施时的具体操作，更进一步压缩了每个人的选择空间。

费城市中心有一座圣彼得与圣保罗圣殿主教座堂。它坐落在富兰克林公园大道和18大街北段的交口处，是栋深褐色的石料建筑，有巨大的圆顶和排柱，竣工于19世纪60年代。它向西面对以曾任本市市长的詹姆斯·洛根（James Logan）命名的洛根广场，广场另一侧是富兰克林科学教育中心。它的北侧有市公共图书馆总馆和未成年法庭，南侧是美国最早的科学管理机构——德雷塞尔大学自然科学院。我坐在广场的一条长椅上。200多年前，就在离我所坐之处不远的地方，包括本杰明·富兰克林（Benjamin Franklin）在内的一批革命家，运筹打造出了一个有法治、有权利、有自由的新国家，并给人类留下了《独立宣言》和《美利坚合众国宪法》这样的宝藏。我在长椅上一面享受着阳光和春天的鲜花，一面用苹果手机查看电子邮件，同时等待朋友安西娅·巴特勒（Anthea Butler）到来。这一天是"泰莉·斯基亚沃生命与希望联络网"所定的"泰莉日"，将在圣彼得与圣保罗圣殿主教座堂举行由该教堂和联络网共同主办的全国性纪念弥撒，纪念仪式后还有年度颁奖活动。我的这位朋友是宾夕法尼亚大学宗教学研究和非洲研究的副教授，已经同我约好一起参加这两场活动。安西娅正计划写一本关于萨拉·佩林的书，而将前来做主旨发言的就是这位阿拉斯加州前州长。我觉得，我的朋友可能会对这位既竞选过总统又是茶党运动①风云人物的这次讲话有兴趣。

安西娅乘出租车前来，在教堂的大台阶前下了车。我们同人群一起缓步走了进去。礼拜堂的墙壁是黄色的，墙上有多幅基督蒙难的画像：耶稣背负十字架走上刑场的画面——天主教徒在大斋期间追思他所受的疼痛与折磨的内容。泰莉·斯基亚沃死于2005年3月31日。2013年的这一天是她的八周年忌日，但因这一天正逢复活节②，因此这一弥撒便顺延了几天，改在4月4日举行。参加者有140人左右，多数为50岁以上的白人。他们在我俩周围的坐跪两用的长椅上就座，衣着很不相同，有人套着带翻毛

---

① 茶党，也称茶叶党，是一股既有历史渊源，又有现代色彩的政治力量。这一名称源于美国独立时期以倾倒大量茶叶的方式抵抗英国殖民政府征敛高额税收的波士顿茶叶党（Boston Tea Party），亦有人将"茶"的英文 TEA 理解为"Taxed Enough Already"这一口号的缩写，意为"税已经收够了"。现代茶党运动于2009年年初兴起，主要参与者是主张采取保守经济政策的右翼人士。最初由部分人士对2009年刺激经济复苏计划（正式的说法为《2009年美国复苏与再投资法案》）的抗议发展而来，并随着2009年刺激经济复苏计划所导致的美国国债增加的后果不断扩大，抗议手段也实现了多样化。——译注

② 复活节这个基督教世界中仅次于圣诞节的庆祝日，并不是按照任何一种历法于每年的固定日子来庆祝的，而是定为每年春分月圆后的第一个星期日，故会在现代公历中的3月22日至4月25日之间浮动。——译注

皮领的塔夫绸衣衫，有人则一身修女的严实装束。此次天主教弥撒庄严而大气，令我不禁回想起当年我进入大学后，经过长时间的犹豫和思考，决定放弃门诺派信仰、改宗天主教的经历。我是在大学主楼所在的高坡下的天主教堂里，面对彩色镶嵌玻璃长窗完成皈依所需通过的教礼回答口试的。我回过头去，向坐在后面一排的一位中年男子说了句"让和平的祥符广布"，他则回答"和平在你心中"。这位男子有一头黑发，从正中分开，整齐地贴在额头两边。我又回了一句"也在你心中"①。就在这时，一些人推着几辆轮椅从外面进入礼拜堂。博比跳起身来，帮助这些人将它们一直推到最前面一排长椅的前面。

安西娅是位理想的与会同伴。我俩一起认出了许多前来的主教和其他宗教界领袖。我们看到了弗兰克·帕沃内。他面色有些苍白，戴着眼镜，留着左偏分头，不过头发有些过长，怕是该理一理了。帕沃内是得克萨斯州的一位神甫，有着务实肯干和敢于直言的名声。他担任着基督教神职人员保护生命全国同盟会主席和宗教界保护生命全国委员会主任两职，为他立传的作家称他为"全世界最卓越的支持生命运动的领军人物"，还提到"特雷莎修女（Mother Teresa）邀请他前来印度宣讲生命问题，美国众议院支持生命小组也聆听过他的讲演，梵蒂冈还任命他为罗马教廷家庭事务及信仰委员会委员，以加强该委员会负责的天主教系统内各项支持生命活动的协调。此外，他又被遴选为梵蒂冈的教皇生命学会会员。他曾在泰莉·斯基亚沃生命的最后时刻来到她的床前，为保全她的生命慷慨陈词"。帕沃内是这一弥撒仪式上的第一个发言人。他在发言中引用了《圣经》中的两句话：一是"匠人所弃

---

① 这几句话是天主教徒在参加弥撒仪式时彼此祝福的套话，对讲者不必是彼此相识的人。——译注

的石头，已成了房角的头块石头"（《诗篇》第118章第22节；又见《使徒行传》第4章第11节）；二是"耶稣说，你们来吃早饭。门徒中没有一个敢问他，你是谁？因为知道是主。耶稣就来拿饼和鱼给他们"（《约翰福音》第21章第12、13节）。这第二句引言是耶稣在被钉上十字架后第三次出现在他门徒面前时所说的。第一句引言则是用来类比泰莉·斯基亚沃给教会留下的精神遗产，以她的死亡作为支持生命运动的道德原动力。

天主教费城总教区第九任大主教查尔斯·沙伯（Charles Chaput）也在场。他于2011年上任，是美国第二位荣任主教职位的美国原住民。沙伯在他所属的印第安部族中另有一个名字，叫作"风拂树叶"。其实他可不只是"拂"，而是"卷"。《纽约时报》的女记者劳莉·古德施泰因（Laurie Goodstein）便在2011年的一篇报道中说"他主张不准支持堕胎权的天主教众领圣餐，而持这一态度的天主教主教并没有几个。科罗拉多州同性婚姻未能取得合法地位，就与他的作用有关。印第安纳州（Indiana）的圣母大学这座教会学校在2009年授予奥巴马总统名誉学位，对此他予以严厉指责，理由是这位总统支持堕胎"。沙伯还告诫天主教众说，教徒们的齐心合力，特别在反对堕胎和遵守"生命伦理信条和自然法则"上实现万众一心尤为重要。他在这次弥撒上表示："我们是民主主义者，但首先是天主教徒；我们是民主党人，但首先是天主教徒；我们是美国人，但首先是天主教徒。我们都知道，在接受指导和命令上，上帝比任何政府更有优先权。历代圣徒和殉道者们都是如此行事的。"他又对与会者说："普通生命在经历复活后，便不复为芸芸众生。让我们继续努力吧。主会赐我们以惊喜。"他说的努力，是指泰莉·斯基亚沃生命与希望联络网的工作，以及其他人为与泰莉有相同处境的人不再会被移除饲管所做的努力。

弥撒结束后，我同安西娅走出教堂，来到外面春日的夜中。彼此都以摇头表示对这场弥撒的感觉。弥撒的内容是可以想见的，也是与近几十年天主教会的所作所为并行不悖的，这并不让我俩意外。但我们仍然觉得心里沉甸甸的。我们感受到了这些人有力量、有权威、有办法、有口才。这让我担起心来。从他们对斯基亚沃之死的指责，从他们在阻止公民权——所有的公民，无论信或不信天主教的——得到贯彻上表现出的执着认真和无所不用其极的表现，从他们……安西娅打断了我的思路，带我进入了一家酒吧，点了杯威士忌。此时我和她的确都需要这种东西。几杯烈酒过后，我们又来到颁奖地点。

颁奖仪式在费城万豪酒店高层上的一处大厅进行。大厅里来客不少，四处走动着，兴致都很高，弄得我俩从这些人中间穿过时都有些吃力。与会者中有不少人身穿礼服，女士们身着曳地长裙，男士们则一身翩翩晚宴服。年轻的服务生托着各种小吃盘子穿梭于人群中。沿着一道长长的栏杆立着一排画架，上面都摆着画作。我俩走近后看出，它们都是泰莉儿时画下的。有动物，有风景，都是不大有章法的稚嫩的儿童画。它们令我不舒服。如果泰莉泉下有知，会对这一硬性拔高之举做何感想呢？这样激情过度，这样不顾隐私——实际上只是将死者的个人私生活拿来换取金钱资助和情感支持。而目的呢？是为了维护一种她丈夫曾在法庭上面对一群法官郑重言明自己的妻子并不赞成的法律吗？

颁奖仪式的司仪是演员、制片人、广播电台脱口秀主持人和某一年美国小姐亚军黛伯拉·福洛拉（Deborah Flora）。我曾在斯克兰顿的那次宾夕法尼亚州支持生命同盟会议上看到的那幅画着泰莉·斯基亚沃身穿婚纱的大幅油画《新娘》再次出现，摆在了讲台旁的画架上。进入会场时,我顺手拿来一张祝祷卡。卡片正面便印着这幅《新娘》,另一面是"为被忘却的泰莉的事业祈祷",祷文如下:"慈悲我主,您赐泰莉·辛德勒·斯基亚沃以深切爱众的牺牲精神。为了结束死亡文化,她仅以被残害之身,献祭于您的圣心之前。"在一个人的领颂下,在场者复述了《效忠宣誓》——大致仍是那次斯克兰顿会议上的词句,只是将结尾的那句"在世者和尚未出生者均在其内"再次改动为"在世者和将要在世者均在其内"。先前我便注意到,"将要在世者"这个词语已经作为一个新提法,出现在"支持生命"运动的宣传材料中了。电影演员加里·希尼斯(Gary Sinise)和电视与广播节目主持人格伦·贝克(Glenn Beck)都为生存运动出过支持的录像。泰莉·斯基亚沃生命与希望联络网也在争取名人赞助方面取得了不俗的成绩。演员约翰·斯塔莫斯(John Stamos)、"海滩男孩"摇滚乐队、乡村歌手兰迪·特拉维斯(Randy Travis)和科林·雷伊(Collin Ray)等,都是既出钱又出力的主儿。

等到萨拉·佩林来到台前时,我和安西娅都已经将那每份价值150美元的慈善餐吃完了。我将佩林的发言摘记在一个小本子上。我记笔记的本领不低,可她说的话,结构上让我很难掌握,含义不好完整领会。结果是我只记下了零星片段、若干流行用语和个人印象:"生命实在无常""她的精神仍然活着,并且继续教育着我们,激励人们为生的权利而战""上帝从不会将任何无法掌控的东西赐给人们"等等。在现场领教佩林的演说,给我的感觉是有如看一场实况演出,而且是一场让人担心可能会演砸的演出,因此又是着急害怕,又是提心吊胆。不过其他人的反应似乎是入迷——也许是入定也未可知。在佩林讲了大约四分之三的时候,在场的一名坐在轮椅上的男子突然大声呻吟起来,吸引了场上约半数人的注意力。佩林不理会这一干扰，仍然照讲不误。于是，我的笔记中又出现了诸如"配给"、"坐在审判席上"和"为不能自己说话的人代言"等又一批只言片语。她还提到自己有个先天弱智即患有唐氏综合征的儿子，而她决定让这个孩子自由发展。"智障者会发出最睿智的光华，"她告诉人们，"这部分人的爱更为自由。也会为取得最不足道的成绩欢欣鼓舞。"全场起立鼓掌。我和安西娅对视着再一次摇起头来。安西娅更是将自己的发型摇得乱蓬蓬。

律师兼专栏作家韦斯利·史密斯（Wesley J. Smith）也在这一个夜晚发表了讲话。这位自诩为生命伦理学家的史密斯至少写过12本书，内容包罗万象，有的劝人节俭［与拉尔夫·纳德（Ralph Nader）合著］，有的讲"人类例外论"，还写过一本题目为《向人类开战》的著述。史密斯曾在2011年这样告诉人们："倘若我们被引诱到将辅助自杀合法化的地步，那就是以欺骗伎俩，至少剥夺了部分人本来所能得到的宇宙间最宝贵的和无法替代的东西——时间。"他在讲台上将泰莉的父亲罗伯特·辛德勒说成是"斯基亚沃悲剧"的"第二名受害者"。在他看来，辛德勒一家人出色地体现出"生命之力高于死亡之蛊"的信念。他发出警告说，生命伦理学正在排斥人的尊严。"尊严乃是活躯体与生俱来的属性。"他还将泰莉的死上靠到基督受难——耶稣为了他人能够活下去，宁可自己受审、挨刑和赴死的典故——称之为"泰莉受难"。

在颁奖仪式上，一对加拿大夫妇领到了这次"泰莉·斯基亚沃生命与希望奖"。他们姓马拉契利（Maraachli），丈夫叫莫尔（Moe），妻子名萨娜（Sana）。他们的儿子约瑟夫（Joseph）先天患有雷氏病。这是一种渐进性不治之症。加拿大的医院不肯为这个孩子做气管切开术，因为这种须进入身体深层部位的手术会造成患者痛苦不说，到头来仍不能挽救生命。"泰莉·斯基亚沃生命与希望联络网"得知后，便在弗兰克·帕沃内神甫的协助下，获得了所需的款项，使这名病儿和他的父母飞赴美国，住进密苏里州的一家天主教会医院，接受了气管切开术。媒体都称这个小男孩为"圣婴约瑟夫"。几个月后，这个婴儿在自己家中死去。前来赴会的马拉契利夫妇走上台时显得悲伤、感激，看上去也颇为紧张。

　　耶希·麦克马斯（Jahi McMath）是于 2013 年 12 月 9 日住进奥克兰市（Oakland）的儿童医院的。那一年她 13 岁，患有睡眠呼吸暂停综合征，需要通过扁桃体广泛切除术纠正。手术后过了三天，因为一次意外出血，小姑娘心跳骤停，随后被诊断为已经脑死亡。孩子的母亲奈拉·温克菲尔德（Nailah Winkfield）和继父马丁·温克菲尔德（Martin Winkfield）不同意医院移除人工呼吸机，媒体上登出了这对夫妇穿着一样的白汗衫，上面都印着"为耶希祈祷"的蓝色字样，耶希·麦克马斯的头像贴在两个人衣服的前胸。八天之后，他们向奥克兰市所属的阿拉梅达县（Alameda County）高等法院提出申诉，请求不要关闭耶希的人工呼吸机，认为《死亡判定标准统一法案》①有违他们的宗教信仰，并干涉了他们的隐私。他们还要求由不认为脑死亡就是法律上死亡的保罗·拜恩纳（Paul A. Byrne）医生再为女儿进行诊断。包括拜恩纳在内的三名医生于诊断后在法庭做证，拜恩纳的证词没被法庭采纳，而另外两名都支持医院当初诊断她已经脑死亡的结论，他们的证词都得到了接受。这家法院据此判定，耶希的人工呼吸机应于翌年 1

---

① 《死亡判定标准统一法案》是以美国医学会为主，本着美国"法律统一委员会"（简称 ULC）将各州法律中的重要方面基本统一在一起的精神编纂的，于 1981 年作为样本交由各州参照修订本州有关死亡的立法条文。目前已经为美国大多数州接受并反映到本州的相应立法标准中。——译注

月 30 日移除。耶希的舅舅奥马里·西利（Omari Sealey）对《圣何塞新闻快报》的采访记者表示："奇迹还有发生的时间。明天就是圣诞节了。如果孩子能苏醒过来，那将无比地美好。"这一家人拼尽全力，想为小耶希找到另外一家接纳她的医院。

看到媒体围绕着麦克马斯的这场官司忙个不停，我又想起了汤姆·比彻姆和罗伯特·维奇（Robert M. Veatch）《死亡与临终所涉及的伦理问题》一书中引论部分的话：反对将死亡定义在大脑而非心脏上的人，将是否移除生命维持设备"看成道德方面的、宗教领域内或哲学范畴中的内容，不能单凭科学证据说事。看来一批为数不多却不可小觑的少数派，仍会坚持认为，只要心脏还有搏动，哪怕是靠机器维持着，即便大脑没了功能，人也依然是活着的"。只需一台人工呼吸设备，就足以让氧气进入耶希那年轻强壮的身体，让她的心脏继续跳动。这两位作者在书中所提到的"为数不多却不可小觑的少数派"，看来就包括了这个女孩子的双亲。

据《圣何塞新闻快报》在 2013 年最后一天的报道，"'泰莉·斯基亚沃生命与希望联络网'的支持者不事声张地牵头进行转院安排"。耶希的父母如今已经有了为孩子办理出院的能力（他们很快便通过网上赞助募来了五万美元），找到了几处同意接受耶希的新去处，包括由一位理发师出身的慈善家在纽约长岛（Long Island）创建的脑伤治疗中心（这处中心当年也曾为泰莉·斯基亚沃出过力），还聘得一名愿意为孩子做气管切开术和饲管插入术——奥克兰儿童医院一概拒绝施行——的医生。这家医院虽然已经签发了耶希的死亡证明书，但最后还是同意将她的身体"交由本人母亲自理"。"泰莉·斯基亚沃生命与希望联络网"同意帮助这一对父母，并在开始给予帮助后又过了几个星期方对将这一消息对外公

开。该联络网在公开发布的声明中包括了如下一段话(并非全部):
"耶希·麦克马斯被贴上了'死亡'的标签。然而她虽然脑部受损,
却仍具备活人的全部功能属性,包括心搏、血液循环、呼吸、新
陈代谢,以及其他多种属性。耶希是活着的人。"

处于脑死亡状态的人,从外表上看未必都像是死了的。当美
国政府在 1981 年发布《确定死亡状态的指导条例》时,对脑死亡
的定义涉及以下两点,而且是以强调字体给出的:**A. 个人的血液**
循环和呼吸功能均不可逆转地终止,是为死亡;B. 个人包括脑干
在内的所有大脑功能均不可逆转地终止,是为死亡。在有关 B 项
的说明中又有如下的文字:"神经系统末梢的活动和脊髓的反射可
能仍会在死亡之后有所持续。"正是这些反射的存在,导致了一些
人的误解、不安和企盼。那位被耶希的母亲和继父请到法庭上做
证的保罗·拜恩纳医生(可能也是"泰莉·斯基亚沃生命与希望
联络网"举荐的)曾经担任过北美天主教医学协会主席,还是《脑
死亡之外》和《"脑死亡"是确凿的死亡吗?》两本著述的作者。
他在美联社记者的采访中表示:"(我)观察了耶希对她外祖母说
话声音的反应,也看到她在接受抚摸时身体会蠕动。在我看来,
这表明她并未死去。她应当接受治疗。其他受到严重脑损伤的人
也应当如此。接受治疗的结果,是她的脑功能有可能得到恢复。"
拜恩纳的信条并不区分生物生命和有知生命。脑功能的恢复是个
有争议的问题,一些对孤立脑(大脑脱离身体或在实验室条件下
得到供血供氧)的研究,确实表明大脑的某些部分是会出现新生
部分的,只不过如若整个大脑死去了,或者是大部分死去了,就
意味着这些神经元最终也必死无疑。

奥克兰儿童医院派出的代表对美国广播公司表示,耶希·麦
克马斯一案中原告一方的律师克里斯托弗·多兰(Christopher

Dolan）"编造了一篇故事，而且是个悲惨的故事。这位年轻姑娘已经不在人世了。这个不幸的事实，本医院无法逆转，任何地方——任何合法运作的地方都无法逆转"。这一报道播出时，还随放了一段耶希在接受这次导致她死亡的手术之前的录像。其中一段是她在游泳池里，她穿着一件蓝色印花泳装，开口大笑；碧蓝的池水映着阳光，在她的四周闪闪发光。在另外一段里，她身穿一袭在隆重场合穿的白色女装，丰满的双颊润泽发光，黑色的头发盘成一个丸子头，还以一顶小珍珠环圈围起，有如一顶冠冕。还有一段摄于她动手术前，她站在医院的过道里，穿着一件浅紫色的住院罩衫。

耶希被移出奥克兰儿童医院，移出时间和转至何处，一开始时都没有对外公布。到了二月间，奈拉·温克菲尔德发表了一封致支持者的公开信，信上这样说道："感谢所有视我女儿是个可爱的、无辜的 13 岁女孩儿，而且不但曾经是，如今也是，而并非已经死去成为尸体的人。我对你们深深地表达谢意。希望我女儿能够改变被今天的科学视为脑死亡的某些观念，而且我认为她其实已经做到了。所有也相信这一点的人们，请你们继续为耶希祈祷。上帝是无所不能的。我相信他的能力还没有全部显现出来。我爱耶希。而只要有爱，便还有希望。"这句话是沿用了"泰莉·斯基亚沃生命与希望联络网"所说的"只要有生命，便还有希望"——一句辛德勒翻造自《圣经·传道书》第 9 章第 4 节的句子。[1]

奈拉·温克菲尔德在 2014 年 3 月的一次会晤中表示，耶希"本已长成为花季少女"，所作所为都与其他同龄女孩儿没有不同。

---

[1]　原文的英文在"詹姆斯王标准本"中为"For to him that is joined to all the living there is hope"，中文译为"与一切活人相连的，那人还有指望"。——译注

"她坐着时不会将腿不雅地分开,她爱在苹果音乐播放器上听蕾哈娜(Rihanna)和碧昂斯(Beyoncé)①的流行歌曲,还会每个星期五修剪手指甲和脚趾甲。"她又在5月25日脸书上告诉人们:"耶希还是睡着的,不过身体状态稳定,没有通过外周静脉置入中心静脉导管,也没有别的导管,没有静脉给药。她的一切功能都是自主的,也不需要任何药物。耶希通过饲管补充大量的维生素和鱼油。她频频翻身,因此需在她身边挡上好多枕头。她对疼痛、冷和触摸均有反应。她的头可以左右转动,人工呼吸机也调到室温,这便说明她已不需要如以往那样较多的氧气。"

要从这些介绍耶希情况的言辞中筛出哪些属实、哪些又未必,可不是件容易的事。辛德勒一家人当年在为泰莉打官司时,为了证明泰莉的状况有所改进,曾特意给她穿上漂亮衣服、整好头发,并且化上妆,然后又照相又录像地向法庭展示,还将照片处理得像是泰莉在用眼光与家里人交流似的。我愿意相信耶希的状况是在改善,愿意相信医学专家们的判断是错误的。想到她能返回自己家中,这让我觉得舒畅。耶希的死是场悲剧。我能想到她如何同全美国多少个像她这种状态的人一样,身不由己地被护士们搬弄着:她的身躯被不时翻动,以预防压疮发生;她身上的尿不湿和身下的床单得不时更换;她会被放在浴盆内洗身。说不定连牙也得有人代刷,头发和指甲也得有人代剪吧。她的体温得不时有人来量,为的是监测从腹部开口插入胃部的管子和喉咙上开口插入的接通人工呼吸机的管子是否已引发感染。2014年6月12日,加利福尼亚州的地方报纸《康特拉科斯塔县时报》告诉读者说,耶希将被授予初中毕业的荣誉文凭。不过该报的评论员同时也

① 两人都是美国"80后"的流行音乐女歌手。——译注

对此结果提出异议。一些评论认为，耶希实在是被侈谈、来自自封为专家权威之流的结论、不满情感（且往往带有种族偏见）的发泄和铺天盖地的祈祷包围了。包围她的是一个地下的情感世界，使人茫然、使人沮丧——一如互联网中有些网站的东西。有人说温克菲尔德夫妇是捞金的骗子，有人认为他们是被"泰莉·斯基亚沃生命与希望联络网"当枪使了，成了意识形态争斗战场上的马前卒，也有人只是觉得他们无非是要为女儿尽可能地争取一下，实在是可怜天下父母心。在 2014 年里，第二届"泰莉·斯基亚沃生命与希望奖"发给了耶希·麦克马斯的双亲。

2014 年 1 月 16 日，即"泰莉·斯基亚沃生命与希望联络网"宣布介入耶希一案的几周过后，博比·辛德勒在《华盛顿时报》上发表了一篇文章，将持续性植物人状态和脑死亡视同一律。他告诉人们说："我妹妹泰莉·斯基亚沃也曾同耶希·麦克马斯现在一样活着。"在同一个月里，他又在《时代周刊》发表了一篇题为《请记住耶希·麦克马斯还活着》的同样概念混淆的文章："在激烈的医学争战中，这样的情况往往会遭到忽视。我们一家人所感受到的，也与耶希及她的亲人所感受到的相同，都认为受到严重脑损伤的患者得到的只是二等公民的待遇。以人道精神衡量需要为他们提供的治疗、护理和爱心往往遭到拒绝。"其实，持续性植物人状态和脑死亡之间是有很大区别的。

诸如泰莉·斯基亚沃一类处于持续性植物人状态的患者，是仍然具备脑干功能的。此类人会表现出有规律的睡眠行为，会打呵欠，眼睛能睁能眨，四肢也有运动。而按照美国所有州的标准，脑死亡都已被接受为法定的死亡。脑死亡病人的脑部没有活动，就连脑干也不再发挥任何功能。为了确定这一点，医生们需要对脑部进行扫描，以查知脑活动的有无。对耶希就曾做过这样的诊视。天主教会也接受了脑死亡的定义。正因为如此，虽说"泰莉·斯基亚沃生命与希望联络网"介入了耶希一案，还是有许多人不再支持。不少人的态度也有所和缓，改为"是医院造成了她的'脑损伤'，因此大夫的话并不可信"之类的批评。还有人指出，一些有关被下过脑死亡诊断结论的人"重新康复"的报道（说这些人身体有了动作，呼吸也得以恢复等），其实要么本是当初的误诊，要么只是些借助医学手段实现的不足道的小改变。

　　无论耶希能不能靠生理维持手段再将目前状态保持若干年——应当说，这个"能"恐怕要比"不能"渺茫得不可相提并论，除非医生们当初的诊断结论有误——相类似的病例总是非常罕见的。2015 年 3 月，耶希的父母以医疗事故为由对奥克兰儿童医院提起诉讼。如果耶希能被证明还是活着的，医院将被判罚支付赔偿，赔偿金额将能够支付该医院自签发死亡证明以来的医护费用。耶希事件是同类事件中的第一桩，为了探讨它所涉及的种种其他问题，有关的法律和医学会议已经举行了几十次。这会不会影响到对脑死亡的理解呢？结论很简单，也很明确，就是一个"否"字。这又会不会导致更多的家庭质疑医生所下的死亡证明呢？只有时间能给出答案。

第七章　最弱势的群体

第一眼看到比尔·皮斯（Bill Peace）时，首先注意到的是他坐在轮椅上。这正如第一眼看到一个大高个儿时，第一印象会是身量一样。不过在见到高个子、产生了对身量的印象后，也就会对此习以为常了。可是看到坐在轮椅里的比尔后，还会产生其他想法：他为什么会坐上这种东西？又是什么原因造成的？他坐的轮椅很高档，外形相当时髦，轮子虽小，移动起来却很快，垫子又很厚实，看来既有速度又耐用，简直能用来参加比赛，价格一定不菲。它不会是偶尔用用的，每次使用的时间也不会很短。看到比尔后会让人立刻意识到，这张轮椅他一定坐过很久了，可以说已经成了他身体的一部分。他操纵它，就如同运用自己的双腿一样自如，优雅得根本不像是在与金属、纤维和橡胶打交道。他坐在轮椅里，驾轻就熟地控制着它，简直如同成年人用刀叉、木匠使刨子般自如。不过这并不等于比尔没有意识到轮椅的存在。他会意识到，而且很敏感地意识到这一点，从他环视四周的举止和关注人们的反应中便可看出这一点。他知道人们会如何看待他和他的轮椅，而且在这些人产生感觉之前便已心中有数。同他一起进入餐馆、在公园里漫步和在街上行走一番，就会感觉到他对周围环境有一种像是来自第六感官的查知、一种敏锐的注意力。从某种意义上说，这其实是他的一种防范举措。

　　我与比尔的结识始于一场我俩都不肯罢休的争论。2010 年春，我将不少时间花在通过博客发表有关生命末期的见解，特别是评介争取临终医助合法化的运动和反对这一运动的"支持生命"派上。纽约大学的宗教与传媒中心办了一份网上刊物《揭示报》，以介绍媒体上如何谈论宗教为其主旨。这份网报是宗教与医疗的结合点，更与临终医助密切相关。当时我刚刚接手担任此报的编辑，为它花了很多精力。对于像"泰莉·斯基亚沃生命与希望联络网"之类的"支持生命"派团体在媒体上发表的言谈，我是密切注意的。一次，我在《揭示报》上转载了一段道格拉斯·托德（Douglas Todd）在《温哥华太阳报》上发表的文章，其中这样说道："在这番对垒日益严重的争战中，身陷伤残状态的社会活动人士们认为，若将辅助自杀合法化，将会导致伦理道德的'大滑坡'，结果会造成所有的伤残人，无论程度轻重，都会被贬为价值低下的人。"原作者在这段话里，将"大滑坡"三字特别放进引号内。这一说法引起了我的兴趣。这是一种往往被用于贬抑目的的所谓"逻辑工具"，用以指代某种行为——在这里指临终医助的合法化——会导致另外的行为，如允许对其他人实施安乐死。我还注意到，泰莉·斯基亚沃的那位自诩为伤残权益活动家的哥哥博比·辛德勒也曾使用过"大滑坡"这个词语，意指对某个少数群体的"威胁"，势必构成对整个群体的伤害。而一些反宗教人士和对伤残者持有偏见的人，也同样使用过类似的语言。当时我还没有准备好该如何发表本人有关伤残人群体反对临终医助的见解——不过我知道，即便在伤残者中，也有支持这一手段的，只是对其他方面还不甚了然，有待于全面掌握材料和认真思考。我并不想从假设出发，只是我认为，要支持伤残人的权益，并不非得自己也有伤残才行；我也不明白，为什么有些伤残人会如此起劲地反对临终医助。我便只把这些内容写进了这份网报，而且尽量写得清楚明白。

然后便出现了一个名为"坏瘫子"的博主。他在博客上说，我写的东西"令人愤怒"："在我看来，这位诺伊曼说了一大摊话，内容倒还可读，但分析时总要出错。她承认伤残者的权利，也支持这些人争取平等的要求。只是当事关辅助自杀时，她作为一名支持者，却总要对伤残人的权益说三道四。"最后这句归纳真让我不爽。我并没有对伤残人的权益说三道四，当然我支持这些人争取平等的努力。我只是提到我看不出将临终医助合法化怎么会有损于伤残人的权益。我想不通，有关一部分人的一些问题（比如有关处于临终阶段者的生死问题）怎么竟然会同另外一些人的另外问题（比如伤残人的权益问题）搅到一起。临终医助合法化是事关末期患者的，这些人只有至多六个月的生存时限。可伤残人并不是什么末期患者，就只是伤残人而已。

这位"坏瘫子"说我本人没有残疾，因此不理解伤残人受到的威胁。他告诫我这个无资格者不要反驳他的观点，正如不下注就别想坐在赌桌前一样。不过，他的话让我产生一种直觉，就是此人想要与我沟通，希望我接受他的观点。于是我便又针对这一想法写道："伤残人士对医药业、国家和社会所怀的担心和无助心理，我是十分同情的。只是将两个不同的问题混在一起谈，并不能算是好的争论方式。这里面多少带些偏执情绪（虽然是可以理解的）。"我明白，这位"坏瘫子"是在指斥一个将伤残人士视为"废人"、不愿意给他们以同等权利和全面照拂的外界环境。只不过有一点，能够得到临终医助的人不但病情必须处于末期（来自医学诊断的结果），还得向医生谈及此事，并主动要求使用致命剂量的药物。我是坚决支持患者争取自主权的！每一位病人都应当得到这一权利，既包括伤残人，也包括末期患者。事关医护方式时，决定只能由病人自己来下。医生的职责是向病人提供所有可能的选择，决定要由当事者在外界提供的尽可能多的知识下自己做出。一个既并不会很快死去也没有打算自己结束生命的人，为什么居然会觉得受到了与自身无关的法律条文的威胁呢？"坏瘫子"又回复了：

> 身体有残疾的人，在去看医生或者上医院时，心中会掀起何等波澜，又会感觉何等惧怕，想来你诺伊曼是不曾体验过的吧？或许你能够分得清末期患者和伤残人这两者的区别，但我敢说，多数人可是分辨不出的，包括医生在内。否则又该如何解释有些人竟对我说"我可是宁可死掉，也不愿坐上轮椅哟！""你还打算再治上一通吗？"或者"你都瘫了多久了呀？"类似的话呢？这些话都传递出一个明确的信息，而这个信息绝对不含正能量。事实上，这种信息真是气死人，一个不对劲，还真可能将人弄死。向我问过类似上述种种问题的人太多了，认为我的这条命不如别人有价值的人也太多了。我这样说不是偏执，而只是道出事实。不知为什么，我很想了解一下，不知可曾有人问过这位诺曼伊，她的存在价值可为几何？可曾有人问过她还打算再治疗一通吗？坦率地说，我不想接受这个人的同情，也不想接受其他任何人的同情。我只想得到支持，支持我得到公民的应有权利。

一连三天——三个漫长的鏖战日子，我同"坏瘫子"在他的网站上对阵，还有一些人跟帖（多数也是伤残者）。一位网名叫耶恩（Jen）的人在最后一份跟帖上劝我说："希望你能通过对你适合的方式，查明自己究竟了解到什么程度吧：读一些伤残人写的回忆，同伤残者交谈交谈，重要的是审视一下你内心中对伤残人的看法……否则，你会说出一些自以为能得到我们支持的话来，但实际上却未必能行。"看到这番话后，嘿，我收到了比尔·皮斯——也就是自称"坏瘫子"的博主发来的一份电子邮件，上面说道："乐于与你晤面并共进午餐。"

　　场景一开始就阴凄凄的，给了一具放在木轮大车上的尸体一个特写镜头。画面里充满泥土、污物，还有呻吟。一记敲击："哐！""把死人都抬出来啰！"一名病人想要逃离，可他的咳呛声被听到了。"哐！""把死人都抬出来啰！"有人想藏到筐子里或者别的什么地方——只要不被敛尸人发现。一名男子走到那辆大车前，肩上扛着一个人。"这儿有一个。"他说。

　　"我还没断气呢。"被扛在那个男子肩上的人说。那是个老人。

　　"什么事？"敛尸人问。

　　"没事儿。"男子说。

　　"他说他还没断气呢。"敛尸人说。这三个人你一言我一语地对阵了一番。最后，那个男子问敛尸人能有什么解决办法。敛尸人想了想，转身用梆子朝老人头上来了一记。"哐！"随后，老人的身躯便被丢到大车上那堆尸首的最上面。

　　这组镜头是 1975 年的荒诞喜剧电影《亚瑟王寻圣杯记新考》①

---

① 《亚瑟王寻圣杯记新考》是一部英国的超现实喜剧电影，片名直译应为《蒙提·派森和圣杯》。蒙提·派森（Monty Python）是一个由演员和编剧组成的小组，以编导和出演荒诞喜剧出名。他们的许多作品标题上都冠有自己的小组名称。国内也有将"Monty Python"译为"巨蟒剧组"的。这部影片是以英格兰传说中的国王亚瑟（King Arthur）为寻找耶稣生前用以饮酒、死后失踪的圣杯展开的一系列荒诞搞笑故事，但也反映出不少欧洲中世纪社会的现实并借此针砭现代社会。——译注

中的著名片段，被人称为"还没断气"。看起来很有趣——又绝妙又邪门的有趣。情节很黑色幽默——快死的人为了不被丢到大车上而在泥地里逃命，生命在最后的悲惨时刻被残酷掐断。不过更"黑色"的，是正常和健康的人想要摆脱这些病人，将这些人丢上大车，丢给国家的冷酷体制。"这可不合规章呀！""这是几个辛苦钱，通融通融吧。"①它给观众带来笑声，是因为争取活下去的深切努力和郑重呼声遭到打击，而打击者的目的是图方便和谋利益。作为国家方面有着将不再有用的人处理掉的立场，作为个人方面出自实用目的而冷血地将自己的亲人（父亲、爷爷还是邻人？）丢弃，并宁可为此付出些花费。眼下正流行时疫，家里还有其他人得养活，正好敛尸人来了，何苦要等到下一次呢？

　　"证实一个人的确保有尊严（理性）的特定表现，须得时时予以显示，才能得以维系。这样一来，此种尊严的无与伦比的价值，便被用来为特定的经济运作服务，也为尊严本身的形成和保持服务。"这是美国作家斯科特·卡特勒·舍肖（Scott Cutler Shershow）写进《解析尊严：论争取死亡权的运动》的一句话。影片中的那位老人想表明自己还活着，便想同敛尸人还有那个扛着他的男子争辩一下，表明自己还是个活人，而且还在好转，还要走上几步，精神也不错——总之是要证明自己在体力和脑力上都还达到了能够活下去的水平。他的自尊心促使他尽力维护自己的尊严，而这也是尊严的责任。"哗笑和喜剧是与尊严相对的反面，是理性需要特别时时注意的。"这是舍肖写下的又一句话。旁观者之所以发笑，是因为那名敛尸人和那名扛尸者——还有我们所有的人——的最

---

① 这是影片中敛尸人和肩扛老人男子之间的对话，该男子说了后一句话并送上几个小钱后，敛尸人便用梆子将老人打死。——译注

合乎人道和最重要的义务，本应当是维护那位老人的尊严。他们，还有我们，是必须关爱这样的老人的。他需要的是笑，是行走，是做所有活着的人都在做的事情。为此，他再次做了一番努力，但却只是损伤了自身的尊严。敛尸人不能停下来等，他还得去其他地方。那名扛老人的男子也要摆脱掉肩上的"负担"，好继续过自己的日子。

1996 年春天，一位因神经肌肉病变从 11 岁起便坐上了轮椅的女子，为了"反对将辅助自杀和安乐死合法化"，创建了一个全国性伤残人维权组织，名字就沿用了电影《亚瑟王寻圣杯记新考》中的那个"还没断气"的著名片段，叫作"还没断气：还在反抗"，简称"NDY"。这位创建者是位名叫黛安·科尔曼（Diane Coleman）的女士，她将这句话作为图符放在该组织的网站上，几个词是用黑色的艺术字体写成的，其中的"还没断气"部分——英文为"NOT DEAD YET"，字母 N、Y 和 T（两个）下端的笔画长长地伸出，像是匕首的刃锋，那个字母 O 则变形为一个坐在轮椅上的伤残人。这个组织的活动宗旨，就是反对提前施加在伤残人头上的那一记"喔"，即反对时间未到便被丢弃到敛尸车上的行为。他们为更长的生存时间而战，为维护尊严而战。而他们给伤残下的定义可是宽泛得很。

这个组织声言，所有的人都会在一生的某些时间段内处于伤残状态。他们反对临终医助，原因是他们所说的"被定为'末期'、相信会在六个月内死去的人，就是或者即将是残疾人"，而在"有尊严地死去"的立法条文中划定的六个月期限却是不可靠的标准。该组织认定，任何立法都是对所有人的侮辱，更是对伤残人群体的大不敬和对伤残人权益的进一步侵犯。他们认为所有人都有可能处于伤残阶段的说法，我是同意的。疾病、受伤、年迈，都会令人进入伤残状态。是否进入生命末期阶段的判断标准也的确说不上可靠。我自己便知道，接受临终关怀的患者固然多数活不过这六个月的上限，但也并非个个如此。医生是会判断错的——一向如此。人体是个难下断言的存在。"还没断气"组织认为，如果伤残者能够得到适宜的医护，能够受到社会和医务界的重视，伤残状态是可以被接受为生命过程中的事实存在的，那么，伤残人（主要是支持、想要和已经在合法状态下有尊严地死去的部分）就不会再想要终结自己的生命了。他们将不会再有"自杀性"行为。

　　"还没断气"组织又对另外一种情况提出质议。这就是他们认为不存在无效医治——对处于生命末期状态的患者给予过度治疗。他们认为，医学的责任便是尽一切可能延长人的生存时日，哪怕是被延长者本人没有这样的意愿时也应如此。如果有人自己不想再活下去，那便是表现出自杀倾向，因而须视其为抑郁症病人并给予治疗。应当教喻这样的人认识他们存在的价值。"还没断气"组织还声讨了 2004 年的好莱坞电影《百万宝贝》①，因为在这部由克林特·伊斯特伍德（Clint Eastwood）执导的电影中，身为拳击运动员的女主人公在接受帮助的状态下死去的情节，是在宣传悲悯助死。2012 年的一部由迈克尔·哈内克（Michael Haneke）执导

----

① 《百万宝贝》于 2004 年推出，获得第 77 届奥斯卡最佳影片、最佳导演、最佳女主角、最佳男配角四个奖项。影片讲述一名有天主教信仰的拳击教练，邂逅一名有志于拳击的年轻女子，感动于后者要向世人证明自己实力的强烈意志，决定承担一切风险，训练她成为女拳击手。然而她在比赛中严重受伤，永久失去一切行动能力，靠气管切开术维持呼吸，并渐渐遭受压疮、截肢、失去说话能力等折磨。教练不忍心看她这样度过余生，终于决定背离天主教教义，在女弟子仅能以嘴唇和眼神表达出的默认和谢意下，让她安详地离开人间。——译注

的电影《爱》^①中，也有一位患病的老年妇女被丈夫用枕头闷死的情节。"还没断气"组织断言，此类电影都是在美化悲悯助死行为，贬抑了生命存在的价值。该组织还呼吁加强人与人之间的关爱，他们告诉人们说，关爱会使临终之人重新认识自己的最后时日并珍视之。

这个组织也对移除泰莉·斯基亚沃的饲管的做法持反对立场，并支持辛德勒一家争取监护权和移除人工"生命"延长设施代理决定权的抗争。据该组织表示，代理人也好，亲属也好，都未必总能认识到患者本人的最高利益所在。这便引出了另外一个问题：如此一来，又是谁能认识到这一最高利益呢？在人与人之间存在交往的环境中，家庭一向被默认为个人最高利益的代表。虽说亲属中的确也存在虐待和强迫的情况，而且更具体地表现在对老人的虐待和硬性施加医护手段上，但这些都只是例外情况而并非普遍现象。可是，对于家属要求终止"霸道"的医护手段，却被"还没断气"组织认为即便是家里人也会行谋杀之实。

该组织又说，哪怕是患者本身，也未必一定清楚自己的最高利益所在。想要了结余生就是意在自杀，他人不但不该支持这种自我毁灭，还应当以力阻为要务。对于一些人在尚未出现丧失意识或失去自理能力前便提前准备好对医护手段有何要求的《维生医护意愿表》，"还没断气"组织一直是发难者。在黛安·科尔曼女士看来，规定让可能会在 12 个月之内离世的人准备好这种表格是很危险的。在美国医学会 2013 年的一篇有关濒死研究的视频报

---

① 《爱》是一部法国电影，讲述一对年老夫妻平静的退休生活被妻子的中风打断。妻子手术失败偏瘫，回到家中接受丈夫的照顾。随着她病情的恶化，两人的关系经历着一场残酷的考验。妻子承受着疼痛折磨和拖累他人的不安，丈夫也目睹着生命消逝的绝望。该片获得第 65 届戛纳电影节金棕榈奖。——译注

告里（"还没断气"组织的网站上转载了报告的文字部分），科尔
曼女士这样说：

> 它所规定的时间标准大大长于临终关怀服务的规定（前
> 者为 12 个月，后者为 6 个月）不说，还将罹患肌肉萎缩症、
> 多发性硬化症、震颤性麻痹症等诸多疾病的患者也都包括进
> 来，而这些人都是伤残者，本人也在其中。我们之中的许多
> 人有工作，承担着养家的责任，也能借助一些辅助手段过正
> 常生活。说伤残人能过正常生活，似乎是自我矛盾，但专门
> 为伤残者服务的医务人员并不这样看，只是未能为全体医务
> 界人士认识到而已。

我本人对自己的担心，表现在害怕出事故被车撞倒，以致
数年甚至数十年躺在床上，靠饲管提供人造养分和补充液体，没
有意识，万事不知。而科尔曼女士和她的"还没断气"组织的担
心，则是遭遇医疗大事故后不被允准活着。她是怎样理解我和那
些同我有同样担心的人的呢？我又何尝说过自己若在智力或体力
陷入伤残状态后就不打算活下去的话呀！科尔曼女士认定我对伤
残人怀有偏见，还告诉我说，许多"接受过气管切开手术的人和
使用人工呼吸设备的人，都能工作、上学、在属于自己的社区中
生活"。她这样说的意思，就是如果我对使用生命维持设备不怀有
偏见，不反对靠机器活着，不反对以轮椅代步，社会上也不以偏
见待我，我也会在我担心的情况一旦发生后接受"生命维持设备"。
看来，她觉得我所知无多，不知道伤残人的生活中也有着种种美
好的内涵。

"知情同意"未必是个得当的词语。人们对伤残群体了解不足，

也许还因为对伤残人心怀轻蔑，致使不大懂得如何与他们相处。只有伤残人自己才知道，在他们的生命中，每一分每一秒都是值得珍惜的。而我们作为正常人，便应当肩负将每分每秒都为自身和他人好好利用的责任。科尔曼女士所说的珍惜生命中的点滴时间，原因在于她所说的接受过气管切开手术的人和用着人工呼吸设备的人，也都参与着社会生产，也都具备沟通交流能力——就是她所说的能够"工作、上学、在属于自己的社区中生活"，而证据呢，便是她自己"聘用了两名曾经切开了气管、接了呼吸机的人同我一道工作，另外还有许多其他人，也都是患过重病、慢性病或者进行性病患者"。我不清楚科尔曼女士所指的正常状况或者创造能力，是否便能充分代表她所意指的生命价值的衡量尺度，不过我知道，她意识到社会为这一价值所定的标准，往往是过于偏重肉体、精神和经济的独立程度的。

我们不能证明《维生医护意愿表》未能正确反映患者的意愿，我们找不出病人的生命被恶意中断的实例。每一份意愿表都是医生与患者经讨论共同拟定的。诚然，归天的病人已无法开口，我们无法让他们回答自己当初希望得到的是不是表上所写明的。这一无从证明的现状，在"还没断气"组织和科尔曼女士的眼中，恰恰证明了持有偏见的医生未能正确对待伤残者、老者和体弱者的状况，未能进行充分的调查研究。面对大量救助生命的医护手段，医生们往往将注意力集中于挑战性强的部分，而并非这些手段所用以支持的生命价值本身。我本人认为，我们确实应当更多地向"医生说了算"的固守在医学文化中的传统观念挑战，只不过这并非又一个与"还没断气"组织比肩的团体所自诩的"我们才最知道什么对我们最好"。种种"还没断气"组织之类的成员们可是认为，他们倒比我们更了解我们自己呢！

"还没断气"组织倒还不像泰莉·斯基亚沃的娘家人和天主教内两个"支持生命"机构的负责人弗兰克·帕沃内神甫那样，去向神学教义寻根觅据——它没有这样做的必要，其成员的切身体验便已足够。有上帝也好，无上帝也罢，即便不存在任何道德信条，这些人也知道"生命诚可贵"的道理。斯蒂芬·德雷克（Stephen Drake）便知道这一点。此人是"还没断气"组织网站的撰稿人兼该组织的研究分析员和传媒联络人。他的愤懑是真实和切身的。他通过种种可能的手段——调查报告、读者来信、广播电视等来宣泄这一情感。只要涉及医学文化、媒体文化，甚或是任何文化中出现伤害到伤残人的内容而又不坚决抨击的，他都绝对不会放过。当著名影星罗宾·威廉斯（Robin Williams）自杀身死后，德雷克便发表了一篇题为《罗宾·威廉斯与防止自杀组织的伪善》的评论：

> 以我为例，对于什么以防范自杀为宗旨的机构和运动，我是根本不去注意也完全不以为然的。即便最近的这桩被公众广泛注意的自杀传闻，我从中也看不出这些运动或者组织有什么关注老人、病人和伤残人自杀的体现（除非这些人都是罗宾·威廉斯这样的名人）。

他在这篇网文中，还特别将俄勒冈州临终医助的合法化与该州的高自杀比例联系到一起。而根据美国疾病控制与预防中心提供的数据，自杀比例最高的州是未将临终医助合法化的怀俄明（Wyoming），其次才是俄勒冈；而在从第三位起的后十个州，都未给临终医助以合法地位。

德雷克怒斥这些以防范自杀为宗旨的组织无视这一联系。就连"临终医助"这一词语也令德雷克怒不可遏。在他看来，这只是听起来感觉会好些的词语。使用它只证明着美国社会在下坡路——也许他该祭起有人用过的那个"大滑坡"——上走得有多远，将自杀行为描述得有多么正常。德雷克认为这是个听起来感觉会好些的说法，这并没有说错。只是他在分析造成生命价值被贬低的弱势者过早死亡的社会弊病时，根本没有以理性方式提及疼痛与折磨，也根本不曾涉及当痛苦压倒生存时，特别是当生存本身体现为无意识、无反应的临终状况时，人道和尊严又都会处在什么位置上。"还没断气"组织颇有些"中心在此"的自我感觉：汝等注意，看我们都受到多么大的折磨和多么不公正的歧视！为了能活过每一天，就连起床、开个电脑网站或得到幸福感这样的事情，我们都得付出何等代价！如果像我们这样的人能够做到这些的话，如果像我们这样的人能够直面将我们视为没有价值、无所贡献、无颜称人的世界的话，那么所有的人都是应当能够做到的。他们就是以这种心态面对着——或者说是对抗着被他们认为不支持，甚至根本漠视他们的社会造成的艰难。面对"还没断气"组织的积极活动，真是无法不觉得自惭、无法不慨叹、无法不想到自己每天早上的起床是何等轻易。我们所幸有如此行动自如的身体，确实是应当有所自省的。只不过德雷克这种极度的自信，恐怕也不亚于临终关怀文化中某些居高临下者的态度吧。只不过在临终关怀文化里，是将死亡看成在挚爱亲朋的静静陪伴下安静地离开人世，沁着一种精神之光；而在"还没断气"组织这里，发出的却是"切莫撒开你的手"这样的棒喝。

我与比尔·皮斯之间最初打的交道，是以你一段我一段发博客帖子的形式进行的，双方的语气都很不客气。最开始时是他清楚地表明自己不会"撒开手"。德雷克在网上看到我写的一份东西，便在他的网站上跟帖。他说我忽视了伤残人的权益，是因为"无知或只是使用了错误的信息"。皮斯便在他自己的博客上做出回应，说我是在给伤残人制造危险——不是故意，就是愚蠢。这双重攻讦让我吃了一惊。不过我还是觉得先自省一下：或许是我对伤残者情况的缺乏了解，无形中造成了危险，就像有人将美国监狱中特别高的黑人犯人的比例，解释为黑人种族就是有高犯罪倾向那样？或许我是在维系一个已经将不平等放入了体制的系统？对于伤残者群体而言，代表着这个不平等体制的不是监狱，而是另外两者：一为医疗体系，是直接的；二为鼓吹不愿容忍社会中最薄弱的群体存在的势力，是间接的。

2010年4月6日那一天，我驱车来到切斯特港（Port Chester）。这是个位于康涅狄格州和纽约州交界处的海边小乡镇，距纽约市不远。我同比尔·皮斯已经约好，在此地一家名叫"退潮时分海鲜餐馆"的露天席上共进午餐。比尔认为与我的约会对他不会有危险——在他下此判断之前，我可从不曾想过自己竟会构成对伤残人的威胁哟。但与比尔的一番键盘战，让我有了新的认识。在前去切斯特港的行车路上，我盘点了一下与自己有密切关系的伤残人。我有位长我一辈的男性亲人弗兰克（Frank），是个俗称"国际脸"的唐氏综合征患者，还会发作癫痫，不过他活了80多岁。我曾在十多岁时照看过一个失聪病儿。我还有位马莎·珍妮（Martha Jane）阿姨得了小儿麻痹，虽然活了下来，但落下了后遗症。我作为义工曾照拂过的临终病人科尔特斯先生是得了震颤性麻痹的。在我的同事、恋人和朋友中，也有患上多动症、失读症和自闭症的，这便证明我是同不少伤残人打过交道的，有些是在临终关怀机构里当义工时，有些是在我亲友的家庭内。我从不曾冷眼对待过他们。回顾这些经历，都是为了向比尔证明，在我的心目中，他处于与我完全平等的地位，他的伤残状况并非什么"异常"，绝对没有让我觉得不自在。我也料到他会向我证明，凡是我能做到的，他比尔也都能做到。我还料到他会向我指出，人们并不理解他，在看到他时，只是注意到这是个坐在轮椅上的家伙。究竟我们——这个"我们"中包括了人类文化、我自己，还有我和比尔一道——怎样才能改变人们对伤残者的看法与态度呢？我目前还想不出办法来。公众的流行观念和偏见也时时给美国的黑人和各少数族裔造成威胁。而且不仅只是到此为止。比如说，妇女们也会遭遇危险，而只是因为她们走在僻静处、黄夜出行，或者穿着性感些——对此，我是十分清楚的。因为我本人就有切身体验。

到达切斯特港的时间早了些，那家"退潮时分海鲜餐馆"还没开门营业。我便拿着手机，坐在停车场外的人行道边上等候比尔。他是开着一辆"小面"来到的。事先我已经知道他年纪在50岁上下，不过坐在方向盘后的这位男士给我的印象是更年轻些。他没有正式着装，上身是一件长袖针织汗衫，下面是一条牛仔裤。他的头发是褐色的，束成马尾式，垂在背上的部分有好几英寸，头顶处的发际线也刚刚显露出后退的迹象。比尔停好车后，告诉我附近有一家印度餐馆，而且不用开车去，我们便决定改去那里。我看着他"换换轮子"——从车里移到轮椅上。那家印度餐馆是处安静的所在，那天中午供应自助餐。我们是最早到来的顾客之一。服务员迅速从我们的桌子边上撤走一把椅子，好让比尔的轮椅得以靠近餐桌。我拿起一只空菜碟，问比尔道："咱们开始吗？"他将自己的菜碟放在大腿上，同我一道沿着大餐台从那冒着热气的一只只不锈钢大菜盘前经过。我们在熙熙攘攘的就餐者中边吃边聊，一直谈到了下午。到头来我俩都不无惊讶地发现，在大多数问题上，我们的看法是一致的，就连一些不大的分歧，也都在这面对面的交谈中抹平了。我们都同意，互联网是个发泄怒气的好地方，但也是会导致轻易形成看法的所在，而一旦真正见了面，才会发现其实当初未免武断。

比尔告诉我，他得知自己在神经肌肉的接合部位存在问题，是在10岁或者11岁的时候。他的四肢会在他想动时不能动，或者移不到想动的位置上。他的家里人很关心，带他去找当时最好的医生诊治。不过那是在20世纪70年代初，治疗瘫痪正进入一个新时代。他一被诊断出患上了脊髓积水，便和家里人迅速掌握了有关这种病的不少知识。他每天早上一醒来，马上就会想到先试动一下大脚趾；如果能够指挥得动，这一整天基本就不会出状况。据比尔自述，在大约12岁时，他上学的教会学校里有一名修女告诉他说："你可以不必做作业了，因为你是上帝的一名特别的孩子。"可他母亲不理会这一套，坚持儿子接受同所有孩子一样的教育，并马上让他转学进入一所公立学校。"虽说我病得厉害，走路都很困难，但学习上一点也不比我的兄弟姐妹和其他同龄人逊色。母亲对我说，我是皮斯家的成员，要昂起头、直起腰来做人。"到了18岁时，比尔的腰部以下便完全瘫痪了。不过他的症状并非那种腰上有感、腰下无感的标准截瘫，他的下半身还多少能感觉到一些触碰。我最早在比尔身上注意到的表现之一，就是他对自己身体的隐私感与多数人不同。在谈及身体功能及其医护时，他的开放程度，只有一些接受临终关怀护理的病人与他差不多。看来这是比尔的身体曾受到许多人的医护之故。

比尔在纽约州的霍夫斯特拉大学获得学士学位，又进入纽约市的哥伦比亚大学攻读人类学，于1992年取得博士学位。他告诉人们说：" '坏瘫子' 所指何人？就是像我这样身体有严重伤残又明确意识到自己的公民权的人。"从比尔的言行看，他是个具有硬汉式反抗精神和情感脆弱的古怪混合体。在互联网上，他写下的是"我不需要诺伊曼的同情，也不需要其他任何人的此类同情"。与此同时，他又认定社会同他过不去，而且这种看法已经被过去的事实多次证实。为了表示反抗，他学会了要以事实证明自己具备同所有人一样的行为方式，并且不断身体力行。从年轻的时候起，比尔便"铁下一条心，要自立，要独立，而且要坚决自立、坚决独立"。然而，随着他经过娶妻、生子、离婚、又成为一名伤残人权益行动人士的不断延伸的人生轨迹，他也认识到，正是这种过分执拗，妨碍了他实现自己的目标。2010 年 10 月，他在博客上写下了如下的一段话：

> 自从下半身瘫痪以来，我如今已经做到了完全独立。我实实在在地将独立放到了我作为一个人存在于世的中心位置。我像多数美国人一样，承认独立的重大价值。不过，我又和多数美国人有所不同，这就是我意识到了独立是多么地不可靠。我认真思考过我们美国人为什么如此看重独立。对于瘫痪的人来说，无论是短期失去独立的，还是永久失去独立的，还有处于重病晚期的，独立都只如风中之烛般不可靠。

他说的和写的是否就是他心中想的，我无法探知。只是又有谁能说自己根本不怀偏见或者没有口是心非呢？比尔在探讨智力缺陷时，似乎支持的语气便不那么坚定，或者说就有些就事论事了。他在谈及泰莉·斯基亚沃一类人的严重脑损伤时，情况便是这样。他固然可以就医生是否有权移除他自己的"生命"维持设施开展争论，哪怕是泰莉的也无不可，只是他很难说出生与死的界限是在何处划定的。他的有关伤残人权益的观点，着眼点无一例外都错误地固定在"活下去"上，却没有考虑对于患者或其亲人而言，这种"活"可能意味着什么。

2014 年春，在美国西北大学范伯格医学院由医科人文科学与生命伦理学研究项目编纂出版的一期以"坏女孩"为专题的年度报告《心房》（Atrium）上，比尔的一篇文章引发了争议。拉谢蕾·巴里纳（Rachelle Barina）和德万·施塔尔（Devan Stahl）在生命伦理学网站上发文，这样归纳了比尔的这篇文章：

> 20 世纪 70 年代末期出现了一类被称为"白衣舔使"的护士，她们的工作是给皮斯一类的男性年轻瘫痪患者"吹箫"。据皮斯讲，这些"有模有样的姑娘"会在双方自愿的前提下，给一些担心自己"失去雄风"的病人吹出"此曲只应天上有"的享受。他还提到自己当初的绝望以及盼望她们前来的急切心情，并慨叹"如今已经不可能再得到同样的关爱和亲近"——"这位天使再度给了我男人的自信。对于她的赐予，我是永远感铭的。""她那充溢着柔情的刺激，让我成了更好的男人……让我成为今天的我。"

这一期《心房》因其主题受到了生命伦理学界的普遍指斥（"女孩子"这个词用到医学界使妇女形象幼稚化；"坏女孩"这个说法会引起"混乱的两性关系和胡作非为"的导向作用，尽管这未必是这份报告的初衷）。而比尔的文字更是得罪了关注男女差别的人，我本人也为其一。正如巴里纳和施塔尔所说："虽说性和性感能够证明女人的力量，但人们仍生活在经常将女人的身体视为供男人享用的文化氛围中。女人无论在力量的分布格局中处在何种位置，只要男人认定女人的天职就只是陪衬阳刚，她们便是暴力和压迫下的弱势者。"

　　以比尔所下的决心和要显现本人的阳刚之气而论，他的独立其实本源自一向对医疗界的惧怕，源自他瘫痪以来在轮椅上度过的这 36 年间由切身体验形成的弱势感和遭受的漠视感。不断的克制，使他养成了敌视和狂乱发泄的心理，不肯因坐在轮椅上便安常处顺，去符合他人心目中处处乖觉、低眉顺眼的伤残人的应有形象。他攻讦医生、护士，不喜欢能跑能跳的正常人，甚至嫌恶主动前来与他搭讪示好的人。像克里斯托弗·里夫（Christopher Reeve）[①] 一类虽然也是伤残人，但却不肯接受伤残现状，只是一味关注找到治愈方法的人，他不以为然；他儿子的老师一再想知道孩子是不是他亲生的，他憎恨；一些发起与伤残有关的会议的组织者邀他出席发言，但会场却不设伤残通道，他谴责；能够提供并也已经造出供伤残人使用的商品（如高科技床铺和保健坐垫等），却以天价出售谋高利的厂商，他厌恶；一方面温言抚慰伤残人，另一方面却不修改法律条文的立法者，他不齿；表面上呼吁和鼓吹"支持生命"，但实际上却另有目的的人，他鄙视。

　　那天下午，我们的话头始终不断，只是后来因两人都突然意识到午餐时间早已过去多时才不得不结束。太阳已经快要西落，在平静的海面上，目光所到之处都呈现出炫目的白色。我得开车返回纽约市了。我离开比尔，去了一趟洗手间。出来时，正看到一对夫妇坐在我们原来坐着的餐桌旁与比尔攀谈。这两个人递给

[①] 克里斯托弗·里夫（1952—2004）是电影《超人》中"超人"的扮演者，1995 年骑马发生意外，脊椎严重受伤，全身瘫痪。此后他投身于社会公益事业，致力于推动干细胞研究，并经常举办巡回演讲，瘫痪九年后死于心肌梗死。——译注

他一张祝祷卡——一张小纸片，上面有一段《圣经》上的话，不是印上去的，是手写的。他们问比尔"这个样子"有多久了，又说会为他祷祝。我竭力忍着不让自己笑出来。我知道比尔不信什么祷祝——当年健康时如此，坐上轮椅后亦然。在我们前去停车场的路上，他告诉我说，类似刚才的一幕，他已经遇到过多次了。他曾以那个"坏瘫子"的网名告诉人们，有个人曾在商店里缠着他，一直跟到店外面，并在他将买来的东西放进车里时说："上帝让你变成这个样子，是惩罚你心术不正、德行有亏。"我对比尔说，我们都会犯这种不能正确对待他人的过错（当然，那个在商店里跟他过不去的人做得特别过分，看来是太沉溺于宗教之故）。就以我自己为例，当我天黑时分走在路上时，如果要从一群年轻黑人男子中穿过，便会将手提包紧紧攥住。我心里明明知道不该如此，但仍会照做不误。每当有某个中年男子对我表示好感，要求我笑一笑，说我穿着便装很漂亮，还羡慕我丈夫是个幸运儿时，我便会板起脸来，将脸扭过去不予理会，但却只在周围有其他人在场、觉得人身安全有保障时才这样表现。种族、性别、健康、容貌……都会成为我们估量他人的出发点，而忘记其实可以做得更好——比如说，以言行作为估量的出发点。如何全面地看待他人？如何制止歧视性言论？如何防止歧视性言论引起的冲突行为？我和比尔都想不出什么好办法来。我们一面指出种种弊端，一面自己又不免陷入此类弊端的泥潭。

比尔向我解释说，有些歧视行为是尤其危险的，其中更以体制化的不平等为甚。对此我很同意。医务界和其他一些机构中，确实存在着种种不能一视同仁地对待伤残人的风气（而且有些表现为潜流形式）。这些风气已经附着在体系上，铸就成文化中的一部分。好在只要察觉到、呼吁出，再付诸行动，文化毕竟是可以改变的。美国对儿童伤残者减轻封闭管理程度，便是因为对儿童特殊教育形成了新认识而得到改变的例子。[①]1990 年出台的《美国伤残人法案》也带来了若干变化，但效果还嫌有限。比尔认为，对与他处境相同的和状况更差的人来说，临终医助的合法化等于宣布他们是不值得活下去的一批，因此是后退的一步，致死的一步。他在自己的博客上写道："医生们以诊断判定谁的身体不正常。生病是人感到不舒服时的状况，而伤残人都会被认为这里或那里感到不舒服的。"（但他同时又不认为慢性病也往往会将人带上衰弱之路）他的这些话，我相信是出自真心。但我就是不同意那个"还没断气"组织采取的方式——向不同意者抢大棒，觉得这样便可以最有效地改变文化。这个组织就有如黑豹党[②]，只不过宗旨换为争取伤残者权益。该组织的语言固然幽默，但本质上是刻薄、空泛、尖酸（而且往往不合逻辑）的。我一直不认为，妨碍他人的合法权利是合乎道德的可接受的行止，更不用说合法权利事关忍受着痛苦的绝望人群呢。可比尔就在这次见面时告诉我，他已在不久前加入了这个组织。

　　几个月过后，我再次来到切斯特港，又一次同比尔愉快晤面。在此之后，我俩的友谊一步步增长，彼此都不再相互发难。8 月里，比尔告诉我他的健康状况欠佳，接受了一次失败的手术。说来也真巧——或者不如说真不巧，他的这次不成功的手术恰是在《美

---

① 对于智障儿童，以往的传统做法是将他们限制在严格封闭的环境中，以类似于精神病院的方式管理。进入 20 世纪 70 年代后，这种做法向开放的方向有所前进，主要体现在让他们得到与社会接触的机会，并更多地给予关爱。科学管理方法的出现和药物疗效的改进也是重要的促成因素。——译注

② 黑豹党是美国一个活跃在 20 世纪 60 年代至 80 年代初的只吸收非裔成员的组织，并一度发展到英国和阿尔及利亚，其宗旨主要为促进黑人的民权，并认为有以武力维权的权利。后一点使它被认为是暴力组织。——译注

国伤残人法案》颁布"四级伤口严重感染"法律定义 20 周年的当天进行的。有一天他在洗澡时，发现臀部的感觉有些异常。他使劲一按，手指竟穿透皮肉碰到了骨头。他从闻到的气味上判断出那里已经感染。他这是生了压疮——截瘫患者、全瘫患者、行动能力严重不足的老年人，以及身体的某个部位长期受到来自骨骼的压力的人时常会罹患的病症。长期受压的软组织会因血液严重受阻而坏死。其实比尔是经常移动自己身体的。即便与他初次接触的人，也会注意到他会频繁地动来动去，一会儿将身体的这一侧抬离椅面，一会儿再抬起另一侧。多少年来，他都一直被笼罩在生压疮的阴影之下，这一次，这种危险可是实实在在地来了。他在医院里度过了好几个星期，接受了两次手术，一连数月不能坐起身来，只是凭着顽强毅力，通过繁难的康复训练保持立姿。我发电邮问他："你能得到足够的帮助吗？你的康复状态如何？"三个星期过后，他回复我说还得再动手术。12 月间，他通过博客告诉人们说：

在刚刚过去的 24 小时里，除了自己的病痛，我几乎没有考虑别的任何事情。我想到的只是我大概还是失败了，也就是我的问题没能得到解决。我一直是个"乖病人"，这次出问题并不是我的错。我如今很少坐起来，即便坐起来，程度也很有限。事实上，我总是尽可能地保持髋关节不动。总之是一切都不大妙。我担心——深深地担心。我将皮瓣手术 ① 视为最后的希望。如果这次手术不成功，我的麻烦可就大了。对

①　皮瓣手术，又称皮瓣移植手术，皮瓣指有血液供应的皮肤及其附着的皮下脂肪组织。皮瓣在移植后能保持新部位处的血液供应，故可应用于修复创伤和器官再造。——译注

于手术中通常会发生的种种事故，我倒不是很担心，因为它们反正是我无从控制的。我的担心是如果皮瓣手术失败，我的路便走到头了。也就是说，我今后再也不能坐起来，我的世界将只有我本人和四面墙壁。

比尔还在双月刊《黑斯廷斯中心报告》2012 年 8 月号上发表了一篇题为《否定人生的安适护理》的文章，追述了他在接受一次又一次手术的漫长日月中的亲身体验。文章是这样开始的："凌晨 2 点。我难过得厉害。不知道自己已在医院里待了多久。最近这两三天是如何过的，我的脑子里一片模糊，只依稀记得一些人和事。"接下来，他又讲到在"又是发烧又是呕吐地折腾了好几个小时后"，有一位医生——比尔在文中称此人为"医生大人"——走了进来。"护士离开后，病房里发生的事情令我久久不能忘怀，使我惊惧得目瞪口呆。"这位医生问比尔，对于自己病情的"严重程度是否了解"。在比尔表示了解后，医生又解释了可能发生的前景：在创口完全愈合后——如果能够如此的话，还会有长达六个月到一年的恢复期；估计他再不可能坐起身来，也再不可能使用轮椅移动。他今后再也不能独立。更不要说还将在经济上和情绪上都承受重压。他还将抗生素会对身体种种器官，特别是对肾脏产生的副作用告知比尔。他又说医院并不能保证比尔一定能够恢复——有许多同样情况的人没能活下来。"这长长的一套前景不妙的话，我可是太熟悉了。其他伤残人也会太熟悉了。类似的受难经，瘫痪的人总会时不时听上一通，简直成了标准模式。"他又继续写道：

接下来的几句话，我是不会忘记的。他告诉我，要不要用抗生素，完全要由我自己决定。事关医护手段，包括是否用抗生素救命，我是有自主权的。如果我选择放弃治疗，是有办法让我不再感觉难受的。我将不会感到痛苦，不会觉得任何不舒服。他虽然没有明说，但意思再清楚不过——"我可以帮助你安宁地死去"。他显然是告诉我，安宁地死去要比接受医护、失去工作、花光积蓄，再加永远卧床更适合我。我当时回答了什么，又是以什么口气回答的，如今已经不大记得了，只记得我强调了一点，就是我要继续接受治疗，包括使用抗生素。我要活下去。

在我看来，比尔的这篇文章实在偏激、实在武断。相信其他所有认为知情同意是病人的权利的人也会有同样的感觉。我觉得这位医生是在履行自己的职责，将今后可能发生的情况一一说给比尔听，以供他选好自己愿意接受的医护手段，但却被比尔理解为是发出威胁。比尔表示，尽管伤残人的自述中时常有曾遭受过歧视的内容，但像他所体验到的如此不堪的态度却真不多见。他将这位医生将前景直言相告的做法视为"至极之污辱"，而且是趁他情绪极低落、病况最严重时说出的。他还将自己的体验与辅助自杀关联到了一起："那天晚上，这个医生以不通人情、简直几近于直接杀人的方式让我感觉到，我其实并不能算作一个人，只是一个可悲的累赘。而他则是出于慈悲心理，给我一个解脱的机会。"对于有人提出建议，认为像他这样身陷绝境、有可能被疼痛和折磨压迫得宁可不想再活下去的人，还是以事先准备好"无须施行复苏急救"一类法律文书为好，他便会大加指斥一番。比尔还在发表在《黑斯廷斯中心报告》的这篇文章中写下这样的话：

　　我差一点就没能逃脱掉那位医生当初向我描绘的前景。我得承认，他的预言基本上都应验了。我在床上躺了将近一年。我的医疗开支，保险公司只支付了不多的几项，因此我是洗了个很干净的财务澡。不过在这条漫长而又艰难的康复之路上，我最深切的感觉是惧怕。我的惧怕立足于一点意识，就是作为一个身带伤残的人，我的价值得不到承认。许多人、包括在那个要命的晚上同我谈话的医生在内，都认定与其伤残还不如死掉。

　　比尔的这篇文章发表后，黑斯廷斯中心又发表了几篇响应文字，其中有一篇是一位名叫安妮塔·西尔弗斯（Anita Silvers）的女士写的。她也是一位做学问的人，也是一位从小便坐上轮椅的伤残人。她在响应中谈到自己"并非认定本人是为了生存而向职业医护人员开战的一员"。据她揣想，比尔之所以在与那名医生的谈话中深受刺激，未必是因为比尔对歧视仍然敏感，那位医生也不大可能将"安适护理"作为"几种供患者随意选择的途径之一"提出。更大的可能，恐怕是比尔和医生对"涉及的风险"存在着不同估计所致。比尔和安妮塔一样，背景都与那名医生不同。他俩几乎一直都在伤残状况下生活，对种种为在轮椅上生存所必须面对的挑战、痛苦和忍耐是熟知的；对来自社会的歧视、法律的忽视，以及为一般人所接受的习见是能够面对的；对于缺少供轮椅用的坡道，伤残人停车的专用车位，雇用伤残人的机会、意愿和具体措施等，也是一清二楚的。就连较晚陷入伤残状态的人，如因外伤引起、老龄导致、疾病造成的伤残者，都未必会像比尔那样发表"我虽然再不能行走了，但我能坦然处之"的自傲宣言。比尔不怕伤残，是因为他已经处于此种状态 36 年，轮椅已经成为他的身体的一部分。这使他学会了独立，学会了忍受痛苦，学会了斗争。比尔对"生活质量"提出不同的衡量标准，是因为他使用了另外一杆秤。他不惮坐进轮椅，但安妮塔并非如此……那位医生大概也并非如此。多次进出医院，一再经受医疗，自然将比尔造就成了痛阈更高的人。为健康不断奋斗，为行动不停努力，也必定将比尔铸成更不屈不挠的角色。我们都应当赞扬他的那杆秤，但不要——同时也不能——都用他的那杆秤来称量。"像我们这样的人，"安妮塔说，即是说她本人，也是说比尔，"有着在不利的健康状况下发挥功能的经历，因此不但掌握知识，也培养出了适应的技能，足以比那些'正常'病人更能保持士气、克服艰难。我们的这种坚韧，不仅是医护人员应当了解和佩服的，也是所有人应当了解和佩服的。"

人称"老龄法律业务"之父的纽约州律师彼得·施特劳斯（Peter Strauss）邀我参加他组织发起的一次会议。会议定名为"生命末期的选择自由权：患者权益高于政府、医疗机构和游说团体"，拟在纽约法学院召开，届时将探讨有关生命末期阶段的一系列问题，无疑会支持赋予临终病人以更多权益，包括呼吁临终医助的合法化。施特劳斯是"同情与选择"组织的成员，向我发出邀请是希望我在名为"特殊群体有特殊问题"的专题讨论会上发言。当时我正在调查在康涅狄格州的一处监所里因绝食被狱中的医务人员强制饲喂的威廉·科尔曼的情况。我在专题讨论会上的发言，便比较了用于医院和用于监狱的饲喂。先于我发言的有两位。一位是纽约州布赖尔克利夫马诺（Briarcliff Manor）的基督教公理会牧师暨纽约哥伦比亚大学附属协和神学院教授马莎·雅各布斯（Martha Jacobs），发言内容是介绍宗教界有关生命末期的种种观念。另一位是西奈山伊坎医学院的生命伦理学教授艾丽西亚·乌埃莱塔（Alicia Ouellette），所宣讲的内容直接涉及伤残者接受临终医助的合法化和终止生命末期救治。这位教授知道比尔·皮斯，也在演讲中提到了他发表的东西。她从与比尔略有不同的角度，探讨了许多伤残人对医疗系统怀有畏惧心理的原因，并提出建议说：

> 如果支持临终选择权的人们能够认真倾听——自然还要能够真正体会，我们的医疗系统都给伤残人造成了何等的经历，从事他们旨在改变这一系统的事业就可能会更有成效。为了打破临终选择派和伤残人权益派之间的对立僵局（当前全国范围内尚未能全面通过有关临终选择立法，正与这一僵局的存在有关），临终选择派应当扩展眼界，将对伤残者在世之日的尊重，纳入重塑法律界和医务界的目标。

两篇演讲的时间不短。听毕，我得去一趟卫生间，便来到法学院大楼的前厅。前厅正中有一批人将通路截断。他们是"还没断气"组织的代表，是前来抗议这次会议没有邀请他们的。这些人很引人注意。他们没有喧哗，都坐在轮椅上，有些人还接着人工呼吸设备，面前摆放着抗议的标语牌。我拿了一张他们的传单，上面是这样的话语："没有我们参加，就谈不上与我们有关。我们是伤残人权益维护者，我们反对这样一个宣称关注伤残人权益、却没有'伤残权益运动'代表参加的会议。"他们抗议那一天并没有伤残人发言，"特殊群体有特殊问题"（这个名称也让一些人不痛快）这一专题讨论会的主持小组中也没有任何伤残人士。这些不满都是有道理的。不过他们又批评说，"乌埃莱塔对伤残事宜的观点是带偏见的、有意歪曲的和草率的，都没能涉及根本"，还说

"在她的书中，许多与伤残有关的问题都搞错了"。这样的批评未免有失公允，但是那次群体抗议是有理由的，因为没有请伤残人参与有关伤残人权益的讨论。

　　我又看了看传单的另一面："安·诺伊曼非但没能正确反映出伤残权益人士的要求，反而在罗列出基督教右派的若干极端口号后，又隐隐暗示说，我们正在参加这派力量的大合唱，根据是我们乃一帮既穷困又处于惊惧中的瘸子、瘫子之流，容易被右派宣传'拉入阵营'。她否定为伤残人代言的组织，断言凡是她不赞同的立场，即便是我们采取的立场，也不可能真正代表我们。"这番话歪曲了我的站位和我的工作——严重又失真的歪曲。我是从宗教角度支持伤残群体的（以博客为交流平台），但并非要将伤残人拉入宗教界。进入卫生间后，我可是狠狠地哭了一场。不过我最终还是理解了这个组织，意识到他们不肯做任何妥协的立场。朝三暮四的传媒体系，使伤残人每天都会感到自己的生命受到追求效率的医学界、有盲点的新闻界和一些像我这样的未必能准确了解伤残群体的"正常人"的威胁。我所指望的职业感、诚实甚至是我期待的正直，其实都超出了他们的企盼。我很了解比尔·皮斯，知道对他而言，活着便是以惧怕和弱势的感觉对待一切事物和所有的人。他没有时间去精雕细刻，没有时间去捉摸什么"脑死亡"和"自治权"之类的概念。主宰他的是身体的伤痛和来自周围的歧视。比尔也好，"还没断气"组织也好，并不需要像我、彼得·施特劳斯或者艾丽西亚·乌埃莱塔这样的人来告诉他们其实都是安全的。他们很清楚自己并非如是，而我们都对此负有责任。

　　2013 年 8 月，一个名叫蒂莫西·鲍尔斯（Timothy Bowers）的男子，从为打猎而搭建的瞭望台上跌下，导致七块颈椎中有三块受损。他面临坐在轮椅上靠人工呼吸机度过余生的前景。当时他32岁，刚成家不久，第一个孩子又很快就要出生了。根据家属的要求，医生让鲍尔斯从昏迷状态中清醒片刻，询问他是否愿意在生命维持设备的支持下活下去。"是活下去还是离开人世，这要由鲍尔斯自己决定。"美国人气很旺的《人物》杂志对此事进行了报道。他的妻子艾比（Abbey）告诉记者说："他绝对不希望在轮椅上过活。让太多的内容从他的生活中剥夺掉，他将再也不能拥抱亲人，不能将孩子抱在怀里，这实在令他难以承受。我们将这一切都向他和盘托出，然后听凭他做出选择。如果他不选择去死，他的生活质量也会十分低下，也未必会再活很久。"他选择离开人世。当时有大约75名亲属围在鲍尔斯身边。医生从他口中抽出输氧管，好让他能向亲人们告别。艾比说："我只记得他多次表示自己爱我们大家，还说他的一生过得很好。"他的姐姐燕妮·舒尔茨（Jenny Schultz）也告诉人们说："说着说着，他又连着加了两句'我准备走人了，我准备走人了'。"

对于比尔·皮斯来说，鲍尔斯的离去是件关系到他本人的事件。如果既不是为了亲人的感觉，也不是为了自己发下的抗争誓言，他大概也会同鲍尔斯走上同一归宿。事实上，比尔的每一天都只是在为生存而战。对于鲍尔斯的离去，他在"坏瘫子"博客上发表感想说："我真是觉得恶心。美国这个社会令我感到羞耻。他（鲍尔斯）的死是一场悲剧。"他责怪所有的人——医生、护士、生命伦理学者，还有鲍尔斯的家人与亲属。他还指责有人大概会从这一事件上挖掘出什么好莱坞的电影题材。"鲍尔斯死得毫无必要。事实上当得知这一结局时，我的第一感觉是这个人是遭谋杀而死的——被他的家属和医生在合法的名目下杀害的。生命伦理学者们充当了死后啦啦队的角色。患者权利（死亡权）被赋予了至高无上的地位。"比尔在跟帖上写下的最后一句话是"选择了死亡的鲍尔斯成了英雄，选择生存的我则遭到轻蔑和痛恨，被认定是社会经济的大漏勺。我活着要遭受切齿的诅咒。死去并不困难，活着才是在地狱中煎熬"。这句话比鲍尔斯的死更令我悲伤。

就在鲍尔斯死后的下一个月，比尔向哥伦比亚大学的"伤残人的未来"研讨小组提交了一篇论文，题目是《凯沃尔基安的死亡统计》。他在这篇逻辑十分混乱的文章中说："生命末期医护和辅助自杀的立法出现偏差，首要原因当归咎于杰克·凯沃尔基安（Jack Kevorkian）[1] 造成的恶果。"凯沃尔基安因在20世纪90年代后期帮助125名患者自杀，被判定犯二级谋杀罪。一些人认为凯沃尔基安是位拯救者，另一些人认为他是传媒大师。而在临终医助界，他则被视为使这一事业出现倒退的邪佞之徒。比尔也好，其他争取伤残人权益的人也好，都认定此人为冷血杀手，是"有权死亡"运动的典型代表。比尔的这篇论文无疑是件半成品，是赶在他在网上发帖前发表的。他在论文中列举出自己所接触到的许多人，他们都是经凯沃尔基安之手死去的患者的家属。比尔借凯沃尔基安的作为——经传媒大加渲染的作为——描绘出一种正在泛滥的，要将精神病人、伤残人和衰弱人从肉体上消灭的"死亡文化"。他以宣扬这一文化的媒体（电影、取名"你不想活了吗？去找凯沃尔基安"的流行歌曲等），来证明这个凯沃尔基安"扮演着改变文化中有关死亡和辅助自杀形象的帮衬角色"。

比尔的这篇论文涉及不少内容：选择权、知情同意权、以病

---

[1] 杰克·凯沃尔基安（1928—2011）是美国病理学家、安乐死的积极倡导者。他公开提倡患者有权在医生协助下自杀，认为这是晚期患者的"死亡权"，并提出名噪一时的口号"死非罪"。在他声称曾至少帮助130名患者结束生命后，于1999年以二级谋杀罪被判处十年监禁，2007年得到假释。他出狱后不再行医。——译注

人为中心的医护权等。只是文中找不到一条明晰的逻辑主线，与其说是论文，倒更像是一盘大杂烩。凡提到什么东西，便先是摇头否定，然后讥讽一通，随后便转向了下一个目标。病人也好，家属也好，统统不知道自己需要什么，知道的只有他比尔一人。他不但知道，而且所知甚多。"有关伤残的定位是误导人的。对严重伤残状态的负面印象，进一步强化了社会上衡量生活质量的通行标准。"他说的固然不错，但我仍不打算改变我所立下的生前预嘱——至少短时间内不会如此。

又过了几个月，比尔邀我到他家做客并进晚餐。我驱车来到他位于纽约州卡托纳（Katonah）的家。那一天很冷，我在天黑后到达。他家的房子是红砖结构，窗子很多，内部隔断很少，是所谓的"开放格局"。我带来了葡萄酒和冷盘。比尔准备了烤童子鸡——烤得松松脆脆，一只只并排放在盘内，还撒上香料作为点缀。我们放声大笑，我们激烈争论，我们努力融入当今的生活。我仿佛认识两个比尔：一个在互联网上和论文中横眉怒对世界，一个为我烹饪、带我参观他的家。

餐毕将餐桌和餐具都收拾利索后，我们也都有些发困了。这时，比尔拿出一件礼物送给我。这是一个非常漂亮的木盒，是杉木做的，比蛋糕礼盒略大些。木盒的盖子又厚又沉，要向一侧斜拉才能打开，打开时还会发出沉闷的响声。盒子的四壁都画着原住民风格的红黑二色的图形，有人也有动物，脸都是圆圆的。盒子底部有一枚带花边的圆形标记，上面印着"上斯卡吉特部族"几个字。这是印第安人的一个部族，原先生活在皮吉特湾（Puget Sound）一带，进入19世纪后被逐入原住民保留地，宗教和游猎生活方式都被明令禁止。1968年，该部族得到了385471.42美元的补偿款。今天，它经营着华盛顿州埃弗里特市（Everett）附近的一处大赌场和一家有 103 个房间的饭店暨会议中心。比尔是前几年去华盛顿州旅行时买下这个盒子的。如今他正逐步清理这所住处，准备不久后搬到纽约州的锡拉丘兹（Syracuse）去。他在那里谋到一席教职，计划翻开个人事业新的一页。

与此同时，临终医助运动进入了一个新阶段。这个运动的一些领导人对于艾丽西亚·乌埃莱塔所提出的艰巨任务——扩大阵线，在伤残人中寻找支持临终医助的同盟军——的确很以为然。在"同情与选择"组织中多年担任行动与法律事务部主任一职，又在州最高法院和联邦最高法院的几场重要辩论中（包括导致临终医助在蒙大拿州取得合法地位的"巴克斯特诉蒙大拿州案"①在内）都做过重要发言的凯瑟琳·塔克女士，在 2014 年 9 月当选为伤残人权益法律咨询中心的执行主席。不过在她得到这一任命之前，"还没断气"组织的创建人黛安·科尔曼女士便发表了一份给伤残人权益法律咨询中心的公开信，信中表示："贵中心在过去曾与许多组织建立起合作关系，这些组织也都希望与贵中心在将来进行有效的合作。如果你们有意将聘用塔克女士视为向伤残群体或者简直是向全社会发出的信号，宣布伤残人权益法律咨询中心已经或者即将转向反对伤残人群体有关辅助自杀合法化的现有立场，从此脱离你们的天然盟友，我们将感到非常不安。"这封公开信上有 20 多个伤残人团体和有关组织的签名。五个月后，塔克和她任职的伤残人权益法律咨询中心就争取临终医助的合法化向纽约州提出了诉讼。

---

① "巴克斯特诉蒙大拿州案"就是第四章中提到的罗伯特·巴克斯特要求死亡权的诉讼案件。——译注

第八章　铁窗后等待大限

　　我与乔纳森·穆尔（Jonathan Moore）只见过一面，但这就足够了。当我走进他的房间时，此人就坐在病床上，看上去已经准备好同我晤面。我走向他，同他打了一声招呼。这是个瘦削但相当结实的人。他打量着我的笔记本和笔，似乎对我有所期待。他倒未必是那种让人不生好感的人，但却也令我产生一种不自在的感觉。他的身上散发出一种狂躁气，很像是个偏执狂。看到他将手伸向我，我犹豫了片刻，不过还是握了一下。我有一种感觉，就是他很久不曾握过女人的手了。他的房间很安静，也很干净，白色的床单皱巴巴的，床头的小桌上放着一杯水。穆尔穿着睡衣，头发很干净（经验告诉我，判断医护质量的好坏，患者的头发是参数之一），只是该理理发了。看窗外，上午的时光已然消逝了不少，不过冬日的太阳还是挂在东方天际，将高墙的影子投在修剪得很整齐的草坪上。穆尔看上去有股病态，一副精疲力尽的模样，活像个已经跑不动但还在勉强支撑着的人。

　　穆尔马上喋喋不休地向我谈起自己的病况和身家，流露出又想求得怜悯又要博得尊敬的古怪混合态度：他的左膝接受过七次手术；他的新车是花 95000 美元买的——那叫一个棒，值得让我见识一下；他直肠里生了个肿块，还流血；他最要好的朋友是警察；他给一位兽医当过助手；他在佛罗里达有四所房子，还打算再盖一处。他的这种又讨好又卖弄的样子弄得我很不舒服，也闹不清哪些是实话，哪些是吹牛。就在我一边记笔记一边同他聊天时，一名临终关怀义工走了进来。这是一个拉丁裔男子，名叫拉米雷斯（Ramirez），大脸盘，留着短发。拉米雷斯告诉我，当他们在一起时，会将大部分时间花在聊天上，"有时也一起看看电视"，说时将下巴向床头的方向扬了扬，那里有一台固定在墙上的电视机。他俩都对我说，这个房间真是不赖，比穆尔原来的地方强多了。临终关怀病房有特殊待遇——有电视和收音机，而且是带耳机的，很安静，不会打扰他人。

　　我问起拉米雷斯为什么当起了临终关怀义工。他告诉我说，与穆尔的共处，使自己变得更好了些，促使自己去思考生活中什么是重要的。他还告诉我，他俩还谈到如果有可能，都会做些与以往不同的事情。他们计划了以后的打算，如开着穆尔的新车兜风，逐一见识穆尔在佛罗里达的住房，等等。对于当临终关怀义工，拉米雷斯觉得很高兴，因为这给了他机会，做些有意义的事情。与穆尔在一起令他觉得荣幸。病房的门在我左肩的位置，透过装在门上的玻璃，可以看到门外有人注意着我，注意着穆尔，还注意着我的笔记本。当我察觉出这种注意已经加重为急切后，便知道该结束会见了。"把你写的东西也发给我一份吧。"穆尔对我说。他还表示希望交换一下通信地址。我有些不安，犹豫了片刻，不过还是将我的办公地点写给了他。他也口述了自己的联系信息：纽约州，罗马镇（Rome），莫霍克监所，沃尔什医疗站，乔纳森·穆尔，内部编号01F4775。他还特别将内部编号重复了一遍，好让我不致写错。

　　我驱车四个半小时后到达纽约州罗马镇。头一天，我便事先做好前来莫霍克监所了解所内临终关怀项目的安排。按照谷歌地图的指引，我先在高速公路上开到奥尔巴尼（Albany），然后折向西北，路过阿姆斯特丹（Amsterdam）、利特尔福尔斯（Little Falls）、赫基默（Herkimer）和弗洛伊德（Floyd）等几个市镇后，便到达了目的地。到时天色已晚，我住进了詹姆斯南路上的"好品质连锁旅店"147号房间。店里一位声音有些嘶哑的服务员将去莫霍克监所的路指给我，还告诉我"很好找，不会走错"。第二天一早，我便沿这条詹姆斯南路一直向西南方向开，越过365号省级公路后再拐个大弯，便来到了莫霍克监所。纽约州监管改造部副部长兼首席医务官卡尔·柯尼希斯曼（Carl Koenigsmann）事先已经发来电子邮件，知会我参观将于上午10时开始；事先须进行安检，而这要花些时间，故而我须在9时30分前来到。电子邮件还说明"不得携带任何电子设备和摄影摄像器材，包括寻呼机、普通手机、智能手机、平板电脑、笔记本电脑等"。

　　莫霍克监所早先是一处专为患有发育障碍的伤残人开设的住院部，1988年时改造为莫霍克监所，又向北有所扩展，现共占地150英亩，建制为中等警戒级别加部分最高警戒级别。目前该处共关押着约1400名犯人，其中的112人关在沃尔什医疗站——也称为"沃尔什特护站"，都是来自纽约州中部和西部的犯人。据美国重生促进会①2010年的一份报告说，莫霍克监所开展了多个旨在促进改造的项目，包括针对药物滥用和性犯罪者的治疗。报告还提到该所开设了园艺课程，"以打造优美的环境，并制作美化教室

---

① 美国重生促进会（简称ACA）是由承接与司法系统有关的种种业务的工商业界组成的联盟机构，是个有相当财力和游说能力的组织，在许多州设有分会。——译注

与办公室的植物装饰"。只不过在我来访的这个 2013 年的寒冷冬日里，无论哪里我都没能看到什么植物。

莫霍克监所的停车场几乎是空的。我将手提包留在驾座后面，不无忐忑地走进监所的大门——在此之前，我还从不曾进入过任何一处牢狱。进门的一大套程序和面对的一大班人马，都是我不曾体验过的，也都足以令我意识到置身何处。我立即看出来，这里将我的来访比我自己更当成一回事。在对我执行过扫描安检、制作并佩戴附着照片的来访卡，再进行过登记后，便有一群人来到大厅，其中有柯尼希斯曼，有监所督察保罗·戈尼亚（Paul Gonyea），还有沃尔什医疗站的几名护士和医生。他们带着我进入一间狭小的会议室。在引见一番后，我们便看了一盘扼要介绍莫霍克监所的录像，内容包括为犯人提供的种种良好待遇，如旨在帮助犯人建立社会意识和人生目标的心理教育等多种活动。录像还介绍了监所的简史和所内情况，如职工和犯人的数目、为犯人提供的活动项目（通用技艺、专科培训、出狱前的过渡适应）等。莫霍克监所还为本州的其他监狱生产食品。在纽约州监管改造部网站的"活动项目"一栏下便有如下的一句话："食品生产中心的服刑人员将掌握达到可进入劳力市场水平的技能，以俟将来成功进入社会和加入生产大军。"

沃尔什医疗站的临终服务，开展目的是使患者不致在孤寂中离开世界。站里的护士告诉我，末期患者，特别是在监狱中服刑的临终病人，特别盼望与人接触、有人陪伴，并希望有机会倾诉一下人生经历。因此，监所的临终关怀项目还组织起一些表现良好的健康犯人，加以培训来医疗站担当义工，以照顾他人的方式回报社会。在我见到的护士中，有一位生得很漂亮，性格也沉稳。她身穿黑色服装，还戴着一枚很有品位的大戒指，是在站里值白班的。据医疗站的工作人员讲，义工们的表现的确"让我们满意，他们为自己所做的工作感到骄傲。这些人如今将别人的需要放在自己之先，而以往一向是只考虑自己的"。她还告诉我，义工培训每年进行一轮（为期一周），而申请者一年到头都有。这位护士以一种亲昵的口气称站里的病人为"我的病人"，话里表露出对病人和临终关怀计划的责任心。病人中有 11 名是进入晚期的艾滋病患者，还有七人得的是癌症之类的重症。对这些进入临终阶段的病人，站里给予了特别照顾——住单人病房，配备电视和收音机，还提供专门的饮食。不过站里人员也有防范措施，以免病人用这些特殊待遇"搞鬼"，如用吗啡交换香烟和与女职工单独相处。我还得知，这里的临终关怀项目的接纳对象，是估计残年为六个月或者更短的患者，不过也有存活得更长久的。"这些人有机会静心反思自己的一生。"另外一位护士说道。

监所的会议室看上去有资格放在任何地方，只是从这里的窗子向外看去，目之所及却只是绵延不断的围墙。会议室的一堵墙上挂着这处监所的鸟瞰图，另外一堵墙上有一些宣传画与照片，都是一些会出现在教化机构里的东西。从进门处起顺墙摆着几个书架和一个报刊橱，一直排到墙角处。我参加的这个会，也同这间会议室一样，带着一股推销气息——我参加的可是莫霍克监所、沃尔什医疗站临终关怀项目的"展销会"。向我展示的，可是这里的职工将病人和犯人捧在手心里的努力，是培训进入监狱后以做义工的形式关爱生命的成绩。会议室里围着我的这些人，都是忠于职守、将"他们的"犯人从生命到福祉都放在心窝里的专业人员呢。如果说一般公众也对监狱有所关心的话，也往往并不向好里想，觉得监狱不是好地方，里面关着大坏蛋。在会议室里的这些人看来，我与广告有关联，即将向人们介绍在莫霍克监所得到的印象；而我理应介绍的，应当是突出一下这里的人性化监管，这里的教育计划，以及这里的医疗工作。监狱系统内可是被揭发出不少监管人员从上到下虐待囚犯的事实。2014 年便出过加利福尼亚州鹈鹕湾监狱囚犯集体上诉抱怨狱内犯人密度过高以及控告监管人员滥用隔绝囚禁惩罚的事件。同一年还出现过骇人听闻的纽约市莱克岛监狱殴打、性侵囚犯和毒品交易事件。对于在这个国家的执法机构里发生的种种违反道德准绳的情况，莫霍克监所的监管人员是十分清楚的，因此特别注意向我灌输他们这里的安全状况、价值观和伦理道德观。

不过，在会议室里的这批人向我传递的信息中，还有一点让我产生兴趣。由于我曾当过临终关怀义工，就有人在这次会见中向我提出了一个问题：你为什么要照顾一些将死之人呢？他发问的口气引起了我的注意。他们对自己的工作引以为傲；他们相信自己为使这个社会变得更加美好贡献了力量；他们认为自己的付出取得了成果并得到了回报。这些人希望我了解他们的这些看法，无疑也明确向我挑明了这一企盼。在这一方面，我也确实对他们的"展销"有所认可，只是我拿不准，这里的人，从普通职工到领导，是否自己真的相信向我介绍的这一切呢？我很佩服他们，但也不禁对他们以家长方式——又关又锁、严格监控、"有偿劳务"、与世隔绝——使犯人"回馈社会"的做法是否有效有所疑虑。理论上说，处罚犯案者的举措总是含有改造用意的，但这一用意却往往消失在侦破、追捕、审判和关押的具体实施中。鉴于这些实施都部分地涉及政权的强力，改造用意被边缘化自不难想见。犯人须听命于一个内部角色，而这个角色的作用就是对任何不服从行为施以惩处。犯人不得不始终面对一个不容分说的权威。当他们进入临终关怀项目后，无论是作为患者还是义工，都仍然要一直扮演接受改造的角色。

沃尔什医疗站已经存在了几十年。它看来是按照临终关怀模式打造的，只不过设在了监狱之内。帮助病人得到回顾和总结人生旅程的机会，是临终关怀机构多年来奉为圭臬的信条。而这个封闭于监所高墙之内的内部医疗站也实现了这一点，不由得让我感到惊讶。进入这处医疗站的犯人对自己人生的回顾和总结，是与认定这些人之所以被关入牢笼，未能履行人生责任、不懂得正当情感、不遵守规章、不从事创造、不为社会做贡献的错误观念牢牢相关的。给他们以临终关怀，是促成这些人寻求对所犯罪愆得到宽宥、达成与外部世界的和解，也使自己内心得到安宁的一条途径。

自从美国有了监狱，就一直存在着服刑者在狱内死去的情况。不过近年来犯人平均年龄的上移，使得监狱管理一方需要形成符合老龄、病弱和垂暮犯人特点的管理手段，以提供更适合改造的环境。提供对临终犯人的有效护理，看来应当是促成他们在面对死亡时反省自己罪愆的最好方式。

在"自由世界"里——这个"自由世界"是相对监狱而言的——医疗体系已危机四伏。近年来，美国用于保健的开支每年高达 2.7 万亿美元以上，约为年总产值的六分之一。高昂的支出威胁着我们的经济、政府的运作、家庭的生计，以及老年人的生存。在这 2.7 万亿美元的开支中，8000 亿以上都用在了无效或收效甚微的医护手段上。尽管如此，在非营利机构"美国共同健康基金会"[1]

---

[1] 美国共同健康基金会为非国立机构，以推进美国医疗体制改革为宗旨，并重点关注包括老龄人在内的弱势群体的医护状况。——译注

于 2014 年发表的调查结果中，根据安全程度、有效率、及时状况等参数，美国排在工业化国家中的最后一名。卡伦·戴维斯小组发表的名为《美国医疗系统在全球范围内的表现》的报告中又说，美国平均每名患者的年医疗花费高出全球平均值 3000 美元。美国人口统计局的最新数据表明，在 2012 年时，美国 65 岁以上（含65 岁）者占了全国人口的 15%；而到 2030 年时，这个占比将增加一倍。此外，还会有 3000 万人根本没有任何医疗保险。这种医护水平目前已经十分糟糕，但今后数十年的发展趋势只会更加不堪。

如果确实有意了解一下美国的医疗危机对穷人、病人和老人的具体影响，不妨就从监狱这一角度进行。举凡社会上任何涉及医疗质量和效率的举措，都会形成对犯人群体的冲击。种种存在于社会上的不平等、不公平和歧视现象，在监狱内都尤其突出。美国的各种监狱中关押着 230 万名成年人，在世界各国中排名第一。在 1995—2010 年，年龄在 55 岁以上（含 55 岁）的犯人数目增长了三倍。据纽约州致力于监狱改革的奥斯本监管研习会^①于2014 年发表的题为《低风险带来的高成本：美国监狱人口的老龄化危机》的报告估计，到 2030 年时，他们会占到囚犯总数的三分之一。监狱里同样存在着社会上的种种弊端，但因为地处高墙以内，便成为了解美国在对生命末期医护状况和设想医疗与护理的未来实施途径的理想场所。

---

① 奥斯本监管研习会是以曾担任过监狱长并为深入了解监狱情况以犯人身份亲身入狱体验的美国社会改革家托马斯·莫特·奥斯本（Thomas Mott Osborne, 1859—1926）的姓氏命名的社会改革机构。该机构目前的主要工作是设计和实验种种针对包括家属在内的犯人全家的改造计划，以帮助他们建立与社会的正常关联。——译注

　　美国全国临终关怀医务与舒缓医疗组织[①]在 2012 年提交的报告《监所中的生命末期护理》中指出，当前美国的监狱系统里，共有 75 个提供临终关怀的站点，其中有一半以服刑人员充当义工。凯蒂·斯通（Katie Stone）、伊琳娜·帕帕多普勒斯（Irena Papadopoulos）和丹尼尔·凯利（Daniel Kelly）于 2011 年在英国的《舒缓医学》杂志上发表的一篇文章认为，从犯人中培训义工，好处是"这些人无须借助感官亲历或语言交流，便能实现与患者心同此理的沟通，而如果换成普通人，即使用心再良苦、训练再有素，也会难以做到"。此类义工知道坐班房的滋味，故而有着与接受临终关怀的犯人病号相同的体验，更理解他们的情感。该文章还建议通过"建立新的责任感和关爱精神"，使义工"实现难能可贵的心理改造"。不过文中也指出，执行这样的计划面临着两个主要困难，那就是痛苦和信任。毒品在监狱里相当泛滥——其实毒品更是许多人进来的原因，这便使对痛苦感觉的控制难于奏效。面对病人这里疼痛那里难受的自述，医护人员未必会相信。正如《舒缓医学》杂志上的这篇文章所说："本是能够起镇痛作用的药物，却被用来进行非法交易，由是形成了怀疑之风。"再就是监狱里流行的"硬汉"做派，也使不少犯人不肯承认真实的感觉。不过更大的也更不好衡量的难处并不在这里。"监狱中的医护人员会认为，是犯人，就活该要吃苦头。"换句话说，痛苦也是一种惩处方式。因此，当考虑是否给接受临终关怀的犯人开出镇痛药物的处方时，监狱里的医护人员往往是向"活该吃苦头"的方向倾斜的。这些人的想法是：该当痛苦、理当受罪的，难道不应是这些小偷、

[①] 全国临终关怀医务与舒缓医疗组织（简称 NHPCO）是美国一家由专业人士组成的学会性机构，重点研究有关临终关怀服务和舒缓医护的实施，以提高处于临终阶段的病人及其家属的生活质量。——译注

强盗、谋杀者、强奸犯和瘾君子吗？如果基督徒们相信、社会上也普遍认为痛苦会使人得到砥砺，那么在监狱里，对痛苦的处理方式更是监狱中沿用了多少个世纪的常规呢。

让犯人相信在监狱工作的员工会将监管对象的利益放在心上，同样也不容易做到。自己的一举一动都被一个系统控制着，它的存在就是为了惩罚、制裁、管教、约束和征服，那么，由这个系统雇来的医生难道会值得信任和依赖吗？为犯人提供的医护手段少于社会（或者不提供所有的选择），也会导致犯人越发不信任医护人员。再加上在 55% 的监狱里，要想申请临终关怀，须先行填写《无须施行复苏急救表》。权益遭到剥夺的感觉，敌意，还有对医护目的的怀疑，会不断加重来自医务人员的"我们知道什么对你们好"的家长作风，由是更降低了接受临终关怀犯人的安全感。不能接受与外面的病人同等医护的犯人，会认定监狱系统并不在乎他们的健康，或者简直属意于摆脱他们。而如果将这些病人也送到监狱外的普通临终关怀机构去（英国目前就是这样做的），或者将其中因病情严重而不可能再度违法的人释放，也仍然会有问题，这就是《舒缓医学》杂志在同一篇文章中所写下的最伤感的一句话："对一些犯人而言，体制化使监牢成了他们唯一熟悉的所在。"

沃尔什医疗站是座狱中之狱。它建在莫霍克监所的中心处，有专属的大门、高墙，还有专门在这里工作的警卫。从监所大门到医疗站大门，有四分之一英里的露天道路。我和几位所里的工作人员就在寒冷的冬日里走过了这段距离。在监所里，土地是光秃秃的，看上去让人很不习惯；连接各栋建筑的通道是宽阔的石基柏油路，在寒冷的天气中呈现为灰色。一根横贯的银白色管道将监所分为两大块。从医疗站的内墙直到监所的外墙，所有的土地上都覆盖着绵延的黄褐色枯草。进入沃尔什医疗站后，我们便走过由带刺铁丝盘成的方形通道。它至少长 40 英尺，像个铁丝网笼。警卫事先已知道我们的来访。——签过名、再接受过一次金属探测器的检查后，我们便从中等警戒级别区进入了最高警戒区。

　　沃尔什医疗站给我的感觉是干净，历史也不久。它有一个不小的餐饮部兼休息室，周围是多条通向站内各个部分的通道。我见到的第一个临终关怀患者名叫霍华德·比格斯（Howard Biggs），六周前他被确诊为患有胃癌并已进入晚期。他家住奥尔巴尼（Albany），兄弟姐妹共八人。他也问我来自何方。得到答案后，他的脸上泛起了兴奋的神情。宾夕法尼亚州兰开斯特县呀！他去过那里哟！在那里他有朋友喔！我们聊起了我们都知道的地标性建筑，说起哪里卖最好吃的费城牛肉奶酪三明治①。我问起他当初入狱的原因，他说了一串："倒腾'那个'，违反假释规定，拒捕，还有违反宵禁令。"说这席话时，他将头转向一旁，从起了皱纹的眼角处瞥着我。对于自己入狱的原因中最重的一项只是"倒腾'那个'"——具体说来是兜售霹雳可卡因②，他提起时面有得色，不过还是对坐班房的结局觉得丢脸。我不是监所工作人员，也不是同他一样地位的犯人。我是来自"外头"——另外一个世界的代表。比格斯知道社会上对犯人持什么看法。"我们本该自己管住自己，但弄得被别人管了。"他说。他为自己的失败而自省——不怨教育，不怨找不到工作，不怨毒瘾下丧失理智，也不怨种族歧视。

① 费城牛肉奶酪三明治是美国费城及周边地区流行的特色快餐，用一种细长的意大利面包，夹上切得很薄的牛肉片、炒洋葱及蘑菇，然后淋上融化的奶酪酱等趁热享用。——译注

② 霹雳可卡因，又音译为快客可卡因、克拉克可卡因等，是可卡因的游离碱形式，也是瘾君子最喜欢摄用的毒品之一。此物因制备过程中会发出爆裂声而得名。——译注

这些对今天的他都不重要了。他出不去了，他的死期不远了。他真心地忏悔。对于能得到临终关怀护理，他告诉我说："我的心情在这里变得亮堂了。"他还看着窗外说："自从我知道了诊断结果以来，每一天都下雪。可今天太阳出来了。"他又讲述了自己害怕睡觉的心理。"是的。我属于政府，是政府关起来的人。"这句话，他是以听天由命的态度说出来的。比格斯知道自己再也没有"出去"的机会了。他的未来就只有这张他躺在上面的床。而当他等到不受政府管制之日，也就是脱离皮囊之时了。

我走出比格斯的病房，再度同医护人员见面。我们都觉得，就是比格斯很沉静、很放松。不过我也想到，这可能正是他听天由命的表现吧。柯尼希斯曼先生告诉我说："我们对待监狱里的病人，在医护质量方面同外面是一样的。"一位护士也以温和的职业化口气表示："既要给予关爱，又不得违章行事，这并不容易做到。"她是名白衣天使，可一旦进入高墙，她便同时又是监狱的职工。监狱对员工提出的要求，会形成对医学素养——身体力行遵守医学伦理的基本信条，全心全意为病人服务——的限制。作为雇员，她首先要遵守本州法律针对监狱工作制定的伦理标准，而作为护理者的职业理念则被推到第二位。这样一来，她的心思首先是应当扑在遵守法律条文（以及行业文化观念）上，也就是符合特定的在体制化的影响下形成并强令要求服从的种种规定。被这一框架所宥，想要有所变通地"做些好事"，非但难以做到，更会被视为不服从和不敬业的表现。

监狱和医院不乏相通之处：它们都用来专门安置"不对劲"——与一般人不一样、出了问题、脱离常规、非属正常——的人。病人怕死、怕生病（因此肯为保持健康花钱），犯人怕处罚、怕强制。病人也好，犯人也好，他们的惧怕有可能很不理性，相当过分，但也都因此成为通往正常状态的主要驱动力量。医院会要求病人积极配合、遵从医嘱、调整习惯、合理期待。患者一方则为了恢复健康，从精神上约束自己去符合医院的要求。监狱收押犯人，施加种种肉体上的约束，是为了改造他们的意识。在这两类设施中，我们都相信服从乃通往恢复之路，而得到恢复，便能进入正常状态，平安无虞地回归社会。只不过这条定律并非是笃定成立的。人们相信医院能够妙手回春，但结果往往未必；监狱改恶向善的能力，就连原本相信过的人如今也是打了问号的。监狱中的医院可能也有明亮的空间、干净的墙壁、面带微笑的护士和负责的医生，但对于进入这里的人而言，它仍然是个带有最硬强制和最高期待的所在——将医院和监狱对服从的要求加到了一起。

当我们来到前厅时，监所督察保罗·戈尼亚也加入了我们的交谈。他向我介绍了沃尔什医疗站的医护人员面临的几项特殊挑战，这就是如何应对比例居高不下的传染病和慢性病，如艾滋病和肝炎等。长期在街头游荡、多年嗜毒、很少求医、精神障碍、抑郁焦虑，和因禁导致的失去希望等原因，导致监狱里一些病人的器官愈发不能抵御病痛。我问戈尼亚，站里是否会给患者提供安全套，以预防艾滋病和其他性传播疾病。他的回答是个"否"字。他告诉我，不提供这种东西的原因，是因为监狱里不准发生性行为。"可是这里仍旧存在性行为，不是吗？"我问。"不准在这里发生"是他的再次回答。与我在一起的几位护士和其他职工交换着眼神。犯人中艾滋病病毒携带者和艾滋病患者的比例都是特别高的。据美国司法部 2012 年在一份报告中提供的数据，监狱中的强奸率为 4%。但社会活动家认为这一比例偏低，相信调查不够彻底，被强奸的犯人因为担心或害羞而不愿启齿。几乎可以肯定地说，许多受害者都是这样感染上艾滋病的，其中一部分肯定会因之死亡——法律判刑之外再加上医学上的死亡判决。至于双方自愿的性行为又有多少，那就只有天晓得了。据美国重生促进会纽约分会估计，被医疗机构查出的艾滋病犯人，只占全部艾滋病患者的45%。与性行为有关的疾病和监狱中的强奸行为，都是得不到关注的问题。既然痛苦是惩罚——或者更应当说成监管方施加的惩罚。那么好啦，你既然不服从，那就接受惩罚吧。

犯人还会在保健方面遭遇班房所特有的困难：囚徒会比外面的正常人更快地衰老。据奥斯本监管研习会2014年的一篇文章说："囚禁不仅会将已有的健康问题搅到一起，还能加大病情恶化的风险，而且会摧残全体犯人的身体健康（这一点更值得严重关注）。"囚禁一方面会导致犯人的时间感钝惰起来，另一方面又造成身体内生物时间感的加速，结果是从囚徒身上剥夺掉长于服刑期的生命时段。缺乏对心理和生理的适宜摄护，再加上超长的紧张与焦虑，会令50岁的犯人在身体上老上10—15年之多。在年过50岁的囚犯中，40%至60%都存在着种种精神方面的问题。

再说，监狱本身就设计安排得不适合上了年纪的人。他们得按规定在双层铺上爬上爬下，得登许多梯级，得走很长的路。每顿饭的就餐时间只有12分钟。日常活动都安排得刻板而严格。一个不对——不管是由于痴呆，还是理解错误、体力难逮或者疼痛挡道——惩罚便突兀降临。监狱从身体角度提出要求和约束，理由是改造犯人的薄弱意志、邪恶念头和自私心理，但即使往好里说，也未必是有效的手段，施之于老年人便更是近于虐待了。然而，改造美国的监狱系统以适应人口老龄化的现实，目前尚未启动任何计划，而且种种适合年老囚徒需要的设想，看来也都不容易实现。

用在犯人身上的医疗和保健费用，也同社会上的情况一样，

处于扶摇直上的状态。美国当前每年用于 50 岁及以上犯人的花费
共达 160 亿美元——高于整个美国能源部的年度拨款总额。[①] 关押
一名健康囚犯，每年需要用去大约 34000 美元，而对于老龄犯人，
这个数字就需加倍。

　　提前假释和悲悯开释都不容易得到批准。假释的审批权在各
州的假释委员会手中，而委员会的成员均由各州州长指派，带有
很强的政治色彩。委员们都担心犯人得到假释后会再度犯下大案
要案。其实，老龄人的犯罪率和再犯率都是较低的。奥斯本监管
研习会在前述报告中指出："在出狱的人中，处于 50—64 岁年龄
段的人，只有 7% 会因新的违法行为再次入狱，65 岁及以上者的
这一比例为 4%。"（相比之下，出狱者在三年之内再度犯科的总体
比例为 43.3%）该报告还告诉人们："类似地，因犯新过而重被批
捕者，比例会随年龄增长而降低，到 50 岁时只有 2%，而 65 岁的
已经接近为零。"美国虽然已有 36 个州制定和通过了有关保外就
医的法规，但真正付诸实施的并不多见。

　　在美国，医疗是生意、是买卖。这就意味着其中包含着从若
不救治便无从为社会再做贡献的老弱病残和处于生命末期的人身
上谋取利润的成分。从保险公司到制药厂，从医院到大学里的科
研单位，所有与医疗和保健有关的机构，无论是营利性的还是非
营利性的，一概都要靠个人支付的费用维持运营。诚然，直接支
付者除了个人，还有私营保险公司、州政府和联邦政府，但归根
结底都来自私人（向保险公司的投保和向政府缴纳的税项）。

---

① 　原文如此。美国能源部 2014 年得到的联邦拨款为 284 亿美元，2015 年为 279 亿美元，都高于
书中提到的用于 50 岁及以上犯人的花费（160 亿美元）。译者查不到后一数据的出处，姑存疑。——
译注

美国的监狱体系也如美国的医疗体系一样，进行着将不做贡献的囚犯化为经济收益来源的操作。其手段之一，就是在政府支持下，用犯人充当公司的廉价劳动力，而且此风有渐强之势。政府规定支付给犯人的报酬低得不得了，每小时不到十美分，对承包企业有强大的吸引力。因此当前有许多大型企业，包括沃尔玛超市、麦当劳快餐连锁、彭尼百货公司①、K百货超市以及美国军方，都直接或间接地使用这种服刑劳动力，生产从军装、牛仔服、工具、家庭用品，直至义齿和快餐食品等五花八门的商品。由于美国政府有对"受影响劳务"给予补偿的规定，一些公司在与监狱管理部门签订合同时，会提出使用狱内资源不低于90%的要求，有时甚至会要求百分之百。如果签订合同后发现监狱方不能满足预定条件，政府便必须因"劳务条件不充分"给公司以经济补偿。如此种种，导致即使并不直接使用犯人充当劳力的机构，也大力支持从这支世界上最大的囚徒劳力大军取得收益。美国立法交流评议会（ALEC）便是这样的机构。它是非营利的，但接受来自公司的资助。它会染指立法工作，以制定有利于所谓"自由企业"使用犯人劳务的法律。

该立法交流评议会在成立以来的40多年间，一直作为公司的代表，深度参与着对医疗事务和监狱劳务的游说。这个本来便是由立法人员和公司负责人共同建立的机构，可以直接同参众两会的议员打交道，草拟支持从重从长量刑原则的法律条文，俗称"三振出局"的法律规定②便是其一。这样做的目的，是增加囚犯的数

---

① 这是一个只在美国经营的大型百货公司。——译注

② 这一说法源自棒球比赛中对三次击球不中的队员判罚出局的规则，即对第三次犯同一类罪行的人给予比首次犯同样罪行的人以更重量刑的做法。——译注

量并保持其规模，从而使企业能够有可观的囚犯劳动大军可利用，维持它们承包的建设和维护合同。想盖一处新监狱吗？你只要想做，"他们"就前来光顾了。随着这个立法交流评议会影响力的加大，再加上有关犯罪的新立法 [①] 的出台（1994年经克林顿总统签字生效），终身监禁数量的增加，社会阶层差别的加深，居高不下的失业率，"9·11"恐怖袭击后警力的强化和对公共场合更严密的监控，共同导致犯人数目的剧增，再加上政府以承包方式将监狱转交给私人公司管理的比例有增无减，遂使犯人成为跨国企业的摇钱树。于是乎，在现代的监管系统中，便出现了这样的糟糕局面：法律对公民做出关押处罚，随后再放手让企业通过他们的劳作来敛财；而且经联邦政府批准、花费纳税人的钱进行，还戴上了高尚的"改造"桂冠。

目前在纽约州等若干州，政府已下令不准再签订将监狱设施和犯人生活的管理交由私人承包的新合同，正在拟议中的也被叫停。只是面对居高不下的高囚禁密度，全面奉行的自由企业体制，以"让犯人学会关心他人""成为创造的一员""回报社会"之类口号为代表的改造囚犯的说词，都成了低报酬雇用、超标准收费（如专门承包犯人同家属电话联系业务、收取天价通话费的电话公司）和高额利润医疗的挡箭牌。

美国的囚犯是由宪法保障的唯一享有免费接受医疗服务权利的公民。由于犯人无权加入美国的联邦医疗保险和享受针对低收

---

① 全名为《控制暴力犯罪与加强法制管理法》，是美国历史上行文最长的反犯罪法。它是针对美国国内的一系列重大暴力案件，如旧金山（San Francisco）无目标大规模杀人案和韦科市（Waco）教堂惨案（均发生在1993年）等，在原有有关法律的基础上修订生成的，特别突出了对攻击型武器的控制和对死刑判决标准与批准权限的重大修改等内容。——译注

人家庭的医疗补助，根据《美利坚合众国宪法》第八条修正案①，
这批人看病、看牙和看精神病医生的费用便从州和联邦的专项资
金中支付。以盈利为目的的医院和诊所里为犯人看病的医生，多
为本地医学院校的实习医生。"克雷松"（Corizon）就是其中的一
个。该大型医疗公司在 29 个州承揽了监狱内的医护业务，每年盈
利达 14 亿美元。据美国自由民权同盟揭发，该公司因医疗事故已
被指控 600 起以上，但它仍从 2001 年以来一直在纽约市属的莱克
岛监狱行医。由于犯人活该吃苦受罪的习见根深蒂固，使得他们
受忽视的状况很难得到广泛关注——也很难限制承包者攫取利润。

　　作为《美利坚合众国宪法》的又一部分的《权利法案》，在第
八条中提到了"残酷的、非常的刑罚"，这便决定了监狱必须为被
关押者提供保健手段。它同时也立下了执行死刑的标准。以"残
酷的"和"非常的"方式处死犯人，是立法史上长期存在的事实。
联邦最高法院 1972 年在"弗曼诉佐治亚州案"②中以五票赞成、四
票反对的结果通过了由时任大法官之一的威廉·约瑟夫·布伦南
（William Joseph Brennan）起草的裁决结果，其中提出了四条标准，
即如若处死方式是"损害做人尊严的"，"方式完全任意的"，"全
社会不能接受的"或"显然不是必要的"，便属于"残酷的、非常

---

① 《美利坚合众国宪法》的最初版本在 1789 年通过后，又陆续接受了 27 次修改，每次新加的内
容都具有与原宪法正文同等的地位，修改的内容则代替原有的相应部分。这些修改内容以独立的美
利坚合众国宪法修正案的形式存在。最早的十条又合称《权利法案》，于 1791 年通过。其中的第八
条即《美利坚合众国宪法》第八条修正案的全文为："不得索取过多的保释金，不得处以过重的罚金，
或施加残酷的、非常的刑罚。"——译注

② "弗曼诉佐治亚州案"是一桩对死刑判决产生重大影响的案件。1967 年，一个名叫威廉·亨利·弗
曼（William Henry Furman）的佐治亚州男子因入室行凶杀人被州法院判处死刑，但经联邦最高法院
审理，根据《美利坚合众国宪法》修正案第八和第十四条的精神，改判无期徒刑（后又减刑出狱）。
这造成美国整个司法系统出现一个完全废止死刑的时期，但不久便重新恢复。——译注

的刑罚"。布伦南大法官的裁决虽然得以通过，但并非全体一致，特别是其中"方式完全任意的"一条，州法院的法官都不同意，因此被归为只限对此案有效一类。但它仍然使美国在一段时间内不再出现死亡判决，直至 1976 年因"格雷格诉佐治亚州案"① 再度恢复。支持死刑判决的一派便又结束了弗曼一案后的状态，从关注服刑时间改为探讨执行死刑的具体方法。

　　从布伦南所提出的四条衡量死刑的执行方式是否残酷和非常的角度看，20 世纪 80 年代以来在美国一直被用作处死犯人的主要方式的注射死刑是符合其中的三条的。例外的一条是社会的接受程度。当前的美国人大多已经对死刑不再有多少兴趣，少数仍关注的人多集中在有限的几个州内，而且基本上位于与历史沿习有关的南部。目前美国有 31 个州明文规定设有死刑这一量刑裁决，但其中多数州具体执行的次数并不多，甚至根本没有过。在过去的七年里，六个州已经不再执行。但总体而论，被处死的犯人总数仍有很大的增长，在全世界居第五位——前四名分别是中国、伊朗、伊拉克和沙特阿拉伯。得克萨斯州近年来处死的人最多——2009—2013 年间共达 84 人。其后的四名分别为俄亥俄州（Ohio），24 人；亚拉巴马州（Alabama），18 人；俄克拉何马州（Oklahoma），17 人；佛罗里达州，15 人。在这五年里，美国 79% 的死刑是在南方地区执行的，而且呈现出量刑因地区、种族、阶层和获得帮助的能力（如请律师）的差别而导致判决结果不一致的任意化趋势。

　　美国医学会立有不准医生参与处死过程的会规，但却不具备强制会众服从的权限。我从未发现有任何医生因为卷入此种行为

① "格雷格诉佐治亚州案"是美国自 1972 年"弗曼诉佐治亚州案"后恢复死刑判决的第一个案例。案中的格雷格全名特洛伊·利昂·格雷格（Troy Leon Gregg, 1953—1980），他出于抢劫动机，将好心让他搭顺风车的两个人杀死。此判决的宣布，使美国保持四年的不做死刑判决的惯例被打破。——译注

而被吊销行医执照的实例。而且北卡罗来纳州（North Carolina）还有保护这样做的医生不受惩处的法律规定。据 2003 年《医学、保健与哲学》期刊上发表的一篇作者为米尔科·达尼尔·加拉西科（Mirko Danial Garasic）的文章披露，联邦最高法院在 2003 年对"辛格尔顿诉阿肯色州案"①的裁决中，便批准让罪犯查尔斯·拉弗内·辛格尔顿（Charles Laverne Singleton）服药，"使他在神智足够清明时被执行死刑"。在其他一些地方，医生也往往会被找来查验被处决者是否确实死亡，还被要求不得让犯人在接受政府处死前以自然死亡的方式"逃避"惩罚。自采用注射死刑以来，医生在执行现场的作用便一直受到争议。不过即使在反对死刑的人士中也有人认为，如有医生参与，还是会有助于找准静脉血管并控制好注射剂量，使注射死刑不致成为"残酷的、非常的刑罚"。对参与医生的指责，使许多州采取了不披露具体行刑者身份的做法。

注射死刑是 1977 年由俄克拉何马州的首席法医杰伊·查普曼（Jay Chapman）归纳提出的。它被认为比通过绞刑使人颈椎折断而死和通过电刑使人在死亡过程中身体的一些部位会被烧焦的方式都更先进。经两个州的立法界人士与他探讨后，该方式遂成为药物处死的手段之一。正如富坦诺大学法学院的教授黛伯拉·丹诺（Deborah Denno）在她的一篇题为《注射死刑的窘境：医学如何将死刑引上歧途》的文章中所说的："法学向医学求教死刑出路，在事关政治时，每走出的一步都会将成本、速度、形象和法律方面

---

① "辛格尔顿诉阿肯色州案"是 2003 年经美国联邦最高法院审理的一个案件。一个名叫查尔斯·拉弗内·辛格尔顿（1959—2004）的男子因在 1979 年犯下谋杀罪被捕入狱，但因诊断出患有间歇性精神分裂症、又难以断定他在犯案时是否处于此种状态，量刑时几经反复，最终经联邦最高法院判处死刑，于 2004 年在阿肯色州的一处监狱内接受注射死亡，使他成为被处死前在狱中时间最长（24 年）的犯人。此案的另一重要之处，是在他服刑前给他服用了遏制精神分裂发作的药物，以保证他确知自己将被处死，因此不是《美利坚合众国宪法》修正案第八条所禁止的"非常的"处决。——译注

的可行性置于从医学角度考虑是否人道的衡量之上。"按照丹诺所述，查普曼提出的"三合一"注射液的配方（令知觉消失的巴比妥酸盐、使肌肉失去运动能力的松弛剂和让心搏停止的氯化钾），事先既未咨询过医生，也未查找过有关资料。由于这种方式操作容易，成本低廉，不产生秽物，又似乎不体现暴力，因此很快也被美国的其他若干州接受。不过这一看上去像是医护处理的做法究竟是否人道，从被用于死刑之始，便一直存在着争议。第一名接受注射死刑的犯人名叫小查尔斯·布鲁克斯（Charles Brooks, Jr.），是于 1982 年在得克萨斯州接受这一方式的。行刑人为找准血管费了好一会儿工夫，换了多处部位、让犯人吃了一阵苦头后才终于将针头插入血管。美国死刑判决信息中心（DPIC）提供的数据表明，自采用注射死刑方式以来，在执行现场出现问题的次数已超过 30 次，也就是平均每年一次。

近年来，美国又出现了监狱获取注射死刑所用药物的负面新闻。2011 年，若干有此种处决任务的监狱发现，所需的三种药物中的巴比妥酸盐——具体所用为硫喷妥钠——断档。美国生产这一药品的赫升瑞制药厂不久前已不再生产此药。这样一来，监狱便不得不另辟蹊径。加利福尼亚和亚利桑那（Arizona）两州倒是在英国找到了卖家，但英国政府因反对死刑不准此药出口。失去供应使美国的监狱大为慌张，无奈中竟想到通过非法途径弄到这种硫喷妥钠或者同类的某种巴比妥酸盐。有几个州想改用戊巴比妥，但发现这种东西也同样不易得到。据一个名叫莫里斯·沙马（Maurice Chammah）的人在 2014 年 6 月号《得克萨斯月报》杂志上的一篇文章中说，"法庭记录表明"，密苏里州的一名狱官戴夫·多迈尔（Dave Dormire）"承认曾向一家制药厂购买价值 11000 美元的戊巴比妥。这家厂商的信息是他从《黄页电话簿》上查到的（他还起誓保证说：'我是一手交钱一手拿货的，付的是现金。'）"。2010年时，俄克拉何马州因需要硫喷妥钠，便有狱官向得克萨斯州求助，但得克萨斯州说没有。转年，得克萨斯州又问起俄克拉何马州是如何弄到戊巴比妥的，被问一方也回答说不知道。正如这位莫里斯·沙马所揭露的，到头来，巴比妥酸盐成了一场没人道的、令人无法开怀的笑话。文章还援引了俄克拉何马州几名监狱工作人员的电子邮件，这是后来在法庭上披露出来的：

　　"看来这帮人是快要用到这种东西时才发现断档的，结果是轮到他们向当初不肯施以援手的一方求救了。"这是俄克拉何马州检察官斯蒂芬·克里塞（Stephen J. Krise）对一位同事发出的评论。"我有个想法，就是如果得克萨斯州承诺在今后四年的年度，俄—得足球赛①中年年输掉，咱们就帮他们一回，如何？"俄克拉何马州的另外一名官员，在自己的同事中组织了一个"戊巴比妥之队"，并表示将"等到球赛中场休息时，便在球场上亮出一块大标语牌，上面写着承认得克萨斯州的死刑执法队，一直是得到俄克拉何马州的实际支持的内容"。

　　在一位英国社会活动家将美国食品药品监督管理局批准生产非兽用戊巴比妥的唯一厂家②逼停后，丹麦制药大户伦德拜克医药公司以书面形式知会美国的16个州，要求它们不得将本公司的这

① 即俄克拉何马大学对阵得克萨斯大学美式足球赛的简称，这一赛事为美国大学体育协会举办的年度美式足球赛事的重要部分，两个大学的水平都很高，历史上各有胜负，因此都为这两个地理上相邻的州里的美式足球迷极为看重，并常因此起冲突甚至暴力相向。——译注

② 就是前面提到的赫升瑞制药厂。——译注

一产品用于注射死刑，并要求客户在购买时在协议中写明不会将此物用于处死人类。2014 年 3 月，《今日美国》上发表了该报记者格雷格·佐洛亚（Gregg Zoroya）的文章。文中有这样的披露：

> 为了弄到执行注射死刑所需的药物，监狱警卫会跑到无人的沙漠里偷偷私下交易。一名监狱头目带着大笔现金跑到另外一个州的制药厂，为的是买来有致命效果的镇静剂。全国各州都拒不说明它们用于处死犯人的药物的具体名称。俄克拉何马州法庭在某个星期一发出的公文中担忧，三天后执行死刑所必须使用的致死药物还没有着落，并表示为了弄到一些都已搞得人仰马翻。"我们真是连吃奶的力气都用上了，"检察官塞思·布拉纳姆（Seth Branham）说，"糟糕的是，即便如此，（到目前为止）我们仍还没能搞定。"这就是美国当前执行死刑的怪现状。

于是，从 2009 年 1 月起，各个实施注射死刑的州开始改变执行规则。它们或者建立得到所需药物的秘密渠道（比如说，委托定制药厂 ① 生产），或者干脆只注射一种药物。俄亥俄州是率先这样做的州——在 2009 年以这种方式执行了犯人肯尼斯·比罗什（Kenneth Biros）的死刑。亚利桑那、爱达荷、得克萨斯和南达科他（South Dakota）等四个州也在 2012 年开始仿效，继而又为佐治亚州（Georgia）在 2013 年正式采用。

---

① 定制药厂是按客户对数量、服用方式和适应症的具体需要，以化学合成方式将药品生产出来并直接提供给客户，并不上市发售，也避开了中间环节。它们制成的产品，往往有更强的针对性，但价格一般会偏高，因此定制药厂也正向大型化和大批量化的方向发展。——译注

当我注意到"谷歌快讯"①服务为我发来有关戊巴比妥的消息后，便与"同情与选择"组织俄勒冈州的负责人苏尔·波特联系。我知道戊巴比妥是一种可用于临终医助的药物，其他几种同为巴比妥酸盐的药物，如司可巴比妥等也是如此。在临终医助已经取得合法地位的各州，医生会开给符合条件的患者。在俄勒冈州，司可巴比妥多年前便已用上，只是自2011年来价格猛涨。波特告诉我，为节省病人的花费，医生已经与"同情与选择"组织合作商定换成戊巴比妥。他们的这一药物通常是找信得过的定制药厂合成，或制成粉剂，或制成片剂，并能溶于患者愿意接受的液体（如橙汁或啤酒）中。都是戊巴比妥，用于临终医助的和用于注射死刑的又有何不同呢？为什么一种能用来使病人安宁离世、一种却不能让犯人如是呢？首先，医生给这两种人制备的药物在剂量和比例上有所不同：一种用于健康人，一种用于处在生命末期的病弱者。不过，在我们这些一直关注着围绕死刑始终存在的激烈争议的人们看来，还有一个影响因素不容忽视：自愿与否。当死亡是由政府决定的，而且是决定于几年间甚至几十年间的一次又一次的通知、上诉、等待过程之后时，造成的心理感觉会迥异于一心求死的患者。

2014年10月23日所进行的一项盖洛普民意测验的结果表明，支持死刑的美国人已降到近30年来的最低点，为60%。这一结果发表在网站上。测验之后发生的一系列表现出严重缺陷的注射死刑过程，损害了这一方式"清洁、平静"的名声，引起了公众的强烈关注。2014年4月，在俄克拉何马州一场"双执行"——即

---

① 谷歌快讯，又称谷歌警报（Google Alert），是一种分等级的收费服务，用以帮助用户监视互联网上涉及他们所关心的活动，每次搜索结果会以电子邮件的形式发送给用户。——译注

在同一天于同一地点处死两名犯人，是该州 80 年来的第一次——的过程中，出现了严重意外。两名犯人之一的克莱顿·洛基特（Clayton Lockett）接受注射后，在捆绑住他身体的注射台上猛烈挣扎不止，其间一直有呼吸，这一过程持续了 45 分钟。典狱长认为对第一个人的执行出了问题，便叫停了注射过程。面对洛基特与药物作用抗争的激烈表现，监狱工作人员拉上了执行室和观察室之间的帘幕。洛基特是在注射停止后死去的。对第二名犯人查尔斯·沃纳（Charles Warner）的注射，本拟在洛基特死后再过两个小时执行，结果被大大推迟。我同沃纳的律师马德琳·科恩（Madeline Cohen）女士在电话中就我当时正在构思的文章交换意见时，她告诉我说，她正在要求法庭下令不要再对当时的执行过程秘而不宣，还认为对所用药物和执行过程的缺乏透明度是"残酷的、非常的"。"这并非只事关犯人，"科恩对我说，"这事关我们民众。有人一直在问我，为什么要关注处死一个犯人是否人道。我们确实应当关注，因为它对我们社会的整体状况有很强的揭示。我们的社会是被法律制约着的。死刑是个很有破坏力的因素。将一条生命以秘密方式终结，是将所有人都置于危险之下的做法。"那个本安排第二个接受注射的沃纳在 2015 年 1 月被俄克拉何马州处死。

当初曾向我索要联系信息的那位在沃尔什医疗站接受临终关怀护理的犯人乔纳森·穆尔，给我寄来了第一封信，我于 2013 年 4 月的第一天收到此信。我在与他结束交谈、离开他的病房后，又回到医疗站职工那里，对这些人表达了谢意，并提到我很希望在将来与他通信。但护士长告诉我说："你别给他写信，他收不到。"这让我很不明白。我可是与康涅狄格州的威廉·科尔曼——一个以绝食抗争并且被强制饲喂的犯人有过多年的通信联系呀！为什么在这里就不成了呢？但还没来得及发问，这些人便转过身去，沿着过道离开了。在随后的三个月里，我时时会想到这位穆尔。我搞不明白，该监所是如何选中此人让我访问的，原因又是什么。只是我想，既然我不能给他写信寄去（说实在的，我也不大想这样做），他也就未必能给我写信寄来吧。

可是他的信来到了我的办公桌上。信的背面印有"纽约州监管改造部服刑人员通信管理处"的字样。这封信是手写的，字母全部是大写，信纸是美国常见的法律用纸（一种长 14 英寸、宽8.5 英寸的黄色稿纸，上面还印着横道）。"抱歉占用了你的宝贵时间。不过如果你还记得我们的交谈，想必会记得你说过会写信给我的。"接下来，穆尔又告诉我说，沃尔什医疗站在他看来几乎还是老样子。又说他盼着能在秋天出狱，眼下正忙着设计一处新家，还在找承建的公司。他还提到自己仍然住在原来的病房，不过站里打算给他换个房间。"我拒绝了，还写了一纸诉求，意在叫停这一打算。"他还知会我站里有个医生写了封信，说明他仍然需要一个自己住的单间，只不过"保安部门和医生的上司"逼着医生改写了信的内容。穆尔又提到，既然我在访问他时得知了他的不少情况，他也想对我多一些了解："你有多大年纪？结婚了没有？有没有孩子？喜欢什么娱乐？"在信的其余部分，他又是提到自己在佛罗里达的房子将在本月 25 日售出，又是说他喜欢曲棍球，还告诉我他喜欢新衣服，以及他正迫不及待地要开上本人的新车"好好兜兜风"。信的结尾是央求我给他写封信，并以一句"上帝保佑你平安健康"收束。

这封来信使我有些闹不明白了——莫非穆尔并不是我所认定的末期患者？要不然他只是给自己造出些将来的打算，好用来自我麻痹一下？他的来信还让我感到内疚。近几个月，我除了干一份全职工作外，还一直忙于写文章、与社会团体打交道、去临终关怀机构以及做调查研究，时间一眨眼就过去了。可穆尔对时间的感觉恐怕与我很是两样。不过我还是不打算给他回信，也没有扪心自问个中缘由。打从进入他的病房，我就感到不自在。不过其中究竟有多少是穆尔本人造成的，又有多少是他所处的监狱导致的呢？我将这封来信放在手提包里，随身带了一星期，然后又将它放在一摞狱中临终关怀情况的资料的最上面，打算以后再处理。可新来的资料很快就将它埋到下面去了。

时隔四个月后，我在8月收到了穆尔的第二封信。它看上去同第一封差不多：同样的信封，同样的信纸，仍然是手写，仍然全用大写字母。"还是没有得到任何回复。"他写道。他还告诉我，那位临终关怀义工拉米雷斯不干了，"不知道什么原因"。他还是吹嘘他的家当，又说他的律师已经谈妥，"我的癌症"将得到7.8万美元的偿付——律师的话有道理，还是接受这一数目为好，免得"再在法庭上耗下去，弄得我等不到这一天"。他又提到已经将他在佛罗里达的四处房产出手了三处；他的一个不是哥哥就是弟弟的亲人去世了；他的母亲很难接受当前的现实。他又告诉我，他急切地盼着五个月后他出狱的日子（他可是在第一封信中说会在今年秋天得到自由呢），还表示要在出来后，到城里来看著名的纽约游骑兵队的冰球比赛。"我觉得你大概是不打算给我回信的。不过你或许能够回复一下这一封？还想知道你一切可好？"信就在这里戛然而止。

同情真是种复杂的东西。它是抽象的，但也是具体的。它既体现在对团体及其行为的广泛支持上，也反映于对周围个人的关爱中。同情的定义是"对他人的苦难和不幸产生关怀、理解，并希望帮助减轻的情感反应"。在多年撰写有关少数族裔、伤残人、患者、临近生命终点之人和囚徒的平等问题的工作中，我都会对这些人怀有发自内心的同情。但我同时也知道，理论上的同情感未必永远体现为现实中的同情反应。我知道心生同情是什么感觉，但这种感觉并非永远都能产生。我不会在看到所有有痛苦的人时都感到同情。我做不到这一点。即使在现实中萌发出同情时，我的同情程度也不是整齐划一的。对在临终关怀机构接触到的病人，我对其中的一部分会更关注些，给予某些人的照顾也更多些。对于这种不能一视同仁的表现，我也曾怀着内疚自责过。当知道对方可以信赖时，施以关爱就比较容易做到。当知道自己有影响对方的能力，以及知道对方需要自己时，也比较容易做到。

想要判断出他人对自己施予的同情会有何反馈并不困难。他们理应温顺、尊敬、感激。信任感或安全感会使同情程度随之改变。对自己不能给穆尔以更多的同情，我觉得并不妥当，而且也闹不明白原因究竟是出自他本人还是他所处的地位。我不希望他觉得痛苦，也不愿他受到不公平的对待，只是我不想再与他打交道。我意识到，确立同情的底线，也是在监狱里的医务人员所应当为自己划出的吧。他们的底线，是根据监狱规定、本州法律或医学道德伦理信条划出的。这些规定和信条会使他们的工作变得容易些。但与此同时，这条底线的存在，也将事关信任、安全甚至个人好恶等非常复杂的情感纠结简单地纳入了体制之中。监狱系统里的工作是根据一套标准制定的，与有关道德的普遍原则不是一回事。对监狱医务人员的伦理要求是针对他们的工作环境制定的，而这个环境是监狱。对此，我们在社会这个大环境里生活和工作的人，是该注意探讨人们良心应当允许自己走多远，规则又应当划定到什么地步的吧。我们能够这样做，也应当这样做。

我们发明了警察、法律和监禁，以对付那些行为方式不适于在社会中生活的人。对一些在监狱中工作的人来说，他们的任务就是干好交给他们的活，管住监狱中的犯人和病囚，以此换得工资，并认为自己的工作是重要的。他们的行止是被纳入一定的明确框架的，而这个框架是被他们接受为正确的——或许也只是被他们接受而已。然而，如果这个框架并非公正呢？结果便会如美国女作家萨比娜·海因莱因（Sabine Heinlein）在以"囚禁"为主题的报告文学《与谋杀犯共处》中所指出的那样："如果千百万美国人受到某种危险的病毒的威胁，导致数以亿计税款的损耗，家庭被毁灭、生命遭摧残，还使大批人无家可归和心智失常，那么，对政府意在寻求持久的解决对策的做法，是不会有人诘问的。"我们的学者、媒体和立法机构一直在探讨研究应对犯罪的持久的解决对策，但进展始终十分有限。公众中的相当一部分人，目前还没有改变现状的紧迫要求。在我与穆尔见过面又收到他的两封来信后的数月里，我经常想到一个问题，就是自己对他的印象，是否与美国文化中含有过多的监狱内容有关，导致我不相信他，不愿意与他多打交道。我还强烈认为，美国的司法系统存在着摧残生命的缺陷，而且相当根深蒂固。同情定义的第二部分——"希望帮助减轻（他人的苦难和不幸）"——使我有所行动，但并非强烈到足以令我给穆尔回信的程度。

第九章　辞世之路

　　我站在位于曼哈顿下城区的电影博物馆外，与一位朋友闲聊。这位朋友是新学院[①]的教授，名叫吉纳维芙·岳（Genevieve Yue），刚刚做过一次有关摄影中色素对比的讲演。在讲课过程中，她打出了十几张"瓷女郎"[②]照片的幻灯片，都是最早在放映电影时用来作为校正演员皮肤肤色和质感的标准参考样本。照片上的这些女子，大概如今都已老去，说不定还离开了人世，但她们的年轻面庞永远地留在了摄影胶片上，以图像形式载入了电影史，成为她们永远的定格存在。在与朋友谈话期间，我注意到手机上有一条语音信箱通知，是我那位临终关怀病人伊芙琳的丈夫马文·利文斯顿（Marvin Livingston）发来的。我斜倚着一堵砖墙，在时值11月、但尚不算冷的天气里听着电话录音。马文告诉我，伊芙琳还不曾尝过一种品名为"吞急"的蛋卷，问我能否在下一次看她

---

①　新学院（The New School）是一所以社会学研究闻名的学府，校址在纽约市，成立于1919年，原名为社会研究新学院，后更名为新学院大学，2005年再度改名为新学院。——译注

②　所谓"瓷女郎"，是指摄影师在拍摄电影或早期电影放映员在放映电影前据以调整光色对比和亮度的参照图像，通常都是年轻女郎的面部照片，以得到最逼真的色彩效果，有些像是电视用的调校标准图，只是更复杂，更侧重肤色的质感。——译注

时顺便带些去。在从曼哈顿回布鲁克林的路上，我去了好几家熟食店，但都没能找到这种曾被厂商吹嘘为"特殊方法加工，保鲜期无限长"的小点心。且不论保鲜期是否无限长，它在货架上的"寿命"已经不能如此了。"吞急"是一种非常松软的金黄色小蛋卷，中间灌有香草奶油，于1930年问世，堪称与伊芙琳同龄。这种甜点的生产商"巧主妇"面点公司申请破产保护时，消息在报纸和电视上闹得沸沸扬扬。据我揣测，伊芙琳想必得知了这一情况，觉得再不尝一下，可能就不会有机会了。转天是我的生日。在上班的路上，我又在沿途所有的熟食店和杂货店扫荡了一遍，仍然一无所获。于是，我也同所有有目标而无时间的人一样，采取了网购方式，终于以25美元秒杀到一盒。这种东西已经不再生产了，于是成了互联网上交易的收藏品。购得后，我直接以邮递方式给伊芙琳送去。

伊芙琳有度过自己最后时日的计划。这一计划在她从医院里得知自己的病已进入晚期后，便以他人都不曾料到的方式开始实施。她非要出院不可，非要回家不行。她是个小个子，生得很漂亮，骨架不大，肌肉也不发达，但性格却相当泼辣。她不知从哪里弄来一辆轮椅，坐着它来到医院大门口。无论医院里有谁想将她推回病房，她都只有一句回答："我要出去！"对于医院，伊芙琳可是一点儿畏惧心都没有。她本人就是医生，有医学和心理学两个医科博士学位，但在得知自己大限将至后，便坚决不肯待在医院里。在医院里等死是什么滋味，她可是太清楚了：没有居家气氛的荧光灯照明，有礼貌但不动感情的护士，医院里特别容易危害老年人的种种感染源，有家不能回、不能享受家庭舒适、对周围的一切感到陌生的将死患者没有表情的呆板面孔……尽管她病情如许，但由于她的决心，最终她还是回到了自己家中。

　　种种治疗手段会给孱弱的病人带来何等心理恐惧，医生们是很清楚的。他们亲眼见证种种化验、药物和"特殊应对方式"导致的折磨。美国医学期刊《PLoS One》曾在 2014 年对 2000 名医生进行过一项可多选式调查，询问他们若得知本人已经患病并经诊断确知处于末期状态后会如何应对。在得到的种种回复中，同意接受舒缓医疗的占 55%，考虑申请临终关怀护理的占 43%，愿意签署"无须施行复苏急救"要求的达 39%。而"特殊应对方式"则为大多数具备伊芙琳那样在家里度过残存时光的医生选中。为什么会这样呢？为什么医生会在自己时日不多时避免医学手段，却要施加给也处于同一状态的其他人呢？

　　"我们的常规是'干'。其实，任何一种严重疾病，都会在发展到一定阶段时出现一个'倾覆点'，再采用高强高密的医学手段，便会给患者造成比疾病本身更严重的负担。"这是斯坦福大学的佩里雅科伊尔博士（V. S. Periyakoil）在 2014 年发表的观点。他领导的一项调查也得到了与前述调查类似的结果。"（然而）我们的医学教育并非要培养出向患者谈论（生命末期）的医生；即使谈论也得不到回报。我们培养的是'干'将，并对这个'干'给予回报。这个体系应当改变。"伊芙琳不愿由医生充当自己和疾病之间的中介，坚持回到家中，申请到临终关怀医护，每天由临终关怀机构派人来她家护理若干小时，疼痛时便用些吗啡，再通过吸氧弥补受癌瘤损害的肺叶功能。这样做的结果是值得注意的情况发生了。最初诊断认为她活不过六个月，但时间过去了，伊芙琳仍然活着。临终关怀医务所的医生对她再次做诊断，结论是她仍然随时有可能死亡，因此仍然符合临终关怀的接纳标准。于是，她成为放弃治疗、只在家中接受临终关怀护理而使生命得到延长的又一个实例。

　　圣迭戈临终关怀医院院长兼首席执行官凯瑟琳·珀库拉尔（Kathleen Pacurar）2013 年在《凯泽健康新闻》[①]上告诉人们说："我们这里的一位员工说：'有些病人在我们这里活得很长久，说明我们的努力，有延长生存期的效果。这实在是惊人的结果。'"这所医院，还有全美国其他临终关怀机构表现出的显著绩效，让它们受到了注意，也引来了调查。像伊芙琳这样接受临终关怀超过半年期的情况，成了全国瞩目的例子。出于节约经费的考虑，美国卫生与公共服务部也开始盯住圣迭戈临终关怀医院和有相仿绩效的同类机构。

　　临终关怀服务的成本大大低于医院，于是便出现了不少以营利为目的的临终关怀机构。而媒体也正在此时报道临终关怀病人的存活期超过半年，自然便引起对此类机构弄虚作假的怀疑。《赫芬顿电子新闻报》[②]在 2014 年以诸如《临终关怀大公司》之类的标题发表的报道，更起了火上浇油的作用。只是诸如此类的怀疑和发难，统统站在了这样几个立脚点上：一个是认为营利背离了临终关怀服务一向遵循的不以谋利为宗旨的利他方向，另外一个是觉得在为时无多的人身上榨取利益简直是腐败。然而不要忘记，我们已经接受了医疗系统总体而论是带谋利性质的现实。再者也应记住，医学诊断并不是绝对准确的。既然临终关怀服务能使患者舒服些、痛快些，离开种种危险的医疗设施和吓人的医护方式，又能回到自己的家中，这样的护理方式，是能够使他们的生命有

---

① 《凯泽健康新闻》是一份重点关注医学界重大问题和美国在世界健康政策中所起作用的期刊，1948 年由美国造船业巨头亨利·约翰·凯泽（Henry John Kaiser, 1882—1967）牵头成立的基金会创办。——译注

② 《赫芬顿电子新闻报》是由美国女报人阿德里安娜·赫芬顿（Arianna Huffington, 1950—）等人于 2005 年办起的电子报纸，现属 AOL 公司所有，并以多种语言发行，且无须订阅便可在互联网上直接阅读。网址 http://www.huffingtonpost.com。——译注

所延长的。因此，在考量有关生命末期医护的手段时，临终关怀服务的确应被视为高效率低成本的方式。其实，在考虑应当如何使患者度过最后一段时光时，我们还未能针对虽未进入末期阶段（至少尚未符合临终关怀的接纳标准）、但也同样希望在家里接受定时照拂的一部分人拟定举措。我们也忽略了那些几十年来一直处于死亡边缘的患者，除了将他们塞进医院外，便再也没有做进一步的努力。临终关怀服务的确能够有所弥合。出了几档骗局，记者和督查机关便纷纷出动，结果便不再有人注意临终关怀确有延长生命的功效，也不再考虑为虽有需要但却不符合当前接纳标准的人想些可行之策。

　　如今，美国的医疗体制对处于生命末期的人所做过的这一正确举措——提供临终关怀服务——却因为延长了病人的寿数遭到了打击。本来只能通过这一服务得到照拂的病人，如今却会因为超过期限被通知说，无论是药品、床位、供氧设备，还是定时的上门护理，以后都统统得自己去想辙了。而事实上，大多数患者是无辙可想的。调查研究的结果表明，自 2010 年以来，接受临终关怀服务的病人的平均生存期有所延长。然而，这一成绩并没能阻止来自政府的越来越严苛的审查。这些审查对生命末期医护在结构上存在的问题却视而不见，面对末期患者的需求也缺乏有创见的措施。它们单单从经济角度监督，正说明了我们的医疗体系已经不堪到了何种地步。这就是资本主义吧！就是坐在钱眼里了吧！就是对末期患者横眉冷对吧！审查的结果包含有预算和规章，但就是没有对所余时日不多的人提供更好服务的重新打算。

　　伊芙琳是幸运的。这位年逾八十的女士有足够的财力，能在离开医院回家后的四年间，雇人照顾她吃喝、洗浴，做种种护理。这种全天候看护是临终关怀机构不可能提供的。随着伊芙琳的身体状况越来越差——虽然过程缓慢，但还是逐步恶化，对她的照拂也从一开始的防备跌倒之类的"以防万一"类，一步步变成包括照顾如厕在内的无自理能力类护理。她雇来三个人轮班工作，以保证身边始终不离人。这三个人都是女性，都是有色人种，从事种种最脏、最累、无论在精神上和体力上都需要严重付出的工作；每小时的薪酬为 10—15 美元，有时付现金，有时开支票。

由于伊芙琳的本职是医生，由于她有优越的经济条件，更由于她一次又一次地活过了诊断所预测的存活期，使不少人认为她正走在安好辞世的路上。只是我有时并不这样认为。诚然，她能够时时与女儿们和外孙们盘桓，能同丈夫生活在一个屋顶下；她有时还会笑上一笑；她能随时了解自己的病情，又雇来称职的人关心她、照顾她。然而，她的身体却一直很不舒服，而且持续若干年了。她原来的最大爱好是阅读，但如今已因近乎失明无法继续，更连站起身来也都做不到了。她在等待，越来越靠着一鳞半爪的记忆打发时间。她回想以往的时光，回想与丈夫的初会，回想自己早已过世的父母，回想在医学院的求学生涯……对逝去时光的种种温馨又伤感的回忆，强烈地在正厅里她那张长沙发的周围生动展开。不过，对往昔的留恋，也会在我们每个人身上强烈地出现呀！"吞急"这种小点心，虽然当初的生产厂家"巧主妇"面点公司因不实宣传犯了众怒导致破产，可这种食品不还是在断档的第二年又被其他厂家以同一名称恢复生产了吗？

懊悔也是很强烈的情感。我们会懊悔从来不曾尝过"吞急"蛋卷；懊悔没能告诉因闹别扭断了来往的儿女其实自己很爱他们；懊悔没能将已经形成构思的小说写出来；懊悔酒后无德伤害他人却不曾致歉；懊悔大概会失去在不久的将来为小孙子过周岁生日的机会。懊悔会紧紧缠住将死之人，让止痛药失去效力，让心情无法保持平静。懊悔再加上畏惧——未知之物永远令人害怕，能够令人不得安宁，地位再高也躲不掉，照顾得再入微也避不开。希望是抵抗担心和懊悔的情感武器。它能使我们给有所疏远的儿女主动打电话沟通，能使我们居然等来小孙孙的周年生日聚会。只不过希望也是个复杂的东西。

医生们知道，希望是一种得到认可和信任的"医药"，可以发挥强大的坚持作用。在《理论医药学与理论生命伦理学》这一期刊 2011 年的一期上，有杰克·库勒罕（Jack Coulehan）的一篇文章，里面写着这样一段话："希望有助于减轻痛苦，故而医生们早就想到通过唤起和保持希望作为医护手段的一个重要的方面。"库勒罕也和许多医生一样，深信希望会使生活变得美好起来。库勒罕还专门发明了一个词语"祈盼"，意指"一剂适用于一切场合的鼓舞物"，它不树立具体目标，不鼓励无端驰想，只是去找些情感方面的小小维系。诸如喜欢今天这个日子，想要出去散散步等，都是这种小小维系的具体例子。它虽然不可能使病痊愈，但库勒罕认为，"祈盼"却有着"医生们都不曾预想到的复杂内涵和弹性区间"。他在这里发展了一个已经存在了若干世纪的医学理念。然而，这也可能导致种种问题。希望也会使人们动辄自欺欺人，将逃避严酷现实奉为上策。希望还会姑息人们的错误。"尽管我为自己确立了信条，但在内心深处，我还是希望避开向伍德里克（Woodrick）先生交底。我不希望让他崩溃。"这是一位名叫戴维·迪巴蒂诺（David DiBardino）的人在《希望，但不要不现实》这篇文章中写下的一段感触。这位伍德里克先生将不久于人世，而他的所余时日却短得令迪巴蒂诺不愿据实相告。哲学教授阿德里安娜·马丁在前文曾提到的《因何希望、如何希望》这本既出色但也有一些难读的书中，表示并不同意希望恒能提供正能量的习见，她在

2014 年接受"新书网站"的"哲学新书"栏目的罗伯特·塔利斯（Robert Talisse）的采访时说："人们通常都认为希望总体而论是正面事物。"接下来，她又提到会伴随希望前来的危险，如做出不良决策和到头来大失所望等。然后她又指出："按照一般观念，希望会导致的负面后果无非就只有这两处。"非也。读读马丁教授的这本书，体验一下这种大众化观念是多么不正确，或者不如说是多么会误导人的吧：

> 人们一旦进入希望所激发的想象轨道，就有可能滑入许多条错误的沟渠。对得到某个特定前景的希望，会使持希望者以想象代替努力，结果是变得被动；希望会对优点估计偏多，致使对前景过分看好。希望还会使视角偏狭，忽视其他的可能方向。我并不认为希望是口蓄着神水的圣井……

马丁告诉读者说，种种自助类图书也好，积极心理学①理论也好，都视希望为解决某些特定问题的出路，但实际上却有可能导致非理性的结果。希望会变成一种约束选择可能的框架，使我们只将理性错误地导向有限的方向，妨碍做出应对希望倘若无法实现时的计划。马丁教授还认为，希望和信仰是密切相关的——有时简直就是一回事：

---

① 积极心理学是心理学的一个最新分支。它关注的不仅仅是治疗精神病，更注意研究能使个人和周围人群繁盛的力量和美德。它于 20 世纪末在美国心理学家马丁·塞利格曼（Martin Seligman, 1942— ）的努力下成为独立的心理学分支。积极心理学的要旨，是主张以科学方法倡导心理学的积极取向，以研究人类的积极心理品质，超越悲观、狭隘、愤怒、嫉妒、恐惧、焦虑等消极心态，以更积极的、建设性的情绪来面对生活的挑战。他的多种著述都有中译本。——译注

信仰是指依靠神明的全知全能。希望是指仰仗神明的良善悲悯。我并不认为希望就一定是美德。如果将希望系于某些特定前景，结果会使人们自我剥夺掉精神上的能动性。束手等待救助就是一个明显的例子。应当说，对于救助，人们是不可能形成明确概念的。因此，一旦将希望寄托于此类无法预知、无从想象的前景，那也就是将希望变成了某种信仰。希望就这样以多种方式形成对失望的免疫。

我曾在宽街大楼的临终关怀医务所照看过的病人马歇尔，就是希望得到救助的。他知道自己的癌症已不可能治愈，因此希望有某个奇迹降临，却又苦于想象不出会是什么样的奇迹。他有信仰，越是临近生命终点，便越是认定将会去到一个更好的世界，他的疼痛与折磨会在那里消失，他的健康会重新回来，他的罪孽将得到救赎。

我曾去他家里探望过的那位罹患震颤性麻痹多年的临终关怀病人科尔特斯，已经超越了怀有希望的阶段。他表现得很快活，是因为他的头脑已经不能再让他思考是否能生存的问题，不再怀有对未知前景的畏惧，甚至不再明白自己将会有什么结局。如果他也还有什么希望的话，那大概就只针对片刻的光阴：希望看到妻子出现在身边，希望回忆一下身强力壮的当年，希望吃到些喜欢的食物，希望听一听中意的音乐。

埃米——就是那个因心肌梗死躺在临终关怀病房里，靠人工呼吸机通过插进喉咙的管子送氧的休克男子杰克的妻子，也怀着一个希望，一个尚未被现实粉碎的希望。她无法想象失去丈夫的生活会是什么样子。她甚至都不太清楚丈夫进入临终关怀机构究竟意味着什么。她只是希望眼前所见其实只是一场梦。她希望活下来，自己活下来，丈夫也活下来。不妨说，她是在希望有什么人前来告诉她该怎么做。

罗伯特·巴克斯特生前的希望是向最好处争取，为最坏处做安排。他与"同情与选择"组织携手，争取使临终医助在蒙大拿州获得合法地位，就是为了要直面争取死亡权，而不是在煎熬中被动地坐等死亡来临。

在康涅狄格州监所进行过绝食抗争的威廉·科尔曼不想死去，也不想被强迫饲喂。他也有个希望，就是通过绝食手段改变司法体系，但最终被证明只是一场可望而不可即的努力。他用光了所有的上诉机会，试遍了所有可改变量刑的手段，最终只好寄希望于以拒绝进食的方式达到不以有犯罪前科污点出狱的目的。2014年，他在毫不知情的状况下被递解回原籍——英国利物浦（Liverpool）。他在电话中告诉我，他在六年多不曾正常进食后吃的第一样食物是面包干。

那个已经死亡，却仍又开着人工呼吸机又插着饲管的耶希·麦克马斯，还有那个已经多年处于持续性植物人状态、体内一直插着饲管直至法院批准她丈夫的要求移去的泰莉·斯基亚沃，都是患者家属在以一个希望抗衡另一个希望。这些人认定自己的信仰能够迎来奇迹，因此致力于通过法律途径找到出路。他们的所作所为，是要将个人的希望引入立法系统，使每个人都服从之。

截瘫患者比尔·皮斯当然还生活在这个世界上。他一直努力在这个世界上过好每一天。让他害怕的东西没有多少，不过他很怕被医生送去接受安适护理。他相信疼痛与折磨是生命过程中的一部分，因此鄙夷那些为如何少受痛苦支着儿的人。比尔也怀有希望，不过是很现实的，那就是希望人们都要正面承受每一日的艰苦与磨难，一个也不要躲避。要让自己的一生在尽全力的战斗中度过。他希望有机会做到这一点，也一直为做到这一点而奋斗。

我的父亲曾希望能返回自己家中，在自己的床上静静离开人世。我本人当时也这样希望来着。他从未料想到有一天会无法自己上厕所、无法刷牙、说不清楚话、头脑犯糊涂。他将大小诸事都做了安排，唯独遗漏了两点：一是他应称之为隐私的部分，二是许多人称之为尊严的部分。

在死亡边缘徘徊多年的伊芙琳如今有什么希望呢？据我看，这位被死亡的阴惨浓雾一直笼罩、将身边的一切都遮蔽掉的女士，到头来只感到疲倦和厌烦。可又有谁会因之责备她呢？她已经接近全盲，又多少年都不曾离开家里的这间厅室了。她有人陪伴：几名看护、她的丈夫，外加每个星期日晚上来看望她几个小时的我，再就是临终关怀医务站每个星期四会派来盘桓一个小时的教士——此人学识颇丰，并非只会弹些宗教老调，很受伊芙琳欢迎。她一方面希望自己能安宁地离开人世，另一方面也仍旧有难以忘怀的追悔。她在最后的几个月里一直努力忙这忙那，就是为了排遣头脑中的这些追悔和种种不好的念头。她要我告诉她外面的事情，要听我讲述自己的生活，还请我读些轻松愉快的文学作品。她还会时不时地要求得到某些新的体验——尝尝"吞急"即为其一。

2001 年的"9·11 恐怖袭击"发生几个月后，我参加了哥伦比亚大学的一个讲座，主讲人是法国哲学大师雅克·德里达（Jacques Derrida）[①]。我在上大学时读过他的作品。他晚年的著述往往与哀伤和悼念有关。他的新作《伤悼文集》就是在这一年

---

① 雅克·德里达（1930—2004），现代法国哲学家，解构主义大师，他对一些道德和政治议题的解析影响了若干场政治运动，从而使他成为一位分量十足的公众人物。他的许多著述都有中译本。——译注

的 7 月出版的，也是这一次讲座的主题。《伤悼文集》收录了德里达前后 20 余年来所写的一系列文字，每一篇都因一位朋友的故去而作：罗兰·巴特（Roland Barthes）、保罗·德曼（Paul De Man）、路易·阿尔都塞（Louis Althusser）、埃德蒙·雅拜（Edmond Jabès）、吉尔·德勒兹（Gilles Deleuze）、伊曼努尔·列维纳斯（Emmanuel Levinas）[①]，以及其他一些人，其中有几位是当代最负盛名的哲学大家。讲座开始时，德里达在哥伦比亚大学教授加亚特里·斯皮瓦克（Gayatri Spivak）女士陪伴下出场。这位以身披印度纱丽、足蹬半高勒军靴的装束颇有些知名度的女教授，在向与会者介绍过主讲人后，便在讲台右侧靠边的一把木椅上坐了下来。德里达个子不高，骨架也不大，生着一头蓬乱的白发。在他做讲演期间，斯皮瓦克剪着短发的头一直低垂着，像是在祈祷，又像是在打瞌睡。

在听德里达的这次讲学时，我个人生活中还不曾遭到死亡带来的重大打击——外祖母在享年 92 岁后去世是第一桩，是 2003 年的事情；父亲的见背更是再晚了一年。这使我难以领会讲演人在《伤悼文集》中所涉及的亲朋逝去造成的缺憾。看着拿在手中的德里达的书，读着他按逝世时间排序的逝者名单，我的感觉却只像浏览华裔建筑师林璎（Maya Lin）刻在首都华盛顿越战纪念碑

---

① 罗兰·巴特（1915—1980）是法国文学理论家、哲学家和语言学家。他的许多著述都有中译本。保罗·德曼（1919—1983）是比利时文学评论家，晚年在美国享有文学评论泰斗地位。路易·阿尔都塞（1918—1990）是法国信奉马克思主义的哲学家，他的三本著述目前已有中译本（作者姓氏的译法不尽一致，也译作阿图塞）。埃德蒙·雅拜（1912—1991）是法国作家和诗人。吉尔·德勒兹（1925—1995），法国哲学家，在其他领域也有著述，他的若干著述已有中译本，包括他的最有影响力的作品《资本主义与精神分裂》。伊曼努尔·列维纳斯（1906—1995）为法国犹太裔哲学家，以对犹太哲学领域的研究著称，他的四本著述目前有中译本（作者姓与名的译法都不尽一致，姓氏也有译作列维纳的，名也有译为艾玛纽埃尔的）。——译注

上的阵亡将士名单，或者有如去纽约世贸双塔遗址一睹刚开始按照迈克尔·阿拉德（Michael Arad）的设计修造的纪念堂，或者有如翻阅齐刷刷排在《纽约时报》报尾处的讣告栏。诚然我也明白，它们都是在提起永远离去的挚爱亲朋、未竟的事业，甚至还包括失却的童年欢乐。然而我只是知道有这些事实，而由这些伤逝造成的深深缺憾，我只是从音乐、诗文和艺术作品中得到一些灌输，远远未能有真切的体会。

《伤悼文集》英译本的译者帕斯卡莱－安妮·布罗（Pascale-Anne Brault）和迈克尔·纳斯（Michael Naas）在译者前言中说："我们必须要有所表示，哪怕没有心情，哪怕头脑里一片茫然，哪怕想不出合适的言辞，都一定得说些什么，甚至还得评价一番。我们通过这一方式，去抗争一切会使对逝者的记忆被尘封或被遗忘的力量。这些力量非但会使墓碑上的姓名模糊和消失，也会使它们指代的人同样如此。"每当有某个熟人逝去，我们无论如何也应当有所表示。不过我可是对这样的表示有个说法，就是"为了虚荣的悼念"。我们讲述他们，却弄得像谈论自己一样；我们提及他们的生平，听来却有如介绍自己的经历。这样的反应方式是很自然的。我们是人，我们都有过失去的体验。失去了就一定得讲一讲这失去了的。这不是命令，是经验。在《伤悼文集》的第一章《一次又一次地悼念罗兰·巴特之死》中，德里达这样写道：

> 我目前尚不知道——不过知道与否到头来其实并不重要——为什么我会以一个个片段的形式抒发有关罗兰·巴特的思绪，又为什么会特别看重它们的不完整性，这些都是我自己很想弄清楚的……这些墓碑上姓名附近的小石块，都是我放下的。我放得很精心，每次只放一块，作为我向他做出

以后还会再来的保证。

德里达告诉听众说，这些"小石块"是"给他"——死去的巴特安放的，尽管他知道，它们永远不会同巴特聚到一起。"那么它们会去哪里呢？与谁在一起呢？这又是为谁做的呢？只是与我中的他呢？还是为你们中的他呢？或者是为我们中的他呢？"巴特是存在于德里达的记忆中的，并也存在于他人的记忆中的。德里达知道，巴特已经只是记忆中的存在了。人们谈起死去的人，是因为想念他们，是因为有事情要向他们倾诉，是因为实在不想忘掉他们。就在这种努力中，随着斗转星移，我们得知又有他人逝去——这次是德里达，离开我们的时间是 2004 年 10 月。

布罗和纳斯这两位英译者又说："每当这个世界上有一个人的物质形体消失时，人们便会聚在一起，评说此人的故去所造成的损失。这样每进行一次，便将一个新的姓名加到悼念清单的最新位置，将前面的所有人都向上挤去——简直是'人走茶凉'。"每个被加到悼念清单上的人，都曾是最新的一个，都曾被评说为与众不同。于是乎，我们在悼念一名新逝者时，以往对前面每一名的评说便都成了不实之词。不过，所有这些悼念加在一起，便拧成了一股情感。这种情感就是缺憾。人们如何进行悼念呢？回想，记忆；提起一个个名字，按照通用模式将每一次逝去都标定为与众不同；每标定一次，便进行一轮讲述。

小说作者和散文作家莱斯莉·贾米森（Leslie Jamison）在 2014 年的一篇评论玛丽莲·鲁滨逊（Marilyn Robinson）的小说《莱拉》时，说了这样一段话："讲述会成为抵制朽灭的手段。人们的肉体固然会与因性爱、关爱、亲友、血缘和呵护等形成的关系脱离，但讲述会令这些关系存在下去。具体的讲述中存在着升华的意境，但同时也加强了悼念的感觉，使人们认识到，人与人之间的关联不会持久，只是一种认为存在为永恒的错觉，无非等同于必然消失前泛起的一阵涟漪。"

　　我与伊芙琳·利文斯顿的第一次见面是在 2011 年 7 月 13 日。那一天是星期三，夏季的一个溽热的晚上。纽约城里闷热得令人窒息。早些时候，临终关怀医务所的协调员打电话来，说有一位女患者想要写篇回忆录，苦于从未从事过写作，因此想请一位有作家资历的义工帮忙。患者的住址在曼哈顿区西北部，从我的上班地点前去需要三刻钟，要是从我位于布鲁克林区的家中前去，少说也得一个小时——还得指望地铁运行正常。"我知道那里对你来说确实远了些，"这位协调员说，"只是我们没能找到她看中的人。你先去一下，看看彼此能不能谈得拢，成不成？"商量的结果，是我最后同意前去，心想无非只是几个星期的事，充其量也不过一两个月吧。先前我做义工时打交道的几个人，相处的时间也差不多都是这么久。

　　这一天，我提前些下了班，乘地铁来到中央公园西侧。出站后，我在夏日的绿树和青草散发出的清新香气中走到了利文斯顿夫妇的住处。他们住在纽约市一处有代表性的高档住宅大楼里。大楼紧挨着中央公园，建于两次世界大战之间的时日，是埃默里·罗思（Emery Roth）[1]从 1929 年起陆续建成的四栋连体双塔式大厦中的最后一栋。"大萧条"使整个工程停顿了数年，后来还是在诸如住户之一、巴尼精品百货连锁公司的创建人巴尼·普

---

[1]　埃默里·罗思（1871—1948）是美国著名建筑设计师，纽约的不少大饭店和高级公寓都是他设计的。他生前创建的埃默里·罗思父子建筑公司在他逝世后仍继续设计和建造了许多著名大厦，包括毁于"9·11 恐怖袭击"的世贸双塔。——译注

雷斯曼（Barney Pressman）^①等大富翁的支持下才全部竣工的。利文斯顿夫妇居住的这栋大厦又漂亮又气派，近 15 年的装修又使它更符合住户的要求：大门上吊着绿色遮篷，两侧是栽在水泥长槽里的高大灌木，修剪得很是美观；大厦内对称地布置着艺术饰品，打理得十分精心。迈克尔·福克斯（Michael Fox）、加里森·凯洛（Garrison Keillor）、费伊·达纳韦（Faye Dunaway）^②等名流都住在这里。利文斯顿夫妇是 20 世纪 60 年代入住的，当时在这里住着的心理医生有相当一批。后嫁给希腊船王的前第一夫人杰奎琳·肯尼迪·奥纳西斯（Jacqueline Kennedy Onassis）也至少被人们在楼内的电梯间认出过一次。门厅的接待台很宽阔，材料是夹杂着白色纹理的灰色大理石。台上摆放的大盆鲜花每周都会更换。

我初次拜访利文斯顿夫妇的那一天，穿的是一件 20 世纪 40 年代款式的女装，还是十多年前在洛杉矶（Los Angeles）买的，布料很薄，花纹是黑白两色的小伞轮廓，远远看上去，制造出一种密密麻麻的蜘蛛网的视觉效果。这件女装很是时兴过一阵子，上下里不很长，横里相当宽松，领口裁剪成扇贝形，一派古典风格。当时的伊芙琳尚有视力，对我这身装束产生了很好的印象。她认为我的这身穿着体现出对他们的尊重，正是女人应有的打扮。她丈夫将我请进门，领我进入正厅，见到了坐在宽大长沙发上的伊芙琳。她倚在一堆罩着亚麻布套的靠枕上，花白的头发盘成一个

---

① 巴尼·普雷斯曼（1895—1991）是美国百万富翁，从服装业起家，打造出专门经营高档百货的跨国企业。——译注

② 迈克尔·福克斯（1961—）是著名影星，以饰演著名幻想影片《回到未来》中的少年男主角最为人所知。进入中年后因罹患震颤性麻痹，成为推动对此顽症进行科学研究的社会活动家。加里森·凯洛（1942—）是能写、会唱、口才极佳的文人，以长期担任广播脱口秀《草原上的家和同伴》的主持人最为知名。费伊·达纳韦（1941—）是著名老牌女星，以 40 余年 73 部影片的银屏生涯，四次获得奥斯卡奖提名并一次获奖，以及尤擅饰演迷惘、反叛、偏执的角色著称。——译注

髻。她的上身是一件男人的衬衫，袖子卷了起来，下面是一条宽松的亚麻布长裤，这样的装束遮掩住了消瘦的身形。她开口讲话，声音中带着一股高贵的韵味——往往属于上过多年私立学校，又经常出国游历的富贵人家的后代。一开始时，我坐在她对面的一把垫得太软的椅子上，谈着谈着，我索性抽出一只垫子，坐到了她的脚下。我们聊得十分投机——既是因为她看出我对她很尊敬，也是由于虽说常有访客，但她的大部分时光仍然只能在孤寂中打发。她实在感到寂寞。我们在一起时，她会带我去她家的大书房，我们一起翻阅词典查找词源。她喜欢讲话，而我则擅长发问。在最初的几个月里，我问到了伊芙琳的许多往事。我们坐在洒满阳光的正厅里，一边喝着威士忌，一边聊她的父母、她学医的经历、她以精神病医生的身份在以贫穷和暴力闻名的纽约市哈莱姆区（Harlem）与当地青少年打交道的体验，等等。

每周探望伊芙琳一次的日子就这样过了四个月后，她的丈夫马文因结肠梗阻被送进了医院。第一次手术并不成功。在马文住院期间，伊芙琳每天的大部分时间都一人独处。我很担心她难以料理她家里的种种事情，如电话购物、货到付款、保管账单等，因此我将访问时间改为每周两次，还担起了部分家务劳作，如掌握在电话上订购哪些食品，给前来打扫卫生的妇人支付报酬等。伊芙琳无法前去银行，我便代她换来现金。在此期间，我还去医院看望她的丈夫。马文很感心烦意乱，身体也虚弱得厉害。我拿不准伊芙琳对将来马文出院后的日子有什么打算，也不清楚马文会不会接受临终关怀服务。如果两个人都接受照顾，时间就会加倍。更令我担心的，是马文手术后的结果。于是，我小心翼翼地向伊芙琳提起这些问题。伊芙琳坐在她那只长沙发的一侧，沙发左边立着一只小小的三脚桌，上面整齐地放着她需要的种种东西。

她伸手从桌上端起一杯威士忌，连看一眼都不需要。"我都心里有数。"她告诉我说。马文接受第二次手术的那一天，伊芙琳和我都很紧张。马文的手术定于上午进行。我俩就在伊芙琳的家里等候医院的电话通知，一直等到了晚上。对老年人来说，即使是健康的、很有精力的，哪怕只是接受常规手术，也会遭遇危险。人一旦上了年纪，身体各个系统便会失去原来的稳定性。手术开始后的第九个小时，电话铃终于响了起来。我俩都拿起话筒。我听到了主刀外科医生的声音，口气很温和，也很疲惫。他通知伊芙琳说，这第二次手术是成功的，只是马文以后得使用瘘袋了。听毕，我们都松了一口气，重重地坐了下来。我俩都希望马文能快快回家。只是不知道马文将如何恢复，弄得他俩今后如何度日的前景很不明朗。

两天过后，伊芙琳问我能否在她家再多待一会儿，帮她见一见一位前来应征家政服务但因外面下着大雨没能按时前来的女子。伊芙琳和我便一边坐等，一边商量她这里需要家政服务的时间和报酬标准。这些内容涉及了利文斯顿夫妇的经济状况和家庭生活，已经超出了临终关怀业务的职业要求——不过我也早就越界行事了。他们的几个女儿都在其他几个不同的州生活。我是不是越俎代庖，负起了本该是家属才有资格承担的责任呢？我有些担心。我在接受培训时，临终关怀机构的协调员便告诫过我："不要出圈儿——这很重要。不要不好意思对要求说'不'。"然而，面对利文斯顿夫妇的紧迫要求，这个"不"字又怎能说得出口呢？

我一见到马丁娜（Martina），便立即对她产生了好感。她是个大块头的拉丁裔女子，梳着满头密密的贴头发辫，穿着鲜艳的印花罩衫。伊芙琳的好感来得慢些，不过由于需要，还是当场就决定雇用她。商定好何时开始工作后，马丁娜便告辞了。她人刚走，伊芙琳便对我说：“你可注意到她的手指甲？”——话中流露出她是有阶级偏见的。没有多久，马丁娜又荐举了玛丽安娜（Mariana）前来，好保证伊芙琳身边总能有人。这里的生活便有了稳定节奏。马文出院回家后，这两位家政女工便既照顾男病人的康复，又满足女患者的要求。伊芙琳不那么好相与。她坚持要求家政女工称自己为利文斯顿博士。她大声说话有困难，因此凡需要召家政女工前来时，便会吹一只哨子。对于等级界限，对于雇佣关系，她都十分在意。马文慢慢地恢复了家里的日常劳作和财务打理。他们的小女儿凯瑟琳（Katherine）也每隔几周前来探望一下。

　　我简直成了利文斯顿家的一员。伊芙琳和她的大女儿贝丝（Beth）长期存在芥蒂。当马文和伊芙琳重新立一份有助于缓和这种紧张关系的遗嘱时，我也是在场的见证人之一。转年夏天，我同凯瑟琳一起去缅因州（Maine）度假。我接待过利文斯顿夫妇的一些远亲和国外友人。我同他们一起庆祝过三个结婚周年日——喝香槟，吃凯瑟琳烘烤、马丁娜裹糖霜并插上银色小蜡烛的蛋糕。伊芙琳也帮我做些有关事业的决断。她还读——应当说是听我读——我在认识她后写的所有东西，还指点我如何待人接物、提供旅行知识、建议理财门路等。一起相处将近四年后，我俩建立起了相互依靠、彼此宽容、共同适应的关系。

　　一个周五的下午，趁着马文在娱乐室看电视时，伊芙琳向我提起想要试一试大麻，看看这种东西能不能让她觉得好过些。她近来一直烦躁，身上简直没有舒服的时候，而且呼吸不畅、周身疼痛，死亡的阴影更是始终悬在头上。我觉得她不妨试试吸些大麻，并表示我下次来看她时会带些来。作为医生，伊芙琳一向只了解毒品对人的戕害。她在纽约哈莱姆区行医时，目睹过自己的一些病人因为这些东西在街上被捕，后被送入监狱服刑。她也在急诊室里面对面地审视过毒品造成的惨状。但她如今年事已高，恐不久于人世，这使她以个人的身体不适为着眼点，对害怕程度做出了新的排序，对道德标准也进行了调整。为了能够使身心有所宁静，为了使时光不那么难挨，她不在乎借助任何手段。

到了下一周的探访时间，我便在手提包里夹带着一小袋干大麻叶前来伊芙琳家。这种东西在纽约并不难买到，而且质量是上乘的——茸毛很密，气味很冲。我将美国女诗人路易丝·格吕克（Louise Glück）的诗集《格吕克50年诗选》平放在桌上（这是我以前送给伊芙琳的生日贺礼），将有些发黏的大麻叶碾碎，然后颇为熟练地——也因为被伊芙琳看到这种熟练而有些羞赧——放在一张小纸片上，卷成一支"大炮"。我将探进她鼻端的氧气管移开，将这只点燃的大麻烟放进她的双唇。

"别吸得太猛，"我告诉伊芙琳，"吸几口就够了，它和香烟可不是一回事。"她本是个老烟枪，生病住院后才戒了一段时间，出院后在家里又换成了电子烟，而且须臾离不得，就连备用的电池和烟弹也都放在身边。

"真是神了，"过了好一阵子，她才不无慵懒地说道，"我以前根本就不知道。"

从此，抽大麻烟就被纳入我们每周五的固定程序。我一来到她家，就同伊芙琳到她当年的家庭诊室去，在那里吞云吐雾一番。她的诊室不大，紧挨着正厅，收拾得很整洁，地上铺着厚实的白色地毯，清一色丹麦风格的现代家具。她曾多年在这里接待求诊者，了解他们的心理健康状况，讨论家庭中的暴力与虐待现象，分析毒品的影响。诊室隔壁的房间里有几个高高的文件柜，里面存放着就诊者的所有病历。它们都涉及患者的隐私，因此伊芙琳打算彻底清理一番，将不应公开的部分销毁掉。此时，她便坐在书桌旁的椅子上，一面吸着大麻烟，一面听我读这些资料：一名少女被老师性侵；一名弱智男孩经常坏脾气发作；一名被多个家庭领养过的男孩子因偷盗被捕。在过去的几十年里，伊芙琳一直努力与在十分不堪的条件下生活的孩子们沟通。她本人虽然相当富有，但从事的事业却是与注定会在穷困中挣扎的人们打交道。再次接触这些资料，追忆自己的工作，给了她满足的体验和充实的感觉。重新审视自己一生的工作，对抑制她的烦躁来说，功效实在不亚于大麻。

伊芙琳虽是老烟枪，却直到年近八旬才患上肺癌。如今，一到星期五晚上，她都会在她的诊室里违法吸食大麻，为的是让最后的时日变得好打发些。我也陪她一同吸这种东西。大麻是给她当年的不少病人造成悲剧的根源，但讽刺的是我们两人谁也没因此迷失。

人们都尊称伊芙琳为"利文斯顿博士"。对自己的职业、社会地位和继承来的丰厚家财，她是很得意的。不过从一开始，她便让我只用伊芙琳这个名字称呼她，使我觉得与她很亲近，也很珍惜这一待遇。自我走进她家、开始建立起关系的那个7月里的闷热一天起，以名字直称她，对我而言便意味着要一直将这种关系维系下去。如今她正接近人生终点，我还是这样叫她；在她离开人世、肉体不复存在、只有音容存在于我的记忆里时，我也仍会这样叫她。或许她当初想到写一下个人回忆录，正是为了留下些属于自己的东西，以向正在接近并必将来到的寂灭有所抗争吧。如果她写的东西能流传于世，她本人也就一同流芳了。这样一来，她写下的，便是不会消失的故事，字句构成的来世，一如前文提到的供调校皮肤肤色和质感用的标准参考照片上的那些女子。只是时光荏苒，伊芙琳的注意力已经无法集中，无法以老迈病弱之躯，回顾从"大萧条"时期直到当前的 80 年，而且就连当前，也会弹指变为活人记忆中的历史。不过以我之见，伊芙琳也从不曾要下大气力撰写自己的回忆录。如何才能写得像样，她其实并不明白。只是在我帮她写作、与她交谈的过程中，她才多少有所领悟。结果是她很快认识到，要完成对一生的详细回顾，要么是不具备这一能力，要么是意愿并不强烈。

这样一来，伊芙琳便一点点地将完成回忆录的工作完全交给了我，只不过也从不曾明言。我想，她这种默默的希望是有意义的。她也相信我——也就是我将完成的她的回忆录——会给她创造出一个身后存在。这样信任我自然十分美好，但我明白结果最终不会令她满意。谁会喜欢读这种由旁人捉刀弄成的文字呢？况且进行写作，写书也好，写文章也好，都意在捕捉细节，也就是反映出真实面目。然而写作人的目的永远无法达到。书写历史永远是不真确的，永远是不完整的。我所能做到的，充其量也就是留下一个姓名，在生前就留下，并使它在身后依然存在。只不过我所写的这个伊芙琳·利文斯顿，自然并不是真实的伊芙琳·利文斯顿，无非是我把一个真实人的姓名，加在了我写出的这个人的头上。还是引用一下布罗和纳斯两人在翻译德里达的《伤悼文集》时写下的一段译序吧：

> 你交上一位朋友，用这位朋友的姓氏或名字称呼对方，也被朋友称呼你自己的姓或名。你们都知道，你俩中会有一个先行告别人世，结果是留下来的一个会提起已经不在的一个的姓名。这又一次表明两个规律的明确存在：一是作为人，

自身的存在是有限的；二是姓名可超越这有限的存在。这便决定了伤悼自然始自提名道姓。

美国女作家厄休拉·勒奎恩（Ursula Le Guin）的年龄与伊芙琳相仿。她共写过十几本书，其中的七本都以一个名叫"地海"的虚构地方为背景地点。[①]"地海"是一处群岛，由上千座岛屿组成。她的最享盛名的"地海三部曲"（其中的第一部于我出生的1968年出版），将读者领进了充满历险、魔法、恶龙和文化多样性的世界。这三本书介绍了一个名叫"雀鹰"的巫师的生平。他放羊娃出身，最后当上了整个地海群岛的大法师，可以预知这里的一切。在《地海彼岸》里，为了弄明白世界正在失去活力、所有人都不再快乐、对所有事物都失去兴趣的原因，"雀鹰"和他的年轻伙伴埃仁（后来当上了一座岛上的国王）一起来到了"地海"的边际。结果是"雀鹰"向埃仁做出解释说，人们之所以振作不起来，是由于长生不老的念头在作祟。"这个反叛、这个自我，这个存在于每个灵魂中的小小反叛，盘踞在黑暗中，一如藏在盒子里的蜘蛛，向我们自己这样嘀咕着：我要活着！只要我能活着，随它山崩地坼！"

　　"我已经懂得应当相信死亡的不可避免，"埃仁回答，"但还没能学会喜欢它，没能学会在它降临到我头上或者你头上时伸手欢迎。如果我热爱生命，难道就不应当痛恨它的终

---

① 在这七部中，最早问世的是一个短篇故事集，于1964年出版。然后是著名的"地海三部曲"，都是长篇，分别出版于1968年、1971年和1973年，译名分别为《地海巫师》、《地海古墓》和《地海彼岸》。第五本《地海孤儿》则时隔17年至1990年才问世。第六本《地海故事集》和第七本《地海奇风》均于2001年与读者见面。目前后六本书均有中译本。——译注

结吗？"

"雀鹰"告诉埃仁说："没有终结的生命，不会死去的存活，永远不灭的存在，乃是每个灵魂都企盼得到的。企盼越强烈，生命便越健康。埃仁你听着，你的企盼是有可能得到实现的。"

"实现之后呢？"

"实现之后嘛——就会是这种局面：世界一片萧索。眼睛视而不见，耳朵听而不闻，技艺统遭遗忘。再就是嘛——世界被一个不称职的君主统治着，永远统治着。被统治的也永远是同一批臣民。没有新生命降临，世界上不存在儿童。埃仁啊，只有存在死亡，世界上才有生命。生是寓于死的。平衡不是静止。平衡是运动——一种永远的更替。"

"雀鹰"教喻埃仁的，是生命的最大和最优美之处，其实就在其存有竟时而并非永恒。摆放在伊芙琳所住之处门厅里的鲜花是美丽的，生命也同这些花朵一样，因其不能持久而弥足珍贵。新的花蕾会出现，绽放为花朵，被剪下插瓶，然后死掉。新的生命会代替先前消失的一批。我们面前的这个世界是真实的，的确如是。但它也永远是新的。对那些遭受痛苦折磨的人，我们会引用一句格言作为安慰："它也同样会过去。"这句话可能出自中世纪时期波斯的苏菲派[①]诗人，也可能是刻在一只有魔法的戒指上的咒语，一旦套在手指上，便能令喜悦者悲伤，令难过者快活。一则犹太民间故事说，有一个颇有建树的国王，听到了这句"它也同

---

① 苏菲派是伊斯兰教的一个神秘主义派别，产生于公元 7 世纪前后，后分为若干支派，至今仍有信徒。——译注

样会过去"，过了几年后，他的光荣、他的伟业，都统统成了记忆；一旦发生，便成为过去。因此我们在提到某人死去时，会用"过去了"这个说法。人死了，便成了历史。

死亡是必要的——或者更应当说成摒绝对长生不老的追求是必要的。美国生命伦理学家伊齐基尔·伊曼纽尔（Ezekiel Emanuel）写过一篇题为《我为什么希望在 75 岁时死去》的文章，发表在 2014 年某一期《大西洋月刊》上。"死亡是一种丧失，"他说道，"活得太长久也是一种丧失。"他描绘了人在 75 岁后大多时间所处的状态：生活中没有延迟跳伞，没有跃马驰骋，没有探险猎奇，有的只是制药公司的广告上信誓旦旦地向老龄人做出的此类担保。这些人在体力上和智力上都日趋不堪，经受不住打击，创造力也大为下降。不过应当指出，伊曼纽尔只是针对一批特定的美国人——事业有成、经济也无虞的白种人的情况如此评说，并没有考虑到那些与他并非同一档次的老人在岁月之末时的状况。要知道，后者未必能怀有体验延迟跳伞之类的奢望呢。伊曼纽尔所描绘的，倒的确符合伊芙琳目前的状态。她固然也能找到一些乐趣，但过的是完全与世隔绝的日子。她的肉体状况使她的心智陷入迷惘和呆板。既是如此，我们又何苦花费大量时间和精力设法长期地这样活着呢？伊曼纽尔又认为死亡会"夺去我们珍重的一切"。也正如"雀鹰"向埃仁指出的：长生不老是个圈套，但却是个十分诱人的圈套。

这位伊曼纽尔还说："美国人看来很热衷于健身、玩智力游戏，饮用这样那样的果汁，服用五花八门的蛋白制剂，按照严格的菜单进食，大把吞吃维生素，摄入形形色色的补品……凡此种种，都是为了挡住死神，尽力延长自己的生命。这种风气已经十分普遍，简直形成了一类文化。我称之为'美国式长生'。"我们已经被诱入彀中，相信衰老是一种可以医治的病，死亡将得到比目前更长久的推迟。如今的 80 岁正相当于当年的花甲之年！然而，在这种信心的支持下，种种意在否定死亡的努力，使我们付出了代价。活下去的意愿蒙住了我们的眼睛，使人们的决断会从多生存几年的目的出发，对以往的追悔也因此受到推迟。人们似乎忘记了一点，就是一切生命都犹如货架上的牛奶，出厂时便已经注明了保鲜期。

美国作家苏珊·雅各比（Susan Jacoby）在她文笔俏皮的著述《永远不要提到死》中提醒读者注意，即便在古代，人们也须学会面对死亡。古希腊神话人物、大英雄奥德修斯，在一座岛屿上与美丽的女神卡吕普索相遇，卡吕普索想与他一起生活，便应许让他永生。奥德修斯禁不住这一诱惑，便同卡吕普索一起过上了放纵奢侈的日子，也因之快活了几年。但渐渐地，他从长生不老的梦中醒了过来，下决心要返回伊萨基岛，回到一直苦苦守候的妻子佩涅洛佩身边。虽然佩涅洛佩是寿数有限的凡人，但代表了奥德修斯心中接受了以有限为美的理念。宙斯听到奥德修斯的祈祷，遂下令让卡吕普索放他回家。雅各比女士在书中写下了这样的话："奥德修斯拒绝了在永生之众中的无尽快乐，决心回归人类备受磨难的环境。这被认为是更高尚的道德选择。不但保守的生命伦理学者这样想，信奉古典传统的作者也普遍这样看。"之所以说这一选择更道德，是因为放弃永恒的生命——伊曼纽尔称之为"痴念"——愿意再度成为不免一死的凡人，是将死亡放到了它应当所处的位置上。接受人固有一死的结局，会有助于使我们以及我们的文化，能更好地对待行将"过去"的人；会指引我们创造和改善照顾老人、病人和伤残人的环境；也会为我们提供安排自己归宿的机会。人的身体是个很难说清楚的存在。往往已经做出了精心安排，但身体却未必会按图索骥。医务工作者们所能做的终归有限，不过如能撇开认为寿命越长越好的无益追求，是会对我们在这个真实世界中的生活有所助益的。在这个真实的世界上，存在着悲剧，存在着疾病；有欣欣向荣的春天，也有万木肃杀的冬日。我们在这个真实的世界上，对临终者提供尽心的看护，又将逝者的姓名和对他们的记忆纳入自己有限的生命，以这两种方式表示对他们的敬意。

不存在什么安好辞世——这是我在父亲离开人世后的最初一段时日里，在人去楼空的房子里来回踱步时心中转着的念头。如此这般地折腾，到底有什么用呢？又是操心，又是受罪，结果是白忙一场，最终只落得伴着呕吐盆在无眠中煎熬。但我还进一步问自己一个颇带虚无色彩的问题，就是生命的意义何在。我的父亲劳作了这么多年，做出了一番事业，养育了一家人，又盖了一栋房子。到处都能看到他曾经存在于这个世界的证据：壁橱里挂着他的衣服，大门旁摆放着他的旧靴子，五斗橱里放着他平素总会放在衣袋里的折刀，已经不复为私人物品的信件和银行存折；经历过的一切，学到的教训，掌握到的知识；他的童年生活，那把他用了多年、又只有他自己使用，因此握柄都磨出他的手形的锯子。想到他给我立下的所有规矩和对我的种种期许，再想到我对这位严父的怕和对这位同时又是智者的爱，这一切都又怎样了呢？一切就都在白驹过隙中变为回忆了吗？悲恸使我不得安宁。父亲没能如愿归西，他60岁便逝去，实在算不得尽享天年。他没能在家中"过去"，而是死在市区的临终关怀医务所。他临走前还踢我来着。只是有一点，就是我和我妹妹都尽了最大的努力，凡能做的都已经做了。只是斗转星移，父亲去世时的情景逐渐淡去，我也开始当上了临终关怀义工。然而，我对什么是安好辞世的疑问却一直没有消退。我努力寻找答案，就像一些人搜寻传说中的不老泉，也像老年病学者们探寻衰老的原因。

思考的结果是我认识到，不存在什么安好辞世。无论对于本人还是亲朋，死亡都不是什么好事。不过也还存在另外一种结局，可以称之为"安妥辞世"。毕竟人们是可以做到对死亡坦然面对、接受其当然，又知其所以然的。懂得它，便可以直面接受它。安妥辞世有多种实现方式，视临终者的情况而定，按照这些人的希望尽可能地予以满足。真正应当归结为悲惨亡故的只有一种，以这种方式离开人间的人，会有共同的可怕体验：疼痛、无助、拖耗、孤独。

从无论什么角度看，伊芙琳都是能够安妥辞世的。如今，我会在每个星期日的下午前去看她。进入她家的正厅、坐到她的膝下时，我的第一句话总是问她觉得如何，而她也永远报之以两个字："够呛。"不过这两个字是指尽管不好过，但也还能熬得过去。每当她疼得太厉害、不舒服得难以忍受时，总还可以增加吗啡摄入来应对。她总有条件将更多的刺激弄到手，找更多的人陪伴在身边——像我这样按时前来，坐在她身边，给她读东西，陪她聊天什么的。近来我去看伊芙琳时，她已经不再先装好假牙再接待我了。铺在那只长沙发上的布单，也时时会散落食物、沾上排泄物、染着血迹。她也动不动就犯累，往往会在听我阅读时将肿胀的脸垂到胸前打起瞌睡来。她有时还会喝下过量的威士忌，弄得陷入很不踏实的睡眠状态中。不过，只要马文一进来，她立时便精神起来，而且总是如此。马文很有吸引她加入谈话的本事。他们聊俩人都欣赏的诗人，回忆去过的地方、作古亲朋的往事。我们三个人时常会谈起爱尔兰。我本人从不曾去过那里，而他们曾在十几年里年年乘飞机去那里消夏，有时去戈尔韦（Galway），有时去都柏林（Dublin）。他们会租一辆汽车，沿着标识很糟糕的狭窄道路蜿蜒北上，一路开到多尼戈尔（Donegal）。

一天下午，太阳从云层中钻出来，斜斜地照着中央公园。马文提起了这样一段经历："有一次，我们中途停车，去拜谒了叶芝（William Butler Yeats）①的墓地。你还记得吗？"

"斯莱戈（Sligo）。"伊芙琳回答。斯莱戈是这位爱尔兰大诗人的遗体在法国浮厝数年后终回故国的安葬之所。我请求他俩谈一谈这处墓寝。

"十分朴素，"伊芙琳告诉我，"看上去同墓园里的其他墓地一样。"她说起话来气息很急促。这几周来，她的双脚和双腿都出现浮肿，又疼痛又别扭。除了肺癌，她还因供血不足而长年为稳定型心绞痛所苦，一直靠药物控制着。据我猜测，正是因为供血不足，导致她的腿和脚都出现了水肿。

"他的墓碑上刻着什么字来着？"马文搜寻着记忆。"很有名的呢。"

"记得提到了个骑士②。"伊芙琳说。（我回到家里后便查了一下。大意是请人们不要在意自己的存在，也不要想死后会如何，而是考虑能在这个世界上做些什么，能给这个世界留下些什么。）

"我们路过这个地方好多次，后来才去了一下。"马文接着这

---

① 威廉·巴特勒·叶芝（1865—1939），爱尔兰诗人和剧作家，1923 年诺贝尔文学奖获得者，获奖理由是"以其高度艺术化且洋溢着灵感的诗作表达了整个民族的灵魂"。晚年的叶芝百病缠身，在妻子的陪伴下到法国休养并逝于斯，遗体在法国暂厝数年后遵照诗人遗愿移回他的故乡。他的若干诗作有中译本。——译注

② 叶芝的墓碑上的铭文是："冷眼一瞥，看生、看死，骑者，驰过！"摘自他本人的诗作《在本布尔山下》。（《叶芝诗选》，傅浩译，上海外语教育出版社出版，2015 年）本布尔山就在叶芝的家乡，是当地的一处自然名胜。——译注

样说。

"去是去了，"伊芙琳接过话茬，"只不过我一直都不喜欢他写的东西。"在马文和我的笑声中，她靠到了身后的那堆靠枕上。我们都设法让伊芙琳自己说出对身后事的处理方式。我第一次见到她时，她认为火化比较合适，但后来又觉得还是入土更中意些。那么，她希望下葬到何处、又打算挑选什么样的棺衾呢？以当前的身体状况而论，她似乎已经没有注意这些细节的精力了。近几个月，她念念不忘的是给自己准备好一篇诔文。只是我每次记录伊芙琳的口述时，她都说不出什么来，结果是将话头转到了别处。看来将来这些都得靠丈夫和女儿们安排了。

马文和他的女儿们要做的事情，我是永远也不会去做的。这是我不时会给自己立下的规定。在将近四年的时间里，我每周都会前去探望，并为我知道的必定会来到的前景担心和悲伤。布罗和纳斯在《伤悼文集》的译者前言中说："悲恸令我们失常，使我们茫然。这一本应被承受下来的打击，看来会在进入人们的接纳系统时造成该系统本身的改变。"德里达也在这本书中写下这样的文字："语言表达不出我们的悲哀，无言也不是没有哀痛。躲避出席悼念仪式也做不到这一点。拒绝分享悲恸同样是不可能的。"将来，我会为伊芙琳的逝去感到悲痛。在她离开后，我仍会前去曼哈顿西北部的那栋大楼看望马文。他还曾希望我陪他前去费城参观藏有许多现代名画的巴恩斯博物馆呢。成了鳏夫的人，身体是很容易垮掉的。恐怕过不了多久，我又要哀悼马文的逝去了。

致　谢

　　对本书中提到的逝者的亲属、照拂者、护士、教士、医生、作家、学者、社会活动人士，以及各位允准我拜望其家庭、了解其生活的人，本人谨以此书作为对诸位所赐予的热情和支持的恭谢。出于对隐私的尊重，我隐去了一些人的姓名，又化名了另外一些人的，但我希望这些人能够了解，他们所提供的信息和支持，对我和我的这本书是极为重要的。比尔·皮斯、马克·康奈尔、威廉·科尔曼、卡尔·柯尼希斯曼、戴维·麦圭尔、罗伯塔·金、安西娅·巴特勒、苏尔·波特、马德琳·科恩和罗布·米勒诸君，谢谢你们让我了解你们的工作并和我分享你们的体验。倘若书中出现不当的误解，务必祈请原谅我自以为是的处理。你们的灼见和大度都是第一流的。

　　感谢阿瑟·卡普兰、雅各布·阿佩尔、撒迪厄斯·波普、卡拉·阿克斯特曼、弗朗西丝·斯基林（Frances Kissling）、彼得·斯特劳斯、戴维·利文（David Leven）、凯特琳·道蒂（Caitlin Doughty）、科恩·迪基（Cohn Dickey）和乔治·冈萨雷斯（George González）。多年来，对于我的求教，即便有些失于突兀，有些又十分复杂，你们也都积极回复，真令我既感鼓舞又觉汗颜。

如果没能得到纽约大学宗教与传媒中心的鼎力帮助，这本书恐怕目前还会以一堆杂录的形式，散摊在我家的地板上呢。这个中心可以说是我的另一个家，中心里的人是我的另一批家里人。安杰拉·齐托（Angela Zito）是我最好的导师和思想引路人，对我的一贯支持和鼓舞往往令我愧不敢当。亚当·贝克尔（Adam Becker）和伊丽莎白·卡斯泰利（Elizabeth Castelli）以他们独特的方式，教我领会什么是友谊，懂得如何做学问。只是看我的表现，往往未必能说是得到了真传。从我写作此书伊始，就得到了安·佩莱格里尼的肯定。对我时断时续的努力，她除了耐心等待，还为我制造了扩大影响的机会。奥马里·伊莱沙（Omri Elisha）总能在我有需要时提供意想不到的帮助，以她的友情和智力给我以升华。我之所以能取得些许成果，正是由于得到了这些睿智者的提携。卡利·汉德尔曼（Kali Handelman）使我在《揭示报》上负责编辑的"病人群体"这一专栏大大增色，安东尼·彼得罗多次提醒我应当提出哪些问题。此外，亚尼内·保卢奇（Janine Paolucci）、吉纳维芙·岳、杰弗里·波利克（Geoffrey Pollick）、弗兰切斯卡·布雷戈利（Francesca Bregoli）、普佳·冉甘（Pooja Rangan）、乔希·吉尔福德（Josh Guilford）、昆斯·芒廷（Quince Mountain）、布莱尔·布雷弗曼（Blair Braverman）、佩吉·韦尔（Pegi Vail），还有从不知疲倦为何物的妙人儿费伊·金斯伯格（Faye Ginsberg），谢谢你们多年来富于包容心的友谊和大有裨益的言谈、指教和支持。

在我所处的这个既活跃又稳健的写作小组里，大家可以说是逐字逐句地读了我的这本书，包括其中未必值得一观的部分，并诲人不倦地提出了精到的编辑意见、评论与鼓励。这些组内同人们包括：凯瑟琳·乔伊斯（Kathryn Joyce）、基拉·费尔德曼（Kiera

Feldman）、内森·施奈德（Nathan Schneider）、约瑟夫·赫夫－汉
农（Joseph Huff-Hannon）、林赛·贝耶斯坦（Lindsay Beyerstein）、
罗伯特·艾谢尔曼（Robert Eshelman）、布鲁克·威伦斯基－兰弗
德（Brook Wilensky-Lanford）、马克·恩格勒（Mark Engler）、埃丽
卡·皮尔逊（Erica Pearson）、欧德莉亚·利姆（Audrea Lim）。达
尼亚·拉金德拉（Dania Rajendra）和蜜拉·苏布拉马尼安（Meera
Subramanian）也耐心地通读了本书的全部手稿。谢谢你们大家，
以各自的才能和专长给我以帮助。而这种帮助是人人都应努力争
取得到的。

　　我还要特别向编辑与写作队伍中的一些人表示感铭。多年
来，这支队伍中的成员使我理解写作的意义并激励我实践不辍。
伊纳·穆尔（Jina Moore）在电子杂志《格尔尼卡》上发表了
我的第一篇作品——讲述威廉·科尔曼经历的文字。自此以来，
迈克尔·阿彻（Michael Archer）、希拉丽·布兰豪斯（Hillary
Brenhouse）、雷切尔·里德雷尔（Rachel Riederer）和凯瑟琳·罗
兰（Katherine Rowland）便一直促成我加入他们的这支能干的
写作团队。电子杂志《逢佛杀佛》[①]的编辑小组给了我发表最早
一批文章的机会。另一个自称为"宗教佳酿"的团队既给我以
文坛同人的友情，也相信我不时离开他们去关注其他事情亦有
正当理由。此外，《纽约法学院法律评述》的文字小组，将我
的文章收入《活出品位来：对存在与物质文化的哲学思辨》一
书的编者罗恩·斯凯普（Ron Scapp）与布赖恩·塞茨（Brian

---

① 《逢佛杀佛》是美国一份探讨宗教与现代生活关系的网上杂志，创办于 2000 年，网址 http://
killingthebuddha.com　此网站的得名源于中国唐朝著名高僧、以"棒喝"之"喝"著称的临济禅宗
创始人义玄（787—866）的一句强调"佛只在心"的名言："欲得如法见解。但莫受人惑。向里向外。
逢着便杀。逢佛杀佛。逢祖杀祖……始得解脱。不与物拘。透脱自在。"——译注

Seitz），《纽约时报》的杰茜卡·勒斯蒂格（Jessica Lustig）和罗伯塔·策孚（Roberta Zeff），为《辨析杂志》和《书刊评论期刊》两份刊物忙碌的克里斯·雷兹南（Chris Lehznann），在南加利福尼亚大学安嫩伯格通讯与新闻学院为信仰的开花结果而努力的黛安·温斯顿（Diane Winston），哈佛神学院"科学、宗教与文化研究项目"的负责人艾哈迈德·拉杰卜（Ahmed Ragab）及该项目出版物《宇宙探问》的编辑刘易斯·韦斯特（Lewis West），"信仰网上论坛"的巴顿·多德（Patton Dodd），为"以非暴力方式反抗"组织的网上出版物工作的团队，《宗教与政治》杂志的蒂法尼·斯坦利（Tiffany Stanley），《拉帕姆季刊》的安杰拉·塞拉托雷（Angela Serratore），以及《哈佛神学院院刊》的温迪·麦克道尔（Wendy McDowell），都非常值得我在此敬表谢忱。

　　我要为在撰写此书的过程中得到探讨助力一并表示谢意的还有：波士顿大学的斯蒂芬·普罗瑟罗（Stephen Prothero）和劳拉·哈林顿（Laura Harrington），"美国之音"在线节目的艾莎·坦泽姆（Ayesha Tanzeem）和拉希米·舒克拉（Rashmi Shukla），纽约州柯尔盖特大学兰伯特民政与公众事物研究所的戴维·麦凯布（David McCabe），哥伦比亚大学新闻学研究生院与梅尔曼公共保健学院联合开展的"人口激增问题研究"项目的诸位参加者，纽约市 WBAI 广播电台"健康生活方式"节目的主持人芭芭拉·格利克斯坦（Barbara Glickstein），犹太民族联合慈善联盟"老龄圆桌会"的洛朗·爱泼斯坦（Lauren Epstein），纽约州霍夫斯特拉大学的朱莉·拜恩纳（Julie Byrne），史蒂文斯理工大学的迈克尔·施泰因曼（Michael Steinmann），以及我在德鲁大学开设"临近终点：笔述美国当前的死去、死前和死灭"

课程时，不惮参加并以认真的讨论和写作使本书得到增益的学子诸君。

我还要感谢曾在我摸索本书写作过程中听取我种种想法的人们。他们是埃莱纳·奥伦（Helaine Olen）、贾森·维斯特（Jason Vest）、彼得·柏柏伽尔（Peter Bebergal）、玛丽·瓦尔（Mary Valle）、史蒂文·卢克斯（Steven Lukes）、莫里斯·沙马、彼得·曼索（Peter Manseau）和梅罕·怀特（Meghan White）。2005年，在我因父丧心中空空无所依托和后来在世界到处游荡以求排遣期间，曾给杰夫·沙莱特（Jeff Sharlet）写过一些长长的电子邮件。他都一一读过，并从中发掘出一些本人都没能发觉的价值。

布鲁克林区的莱德角（Red Hook）是我的住处。承蒙那里不拘一格的住户们宽厚地容忍我极不规律的生活习惯，特别是我的左邻右舍吉塔·南丹（Gita Nandan）、延斯·维尼曼（Jens Veneman）、乔治·蒙诺什（George Monos）和丹尼丝·奥斯瓦尔德（Denise Oswald）。我还要向我在埋头写作时随时提供咖啡和面条快餐的基莫（Kimo）和克利夫（Cliff）二人说声多谢。好邻居金不换。我就有这种不用换的幸运。

出版中介迪菲奥尔公司的劳莉·阿布凯梅厄（Laurie Abkemeier）认为我写的东西有些闪光成分，便将我发掘出来并有如对待独苗般加以精心培养。我在家中闭门写成的每一章，劳莉都逐字认真看过。对于我的能力与不足，她其实比我自己都更了解。

我与埃米·考德威尔（Amy Caldwell）的结识始于2008年夏的一次电话接触。当时，我将还只是萦绕在头脑中的有关此书的一些念头说给她听。随后的几年过去了，我一直在做调查、探问、全职写作、撰写相关文字、接触有关人物，而这次电话交谈的内容一直存留在我的心中。在这本书写成后，书稿送交灯塔出版社这堪列最出色的独立出版公司后，又适逢其时地得到了她的处理。埃米独具慧眼的加工，不但使我省下了不少工夫，更让这本书得到了远高于我本人能力的提升。苏珊·鲁莫奈罗（Susan Lumenello）和雅内·格巴尔（Jane Gebhart）两位高明的技术校对，使得此书读起来感觉更加顺畅。我在这里对灯塔出版社为此书付出心血、使它最终成为读者手中这本书的贝丝·柯林斯（Beth Collins）、威尔·迈尔斯（Will Myers）、汤姆·哈洛克（Tom Hallock）、阿丽萨·哈桑（Alyssa Hassan）、尼古拉斯·迪萨巴蒂诺（Nicholas DiSabatino）和帕梅拉·麦科尔（Pamela MacColl）敬表谢意。

我的亲人们更以血亲间特有的无比体贴，向我提出无数的问题和建议。我也在这里说声谢谢：谢谢你们，韦弗（Weaver）家的吉姆（Jim）和埃尔娃（Elva）；谢谢你们，哈尼什家族的戴夫（Dave）、塔米（Tami）、马林（Marlin）和露丝·安（Ruth Ann）；谢谢你，我的妹夫马克·科拉特巴克（Mark Clatterbuck）；谢谢你们，我所有的堂表兄弟与堂表姐妹们。我还要将此书题献给我的妹妹敏迪。她是唯一懂得我心曲的人，是我一直信得过的人，也是对我再好不过的人。再就是她的两个女儿阿莱娜（Alena）和汉娜（Hannah）——我在写到这里时，心里也正想到我的这两个外甥女呢。

在撰写这本书的时日里，我见到了许多人。他们之中有不少已经故去，这让我觉得伤感。这份长长的逝者名单，拉近着我与他们的距离。虽说我知道，无论我说什么，他们也都不会听到——真要能听到该有多好！但我还是要说，与他们当年的相处，永远地改变了我。是我父亲的沉疴与故去，将我带上了写这本书的道路。如果他如今会在什么地方的话，我想是会在那栋空荡荡的我曾称之为家的房子里吧。在他生前，每当我见到他时，都会对他表示谢意。当我有朝一日再与他相见时，我仍会对他有同样的表示。

译后记

今年 3 月，79 岁的台湾女作家琼瑶在"脸书"（Facebook）上发表了一封写给儿子和儿媳的信，她在信中叮嘱儿子，无论自己生什么大病，都不要动大手术，不要送加护病房，不要插鼻胃管和各种维生管；只要让她没有痛苦地死去就好。她希望到了离开之际，后辈不要因为不舍，而让自己的躯壳因被勉强留住而受折磨。琼瑶对生死的达观态度，让人们感受到了"琼瑶式"生死告别，不禁又扪心自问：面对人生大限，我们又该当如何？

本书作者安·诺伊曼女士亲历了父亲身患绝症，临终时饱受折磨、痛苦离世；为了从无尽的哀痛中得到解脱，更为了深入探索人生终末期辗转病榻时不得不面临的种种问题，她担任临终关怀义工，参加诸多团体的会议，采访病患和家属，聆听各自对待临终和死亡的心声，涉猎与临终和死亡密切相关的文化、医学、法律、宗教、道德伦理和政治等方面的书籍、报纸……最终把这本书展现在读者面前。书中真实地写出了美国人如何对待疾病、临终和死亡，更为不同文化背景下的人们提供了宝贵的参照。在此，我由衷地钦佩安·诺伊曼女士不仅具有投身社会公益和探寻真相的勇气和作为，而且思维敏捷、笔锋睿智；重要的是，她为有志投身临终关怀事业的人们，尤其是妇女，树立了榜样。

自古以来，中国的传统思想对于死亡是回避和逃避的，和死亡有关的话题都是沉重的、阴暗的。近30年，在与西方的文化交流中，人们逐渐接触到了"临终关怀""安乐死""有尊严地死去""病人自主权"等新鲜字眼，了解到死亡可以不是被动的、逆来顺受的，生命的终结是一种必然。本书从更宽广的角度告诉人们，病危临终时如何死去是可以选择的、可以争取的。我们所向往的安好辞世是尽可能按照自己的意愿和选择，摆脱羁绊，安详轻松地告别人世。这也正是作者在最后一章中所说的"安妥辞世"。

现实生活中，让病危临终者更自然更安适地离去，在某种程度上却受到了来自社会、医学、法律和道德伦理等诸多方面的制约，需要活着的人不断为之努力和奋斗，才能给人生画上圆满的句号。

本书的翻译得到了诸多帮助：首先，要感谢本书作者安·诺伊曼女士通过电子邮件耐心细致地解释了译者觉得把握不准的内容；还要感谢加拿大学者暴永宁老师，天津医科大学护理学院史宝欣教授，天津医科大学第二医院神经内科主任李欣教授、消化科主任闻淑君教授，天津安定医院张勇主任。最后感谢引进此书的生活·读书·新知三联书店慧眼识"书"，更给我这个宝贵的机会让大家能够看到这本书的中文版。但因本人学识有限，译文中或有诸多不妥之处，汗颜之余请读者多多见谅，并加指正。

王惠

2017 年 9 月于天津